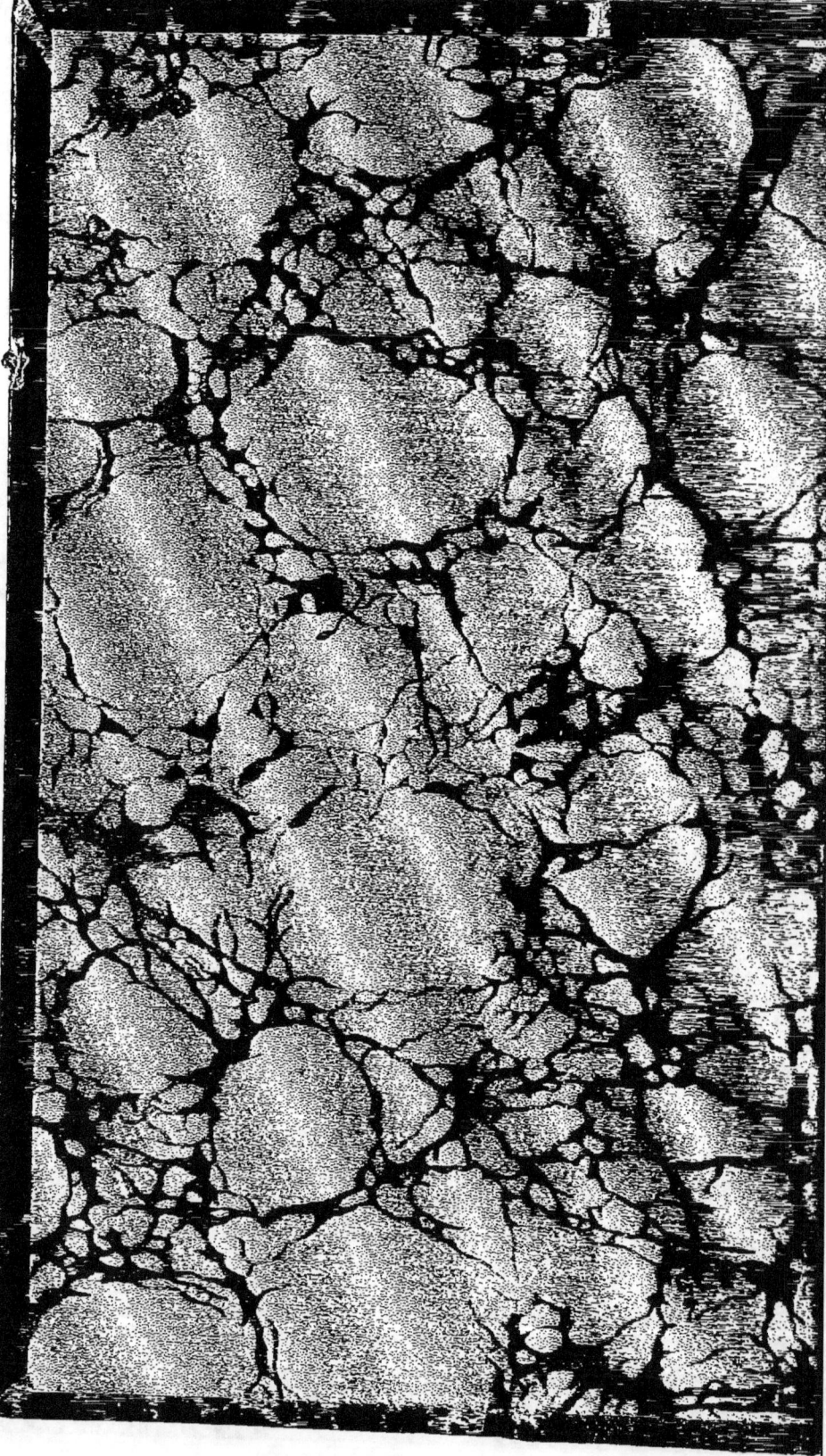

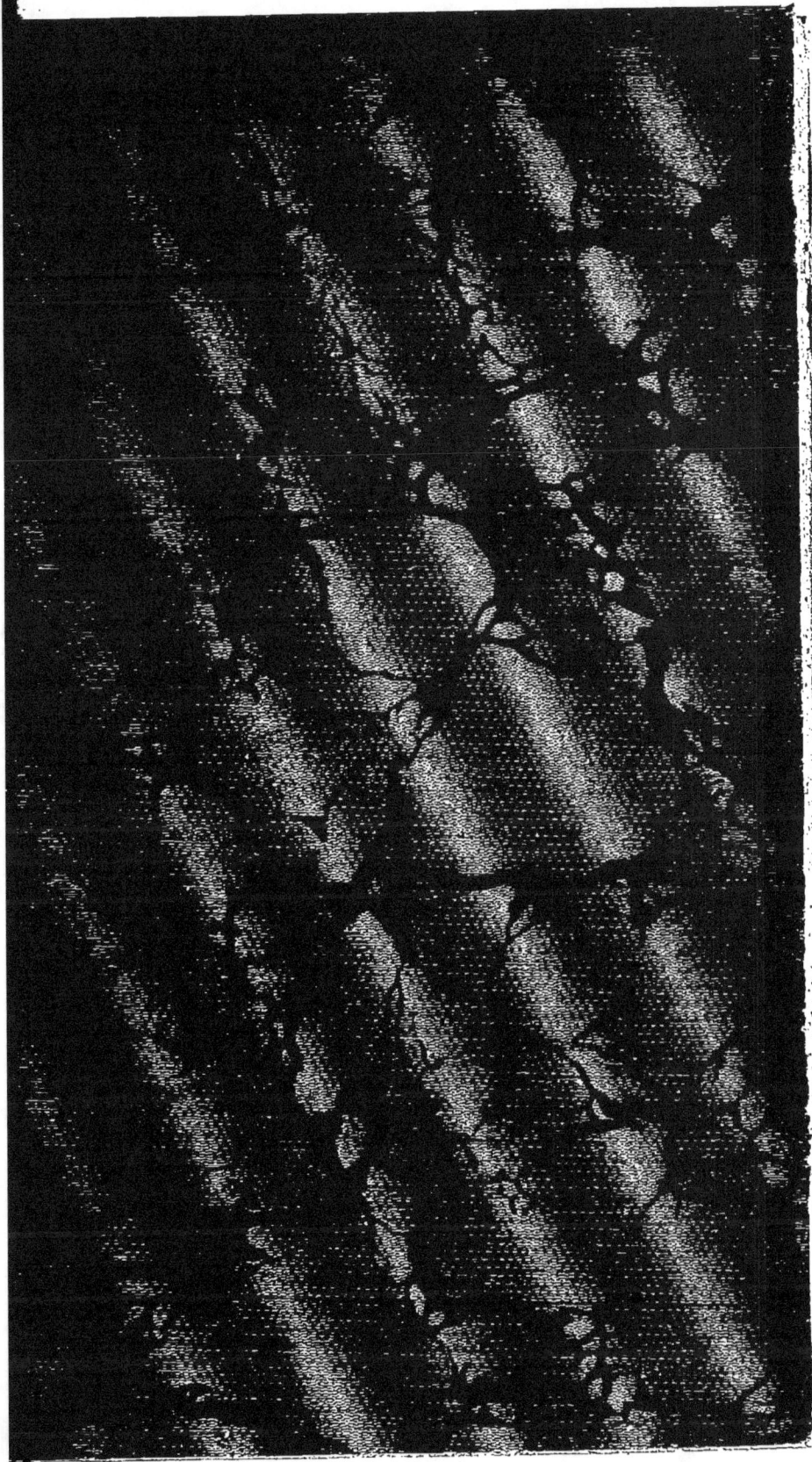

LES

VIVACITÉS DE CARMEN

LIBRAIRIE DE E. DENTU, ÉDITEUR

DU MÊME AUTEUR

IMPRIMERIE GÉNÉRALE DE CHATILLON-SUR-SEINE, JEANNE ROBERT.

LES VIVACITÉS

DE CARMEN

PAR

M. VICTOR PERCEVAL

PARIS

E. DENTU, ÉDITEUR

LIBRAIRIE DE LA SOCIÉTÉ DES GENS DE LETTRES

PALAIS-ROYAL, 17 ET 19, GALERIE D'ORLÉANS

—

1879

LES
VIVACITÉS DE CARMEN

I

La porte cochère d'une maison située sur la Plaza-Mayor, à Lima, capitale du Pérou, — une des plus belles places du monde, soit dit en passant — vient de s'ouvrir et de livrer passage à un jeune homme à cheval, lequel, après quelques ordres donnés à un nègre, s'élance rapidement dans la direction du faubourg San-Lorenzo.

Le nègre secoue la tête et n'est pas content.

— *Massa* (monsieur) être un grand fou, se dit-il en suivant le cavalier d'un dernier regard ; *li* ne pas connaître pays, et ne pas vouloir de vieux Job pour servir de guide à *li*.

D'où il faut induire qu'il venait de donner de sages conseils dont on avait fait peu de cas.

La porte refermée sans bruit pour ne réveiller personne, Job s'en fut continuer, dans l'antichambre, un somme qui ne datait encore que de douze heures,

1

et que la sortie du promeneur matinal venait d'inter-
rompre désagréablement.

Quant à celui-ci, heureux comme un écolier en maraude, il franchissait, à vol d'oiseau, le pont élégant
qui relie le faubourg à la ville, et gagnait les solitudes
de l'Alméda, délicieuse promenade menant au port de
San Felice de Callao.

— Deux milles en un quart d'heure ! dit le jeune
homme en consultant sa montre ! Je serai là-bas
avant midi.

Là-bas ! c'est bien élastique ; il y a une foule d'endroits que l'on peut désigner ainsi. Cependant, espé-
rons que nous aurons tout à l'heure des renseignements plus précis.

— Allons, mon beau Roland, courage ! reprit le
jeune homme en caressant de la main le col de sa
monture.

Roland comprit le geste encore mieux que la voix,
et de ses jambes nerveuses effleurant le sol, il dévora
pendant une heure encore une route dont la double
rangée de saules semblait fuir derrière lui en dansant
une ronde échevelée.

Aux eaux bleues du Rimac succéda une sombre fo-
rêt d'oliviers ; puis ce furent de riches plantations de
cannes à sucre: puis des champs de riz, de caféiers et
de maïs, se déroulant à perte de vue comme d'immenses tapis d'émeraudes ; tout cela encadré de la
merveilleuse végétation des tropiques et ruisselant, en
quelque sorte, la réverbération d'un soleil de feu.

C'était admirablement beau, et pourtant, l'insen-
sible voyageur ne daignait pas même honorer d'un
regard les sites qu'il traversait comme une trombe,

plutôt que comme un être vivant doué de deux yeux.

Disons, pour sa double excuse, que, depuis son arrivée au Pérou, c'est-à-dire que depuis environ deux mois, il avait épuisé toute l'admiration dont il était susceptible, et que, en ce moment, où nous galopons avec lui, il était piqué de la triple tarentule d'un but à atteindre, d'un désir à contenter, d'une curiosité à satisfaire.

Le comte Philipe de Lucenay — c'est le nom du jeune voyageur — est le dernier représentant d'une des plus anciennes familles du Poitou ; il a vingt-six ans, ce qui est encore l'âge des courses furibondes et des aventures ; il est membre du Jockey-Club de Paris et du club des patineurs.

Il y a quelques semaines, c'était encore un des plus fidèles habitués des Italiens et de l'Opéra, de Longchamps et de la Marche ; il se fournissait de fleurs à la corbeille d'Isabelle, la fameuse bouquetière, et d'amour un peu partout, dans le monde et dans les coulisses ; il conduisait des cotillons ; il jouait à la paume ; il se déboîtait ceci ou cela en franchissant une banquette irlandaise... Bref, parmi ceux qui ne font rien, c'était un des jeunes gentilshommes les plus occupés de la capitale.

Pourquoi il était venu de chez Tortoni au Pérou ; comment, en l'an de grâce 1866, par une belle matinée de juin, au lieu d'être au bois de Boulogne ou sur nos boulevards, il se trouve dans ce pays légèrement sauvage, quoique très civilisé sous beaucoup de rapports, nous allons le dire.

M. de Lucenay a une sœur, son aînée de deux ou trois ans. Cette sœur, mademoiselle Hortense de Lucenay, s'appelle maintenant madame Salcédo : elle avait épousé un Espagnol, possesseur de grands biens dans l'Amérique méridionale, et que de graves intérêts avaient fait se fixer à Lima peu de temps après son mariage. La jeune femme avait naturellement voulu suivre son mari, puis, au bout de quelques années, celui-ci était mort laissant celle-là fort embarrassée pour se défaire d'une exploitation considérable à laquelle elle n'entendait rien.

Philippe promettait depuis longtemps d'aller voir sa sœur ; ce qu'il avait fait préparer de passeports, ce qu'il avait fait préparer de valises et de malles, ce qu'il avait donné de dîners d'adieux à ses amis et à ses amies, dans l'intention de partir, est inimaginable ; l'intention y était, aussi sincère que possible ; seulement il était toujours survenu un obstacle, deux jolis yeux, un baccarat, une partie de chasse, une montagne ou un grain de sable, qui l'avait empêché de la mettre à exécution.

Le Pérou est si loin, que, jusque-là, c'était pardonnable. Or, maintenant que sa sœur avait sérieusement besoin de dévouement et d'appui, il n'était plus permis d'hésiter ; aussi Philippe n'hésita pas ; il fit de nouveau boucler ses malles, il reprit un passeport, il redonna un dîner d'adieux... après quoi, il songea à se précautionner d'un compagnon de voyage, pour diminuer l'ennui de la traversée.

Cette recherche d'un ami disponible demanda encore quelque temps. Passe encore pour Trouville ou pour Bade, pour la Suisse ou pour l'Italie ; mais, chaque fois qu'il abordait un membre du club par cette proposition saugrenue :

— Veux-tu venir au Pérou? on lui riait au nez, mais le plus poliment du monde, comme cela se passe entre gentlemen.

De guerre lasse, le comte Philippe avait même proposé à un sportsman qui convoitait un de ses chevaux, une partie bizarre : son enjeu, à lui, était le cheval, l'enjeu du sportsman était le voyage. Cela s'était joué en vingt carambolages, et Philippe avait perdu, ce qui le privait d'une bête pur-sang, tout en ne lui donnant pas le compagnon demandé.

M. de Lucenay commençait à désespérer, lorsque, un beau matin, en se levant, il s'était frappé sur le front ; or, chez tous les peuples, ce geste signifie que l'on tient enfin le nom, l'idée, le n'importe quoi vainement cherché jusque-là. C'est même ainsi que, un jour, à Syracuse, il y a deux mille ans, Archimède exprima sa satisfaction d'avoir trouvé le problème fameux qui porte son nom.

— Charles Aubry ! s'écria Philippe ; voilà mon affaire ! comment n'y avais-je pas songé plus tôt ?

Charles Aubry était un jeune naturaliste des plus distingués, de la graine d'académicien, à qui l'exploration scientifique d'une contrée comme le Pérou devait en effet sourire.

Il accepta donc, et se montra même plus empressé de partir que Philippe lui-même, ce qui s'expliqua à l'arrivée, lorsque, en voyant madame Hortense Salcédo, il se prit à pâlir beaucoup, pendant que celle-ci rougissait un peu plus qu'il ne convient de rougir à une veuve de six mois.

Le mot de cette énigme était que M. Aubry avait recherché Hortense avant son mariage avec l'Espagnol, qu'il l'avait beaucoup regrettée, qu'il l'aimait encore, et que le cœur de la jeune fille lui ayant échappé à Paris, il espérait ressaisir, à Lima, le cœur de la veuve.

Ne pas toujours se fier à ces eaux dormantes que l'on appelle des savants, et qui cachent souvent, à l'état de tourbillons, les plus orageuses passions. Toutefois, ceci ne s'applique qu'à moitié à Charles Aubry, dont l'amour était patient et vrai, respectueux et profond.

Comme on le pense bien, la présence des deux amis — un frère et un soupirant — avait nuancé d'un peu de rose le crêpe noir au milieu duquel vivait madame Salcédo. La maison de la Plaza-Mayor avait repris de l'animation ; les fenêtres s'étaient rouvertes, les balcons s'étaient regarnis de fleurs ; on avait un peu revu le monde, un peu donné à dîner, un peu reçu le soir... Hélas ! il le fallait bien pour que ces Parisiens ne s'ennuyassent pas à mourir !

Charles et Philippe avaient visité la ville, ses environs et toutes les curiosités de ce pays dont la fabuleuse richesse est proverbiale.

Deux mois s'étaient écoulés. Il ne restait plus qu'à recommencer. Le naturaliste ne demandait pas mieux ; mais Philippe n'avait jamais pu supporter l'uniformité.

Cependant madame Salcédo s'était décidée à revenir en France, et c'était le cas de l'attendre.

Mais les gens d'affaires, qui ne marchent guère en France, ne marchent pas du tout au Pérou, et la liquidation menaçait de n'en pas finir.

Le jeune comte, rendons-lui cette justice, avait tout d'abord voulu mettre le feu aux poudres, secouant les avoués, molestant les notaires, obtenant d'eux quelques signes de vie, après quoi tout retombait dans la somnolence et dans la torpeur.

— Il y en a pour toute la vie ! disait Philippe à sa sœur avec désespoir ; si cela continue, nous mourrons ici.

Pendant que son ami se remuait ainsi dans le vide, Charles Aubry voyait fuir le temps sans compter les jours. Hortense étant là, c'était tout ce qu'il lui fallait. Il faisait une cour discrète, quoique assidue, dont les intervalles étaient agréablement comblés, selon ses goûts, par l'étude de la flore, de la faune et des monuments ; la bibliothèque nationale recevait régulièrement ses visites, et pas une seule des soixante-cinq églises dont s'enorgueillit la cité espagnole, n'avait échappé à ses patientes investigations.

Philippe, lui, dessinait un peu, et même assez pour un jeune patricien qui n'en fait pas son état. Il avait croqué tout ce qui s'était présenté sous son crayon : le vieux Job, en sa qualité de nègre de la Guinée, le mulâtre aux formes nerveuses et correctes, le robuste habitant des bords de l'Ucayale, blanc comme un homme du Nord, le métis à l'œil faux et profond, l'indigène pur, morne et indolent, le Castillan vain et matador, toujours fier de descendre des héros de la conquête, dont le sang s'éteint dans ses veines... puis quelque jolies créoles qui lui avaient permis de les peindre, mais non de les aimer, leur cœur étant occupé ailleurs.

Mais ce n'était pas là une existence.

Donc, un matin, à déjeuner, Philippe s'était exprimé ainsi :

— Ma bonne sœur, ton hospitalité est charmante, mais les homme d'affaires sont insupportables, et je n'y tiens plus. Paris me réclame... Si encore j'avais trouvé, ici, une femme à aimer! Mais il n'y a que toi, et la calme tendresse qui nous est permise ne me suffit pas.

— C'est que tu n'as pas bien cherché, dit en soùriant madame Salcédo.

— Cela ne doit pas se chercher, ma sœur; cela doit venir tout seul... et ce n'est pas venu... Aussi, je viens de brûler mes vaisseaux, comme Fernand Cortez...

— Cette comparaison serait mieux placée au Mexique, interrompit le naturaliste.

— Je le sais, mais ce n'est pas de ma faute si nous sommes au Pérou.

— Si j'avais pu prévoir que tu t'y trouvasses si mal, mon aimable frère...

— Mais, ma chère Hortense, je m'y trouve à ravir! Seulement, c'est l'ennui; tu sais qu'on meurt très bien, de l'ennui? Or, notre caveau de famille étant dans le Poitou...

— A la bonne heure, dit le savant, voilà un sujet de conversation fait pour égayer.

— Mais généralement, quand on brûle sa flotte, fit observer madame Salcédo, c'est pour s'empêcher de partir.

— Cela dépend... la façon dont je l'ai brûlée m'empêche de rester. Ainsi, ajouta le jeune homme en tirant sa montre, il est onze heures du matin, et nous sommes au 22 juin.

Eh bien, je viens d'expédier douze lettres à Paris

par lesquelles j'invite autant de convives à déjeuner, le 15 septembre, à cette même heure, au café Anglais.

— Si tu n'y es pas, ils déjeuneront sans toi, dit Hortense ; le mal ne sera pas bien grand.

— Et j'ai stipulé un fort dédit, continua le jeune homme ; or, en faisant la part des vents contraires et des retards possibles dans la traversée, je n'ai plus guère que huit jours à rester ici.

— C'est bien peu, soupira le naturaliste.

—Je ne t'empêche pas de rester, cher ami, le Pérou est à tout le monde.

— C'est moi qui en empêcherai M. Aubry, dit la jeune veuve ; le respect des convenances avant tout ! Venus ensemble, vous resterez ou vous partirez de même.

Mais se tournant vers Charles, elle corrigea la froideur de sa phrase par un regard qui signifiait : « Soyez tranquille, je trouverai bien le moyen de le retenir. »

Le chemin couvert de Madame Salcédo, les mines qu'elle faisait jouer, sur quoi, à partir de ce jour, roula principalement la conversation, par quels défis voilés, par quels adroites insinuations la jeune veuve stimula son frère, à quelle savoureuse pomme de curiosité elle parvint à le faire mordre, c'est ce qu'il nous serait impossible de raconter dans tous ses détails; mais nous pouvons en juger par la course endiablée que fournit à l'heure qu'il est le jeune homme, et qui en est le résultat.

Le comte Philippe croyait connaître son itinéraire sur le bout des ongles, ce qui ne l'empêcha pas de s'apercevoir, au bout d'un nouvau temps de galop, qu'il ne savait plus ni où il était, ni la direction qu'il convenait de suivre.

Il jugea que le plus sage était de laisser souffler son cheval et d'attendre, à la grâce de Dieu, que quelqu'un passât dans ces solitudes.

Près d'une demi-heure s'écoula sans qu'il vît personne; il commença à perdre patience et à regretter de ne pas avoir suivi les conseils de Job, lorsque au moment où il allumait son troisième cigare, le timbre d'une voix aiguë retentit à son oreille.

Bientôt apparut, au détour d'un sentier, un négrillon en grande tenue de voyage, c'est-à-dire qu'il portait économiquement sa veste et sa chaussure à l'extrémité d'une canne de bambou.

—Hé! l'ami, un mot je te prie! cria Philippe en une sorte de baragouin *quichua* (1) assez habilement composé pour qu'il fût à peu près compris.

— A votre service, *Massa*, répondit avec respect le petit nègre.

— Connais-tu les environs?

— Oui, *Massa*, mo tout connaître, répliqua le jeune drôle, qui semblait, en effet, ne douter de rien.

— Fort bien, mon enfant; voici d'abord pour ta science, dit le comte.

Et, remarquant que les deux grands yeux ronds du petit bonhomme convoitaient surtout le cigare qu'il avait aux lèvres, il en tira un de sa boîte et le lui donna.

1. La langue quichua était celle des Incas : elle a survécu à l'empire péruvien. Les Indiens et les Espagnols la parlent encore généralement dans toute l'étendue du pays.

Le négrillon sauta dessus comme un singe et se baisa la main comme pour remercier.

Maintenant, reprit Philippe, indique-moi celle de ces deux routes qui conduit au château des Palmiers.

Cette question, en apparence si simple, fit bondir le nègre : il regarda un instant son interlocuteur avec épouvante, puis, tournant brusquement sur ses talons, il prit la fuite, à toutes jambes.

— Me voilà bien avancé, pensa le jeune comte ; décidément, on ne m'a rien exagéré : la réputation du château est mauvaise.

Quand il n'y avait pas moyen de faire autrement, Philippe savait prendre un parti avec philosophie. Il attacha son cheval à un arbre, tira un album de sa petite valise, et en attendant que passât de nouveau le hasard, sous la forme d'un être humain, il se mit à dessiner la vue qui lui déplaisait le moins.

En d'autres circonstances il les aurait assurément trouvées toutes fort belles ; mais il avait beau être philosophe, sa déconvenue déteignait sur le paysage.

L'esquisse était à peine ébauchée, que le dessinateur entendit derrière lui un bruissement de feuilles et une voix qui s'écriait en espagnol :

— Sainte Vierge, comme c'est ressemblant !

Le comte se retourna doublement flatté de ce naïf éloge et d'une rencontre qui allait sans doute abréger sa halte forcée.

Cette fois il avait affaire à une Péruvienne d'un âge respectable, parlant une langue qui lui était plus familière que le *quichua*.

— Ma bonne dame, dit-il, voulez-vous me rendre un léger service ?

— Volontiers, señor...

— Par où dois-je prendre pour aller aux Palmiers ?

Cette question ne fit pas fuir la vieille femme, comme elle avait fait fuir le petit nègre ; mais de souriante qu'elle était, sa physionomie devint sombre.

— Vous allez aux Palmiers ? demanda-t-elle en regardant curieusement Philippe et vous n'en connaissez pas le chemin : c'est donc que vous vous y rendez pour la première fois ?

— Oui, señora.

— Vous y êtes attendu ?

— Mon Dieu, non.

— Pauvre jeune homme ! murmura la Péruvienne ; et sans doute vous ne connaissez pas...

— La maîtresse du logis ? interrompit Philippe, pas le moins du monde ! je ne l'ai jamais vue.

La vieille femme fit un signe de croix.

— Pardon, insista le comte, mais il se fait tard et je ne voudrais pas être surpris par le soleil de midi.

Tout en parlant, il avait fermé son album et remontait à cheval.

La Péruvienne le regardait faire sans rien dire.

— Eh bien ! ma brave dame ? demanda Philippe lorsqu'il fut en selle.

— Eh bien ! señor, vous voyez là-bas ce grand bois de chênes-liéges et de cotonniers ?

— Oui, après ?

— Vous allez le traverser dans toute sa longueur, et en débouchant dans la plaine, vous verrez de loin le château.

— Mille fois merci !

— C'est beaucoup trop, reprit l'indigène d'une voix

véritablement émue ; une fois ce serait déjà plus qu'assez.

— Est-ce que le bois n'est pas sûr ? demanda le jeune homme en souriant.

— Oh ! ce n'est pas le bois.

— Qu'est-ce donc ?

— Je vous ai peut-être rendu un mauvais service en vous indiquant les Palmiers, et, s'il en était encore temps...

— Vous me feriez leur tourner le dos, acheva Philippe.

— Oui, señor.

— Alors, selon vous...

La Péruvienne se signa de nouveau ; évidemment, elle avait même peur de répondre.

— Dans tous les cas, señora, merci pour le renseignement.

— Dieu vous garde de la *tigresse!* murmura la vieille.

Mais M. de Lucenay avait déjà lancé son cheval, en sorte qu'il n'eut pas le temps de demander l'explication de ces derniers mots.

Du reste, il n'en avait pas besoin ; il savait qu'une terreur superstitieuse planait sur l'habitation des Palmiers et en faisait redouter l'approche.

Si, en France — où l'on prétend que le doute et l'esprit courent les rues — nos gothiques manoirs passent pour être hantés par des esprits malfaisants ; si nous croyons aux somnambules de hasard, à Hume, aux frères Davenport, aux tables tournantes, de quel droit s'étonner que les tribus indiennes des bords de l'Ucayale soient autant que nous les dupes de leur imagination et de leur ignorance ?

Philippe de Lucenay n'aurait eu que la simple fantaisie d'aller aux Palmiers, que ces contes de toutes les couleurs l'y eussent absolument décidé. Les preux du boulevard des Italiens ne s'effraient de rien... que de n'avoir pas de l'or dans leurs poches; et le jeune comte en avait beaucoup.

Une aventure, dangereuse ou non, un charme à rompre, un sphinx à deviner, un mauvais génie à combattre... mais c'était tout ce qu'il désirait.

II

L'aspect du château était d'ailleurs bien fait pour inspirer le respect, sinon la terreur.

Situé sur une éminence, adossé aux flancs d'un énorme rocher, de forme lourde, irrégulière et massive, flanqué de tourelles, agrémenté de bastions, ceint d'un large fossé, de remparts formidables et d'une muraille de briques aussi épaisse que celle qui protège Lima contre l'invasion des montagnards, c'était une forteresse dans toute l'acception féodale du mot. L'esprit malin, les spectres aux lourdes chaînes, les fantômes aux longues draperies blanches devaient affectionner ce séjour; les corridors sombres devaient avoir des échos bizarres, les souterrains devaient recéler des ossements; le terrible, le merveilleux, le lugubre étaient là tout à fait chez eux.

Cette construction, sauf quelques annexes ajoutées depuis, remonte aux Incas : d'où l'on peut induire que, comme nos anciens barons, ces fils du Soleil se rendaient parfois des visites armées, contre lesquelles il était bon de se prémunir.

Du reste, maintenant encore, ces précautions avaient leur raison d'être, eu égard aux nègres marrons et aux bêtes fauves qui se disputent souvent la campagne.

Toujours Parisien, le comte Philippe s'était figuré d'après cette désignation « le château des Palmiers, » une habitation coquette, des vérandhas, des jalousies plus ou moins baissées, des kiosques, des colonnettes, des terrasses, un parc, une grille à laquelle il n'y aurait qu'à sonner.

Au lieu de cela, il cherchait maintenant le nain sur la plate-forme et des hommes d'armes à leur coulevrine.

Cependant le pont-levis était baissé, M. de Lucenay put le franchir sans obstacle, ainsi que la première enceinte; il traversa une longue voûte sonore, déboucha sur une vaste cour plantée d'arbres, et s'arrêta forcément devant une porte de fer qui protégeait encore les abords de l'habitation.

En ce moment, une personne invisible poussa une sorte de cri guttural, une cloche sonna trois coups; jusque-là la cour déserte se peupla tout à coup, comme par enchantement, d'une douzaine de nègres, et un homme blanc — un visage pâle, comme disent les Indiens — parut sur le perron du château.

C'était un grand vieillard, robuste et droit, qui donna tout de suite une preuve de sa mansuétude en gratifiant d'un coup de canne un esclave qui ne se rangeait pas assez vite sur son passage.

Il donna également un témoignage de politesse en enfonçant un peu son chapeau de paille sur la tête, sous le prétexte de saluer l'étranger.

Ce demi-sauvage était le régisseur de l'habitation. Le comte Philippe crut suffisamment répondre à cet acte de déférence en ne saluant pas du tout.

— Que désirez-vous, señor ? demanda le régisseur, après avoir minutieusement détaillé le jeune homme.

— La permission de faire halte ; je suis très-fatigué et mon cheval meurt de soif.

— De l'eau au cheval, ordonna le vieillard à un nègre, qui s'empressa d'obéir.

— Et moi ? demanda Philippe.

— Ma consigne est de ne recevoir personne.

— Cependant, les saintes lois de l'hospitalité...

— Pardonnez-moi de ne pas m'y conformer... je le regrette beaucoup, ajouta le régisseur d'un ton sournois qui démentait ses paroles.

— Pourvu que vous n'en fassiez pas une maladie, riposta le comte sur le même diapason.

Le vieillard était habitué à plus de respect.

— L'insolent ! pensa-t-il.

Et il leva le bras... mais il le laissa retomber sur l'esclave qui lui tenait un parasol au-dessus de la tête.

— A la bonne heure ! dit le comte Philippe qui avait vu le mouvement.

— Puis il fit siffler sa houssine dans le vide, mais de façon à signifier qu'elle rencontrerait volontiers quelqu'un.

— Vous ne savez donc pas où vous êtes, señor ? demanda le régisseur.

— Ma foi, non.

— Vous êtes aux Palmiers, dit le vieillard en appuyant sur ce nom comme sur le ressort d'un épouvantail.

— Ah! très bien! autant là qu'ailleurs, pourvu que j'y trouve une heure ou deux de repos, dont j'ai grand besoin.

— Vous vous donnez là une peine inutile, dit le régisseur au jeune homme, lequel s'appuyait déjà sur le pommeau de sa selle pour descendre de cheval. Si vous étiez du pays, vous sauriez que personne ne dépasse cette porte...

— Oh! personne!

— Que les intimes, et il n'y en a guère.

— Mais c'est d'une cruauté qui n'a pas de nom... Me voyez-vous mourir, en pleine route, de fatigue ou d'insolation?

— Cela vous regarde, señor.

— Je le crois bien, pardieu! C'est même pour cela que je m'y oppose.

— Bon voyage! dit l'ours mal léché.

Et saluant comme la première fois, c'est-à-dire un peu plus couvert, il tourna le dos au voyageur et reprit le chemin de l'habitation.

Il poussa donc résolûment son cheval entre le régisseur et le perron; puis se mettant à rire :

— Allons, Diégo, dit-il, je vois avec plaisir que vous êtes un digne serviteur.

— Le señor sait mon nom?

— Vous voyez bien que oui, majordome fidèle... On m'avait parlé de la rigide prudence, de la fermeté louable avec laquelle vous remplissez vos fonctions. J'ai voulu en faire l'expérience; mais soyez tranquille, j'en rendrai bon témoignage à votre maîtresse.

Diego n'en regarda pas moins le voyageur avec défiance.

— Je suis chargé d'une mission, reprit le comte.

— Quelle mission, señor?

— Chut! poursuivit confidentiellement le comte en se penchant vers le vieillard; ceci est entre nous, j'apporte des lettres...

— D'où?

— D'où diable les apporterais-je bien? demanda Philippe.

— Vous devez le savoir, ajouta-t-il.

— Je n'en sais rien, señor.

— En ce cas, c'est que vous devez l'ignorer... il y a sans doute des motifs pour cela.

Les yeux de Diégo s'étaient ouverts démesurément.

— Je suppose que vous ne voudriez pas me tromper? demanda-t-il.

Philippe était la franchise même; il ne savait pas mentir. Toutefois, comme s'était juré à lui-même qu'il entrerait au château; et comme, après tout, cela ne pouvait faire de mal à personne, il répondit, non sans rougir un peu, de façon à rassurer le majordome.

Mais celui-ci était incrédule et coriace en diable. Il s'absorba un instant en lui-même, et reprit :

Toute réflexion faite, señor, si vous étiez attendu, j'aurais des ordres spéciaux. Faites-moi donc le plaisir de passer votre chemin.

Mais le jeune homme était à bout de patience. Cette fois, il descendit bel et bien de cheval.

— Assez de zèle comme cela, l'ami, et trêve d'observations, dit-il résolûment. Allez prévenir mademoiselle d'Alméïda que M. le comte de Lucenay désire être admis à l'honneur de lui présenter ses hommages.

— Ma maîtresse est sortie, répondit Diégo.

— Eh bien, je l'attendrai.

Philippe avait pris un tel air de noblesse et de décision, que le régisseur intimidé, ne savait plus à quel
saint se vouer. Le dilemme était celui-ci : être chassé
pour avoir, au mépris des ordres reçus, laissé pénétrer un étranger dans l'habitation, ou bien l'être
peut-être aussi pour avoir maladroitement éconduit
un personnage d'importance.

— Le seigneur comte me met dans un grand embarras, reprit Diégo ; si mademoiselle était ici, j'irais
prendre ses ordres, mais...

— C'est tout vu, interrompit froidement le jeune
homme, pas un mot de plus ! Montrez-moi le chemin.

— Si je reçois des reproches, le seigneur comte me
rendra cette justice de dire...

— Oui, acheva le comte, je vous rendrai cette justice de dire que vous avez été suffisamment insolent
et méfiant pour justifier des coups de cravache... que
vous ne perdrez peut-être pas pour les avoir attendus.

Cette menace, un peu intempestive, acheva de
rendre Diego souple comme un gant. La peur lui
suggéra, tout à coup, une foule de raisons pour tourner à l'hospitalité la plus écossaise : un gentilhomme !
comte ! une si bonne tenue ! une mine si fière ! un si
beau cheval ! et des arguments si solides !

— Si j'osais, reprit-il en introduisant enfin l'étranger dans une vaste pièce dont les fenêtres s'ouvraient
sur la campagne, j'offrirais au *senor caballero* quelques rafraîchissements.

— Ce n'est pas assez, mon ami, offrez-moi mieux
que cela.

— Le seigneur comte n'a peut-être pas déjeuné?

— Non, pas depuis hier, et je meurs de faim.

Le régisseur s'inclina et sortit.

— Allons, se dit Philippe, me voici dans la place, c'est toujours cela. Si la tigresse me dévore, nous le verrons bien.

Et il se mit à faire l'inventaire de ce qui l'entourait.

Il était dans un salon de forme octogone, très sobrement meublé d'un large divan en cuir de Cordoue, qui en faisait le tour, et d'une table en ébène massif qui en occupait le milieu. Sur cette table, deux grands vases du Japon, pleins d'un tabac jaune comme de l'ambre, et une urne en bronze remplie de cigarettes.

Belle de sa beauté, la haute et large cheminée de marbre noir ne comportait aucun ornement.

Sur les panneaux, deux immenses panoplies, l'une d'armes blanches, l'autre d'armes à feu, se faisaient vis-à-vis.

A l'entrée de la salle, gravement debout sur ses pattes de derrière, un ours colossal des Andes montait la garde, armé de la carabine qui l'avait tué.

— Charmant! charmant! se dit le comte Philippe avec une teinte de sarcasme; comme tout annonce bien ici le séjour d'une femme, faible et douce petite colombe! Et jusqu'à cet ours chargé de vous recevoir... Ma parole d'honneur, c'est ingénieux au possible... on n'est pas plus aimable... Maintenant que j'ai vu cela, j'en ai presque assez... je n'aime pas ces viragos qui ne sont plus d'aucun sexe, ni du leur qu'elles dédaignent, ni du nôtre qu'elles ambitionnent... pour un rien je m'en irais... mais on la prétend si jolie... et je n'ai pas déjeuné !

Deux nègres, précédés d'un majordome et apportant une table toute dressée, vinrent faire trêve à ses réflexions.

— Par exemple, s'avoua Philippe en savourant le café, la cuisine est excellente et les vins sont de premier choix : ceci est à considérer.

Comme il jetait sa serviette à la tête d'un négrillon qui se tenait là, comme une cariatide attendant ses ordres, une portière se souleva discrètement et livra passage à un grand jeune homme blond, vêtu d'un élégant costume de planteur.

En apercevant Philippe, le nouveau venu fit un pas en arrière, salua gauchement et fit mine de se retirer.

Le comte se leva.

— Donnez-vous donc la peine d'entrer, monsieur, dit-il de ce ton doublement cordial des gens qui, naturellement polis, achèvent un bon repas.

— Je vous dérange peut-être.

— Nullement, cher monsieur ; mais on étouffe de chaleur, n'est-ce pas ? Si je vous offrais quelque chose...

C'était lui, maintenant, qui faisait les honneurs de cette forteresse où il avait eu tant de peine à pénétrer.

— Mille grâces, monsieur, répondit le grand jeune homme, en roulant autour de lui de grands yeux assez stupides.

Un doute vint à Philippe, doute que légitimaient, jusqu'à un certain point, les habitudes bien connues de la maîtresse du logis.

— Ah, ça! cher monsieur, dit-il, j'espère bien que vous n'êtes pas mademoiselle d'Alméïda.

— Oh! non, répondit le jeune homme en souriant.

— C'est pour le coup que j'aurais pris la fuite, pensa le comte.

En effet, le planteur avait les traits les plus nuls et les plus insipides qu'il fût possible d'imaginer. Blanc et rose, blond et frisé, timide et bêlant plutôt que parlant, c'était absolument le type du mouton fait homme; à le voir, à l'entendre, on aurait volontiers mangé de ses côtelettes; c'était assurément là le seul désir, le seul appétit qu'il pût inspirer.

— Vous ne connaissez donc pas mademoiselle d'Alméida? s'enquit le planteur.

— Non, monsieur.

— Oh! tant mieux, laissa échapper le doux agneau avec un sourire de satisfaction, c'est-à-dire non, je me trompe; car véritablement elle mérite bien de... de...

— Il patauge affreusement, pensa M. de Lucenay.

— Moi, reprit le planteur, je suis son ami, son voisin de terres... Quand je dis son voisin, il y a bien un peu loin; mais vous savez, dans ce pays, les distances...

— Oui, interrompit Philippe en habitué du boulevard et des petits journaux, les distances sont grandes; mais comme il n'y a pas encore de chemins de fer pour aider à les franchir, elles paraissent naturellement plus courtes.

— Justement, bêla le mouton, qui ne comprit pas, mais fit l'entendu.

— Pardon, cher monsieur, dit le Parisien, si, à

défaut d'un tiers, nous nous faisions mutuellement
l'honneur de nous présenter l'un à l'autre : comte
Philippe de Lucenay, pour vous servir, si j'en étais
capable.

— José Sandalem, riposta le planteur, tout à vos
ordres.

— Il me semble que j'ai déjà entendu ce nom
quelque part...

— Peut-être bien ; c'est un nom très ancien, très
connu, et qui date des... des...

— Des croisades, parbleu ! Un homme qui se res-
pecte ne peut dater de moins loin... Ainsi, vous êtes
l'ami de la maison.

— C'est même à ce titre, monsieur, et parce que
j'en connais les habitudes peu...

— Peu hospitalières, ne vous gênez pas.

— Que je me suis permis de m'étonner en vous y
rencontrant ; ce dont je vous prie de m'excuser.

— Il n'y a pas de mal, cher monsieur. En me rappelant tous les obstacles que j'ai eu à surmonter, je
suis moi-même étonné d'y être... Mais enfin je vois
avec plaisir qu'il y a des exceptions et que vous en
êtes une.

— Oui, monsieur, grâce à mes malheurs...

— A vos malheurs !

— Car tel que vous me voyez, et quoique riche, je
suis souvent sans asile, et alors, je viens demander
l'hospitalité à mademoiselle d'Almïéda, qui daigne
me l'accorder.

— Sans asile, cher monsieur, cela doit être fort
triste, surtout au Pérou, où le soleil semble ne pas
en avoir non plus, car il est toujours dehors... Mais,

oserais-je vous demander par quel concours de circonstances?...

— C'est bien simple : mon habitation étant isolée, des bandes de nègres marrons l'envahissent souvent, et je suis alors forcé de leur céder la place.

— C'est bien simple en effet; seulement, moi, il me semble que je ne la leur céderais pas.

— Pour cela, monsieur, il faudrait être sans cesse sur le pied de guerre, et ce n'est pas dans mes goûts.

— En ce cas, j'abandonnerais mon domaine, et je me choisirais une retraite moins volage, moins sujette à m'échapper.

— Cela est plus facile à dire qu'à faire, monsieur le comte. D'abord, c'est ce domaine-là que je possède et non pas un autre; je le tiens de mes aïeux, et je le dois à mes descendants; ensuite, si le poste a ses inconvénients, il a bien des charmes, ajouta le planteur en tournant du rose au pivoine.

— Ah! et lesquels? demanda Philippe.

— Souffrez que je vous en fasse un secret.

Le comte s'inclina.

— Ce qu'il me faudrait, reprit José Sandalem, ce serait un gérant probe et courageaux...

— Qui gardât les désagréments pour lui, en ne vous laissant que les charmes, acheva Philippe avec une nuance d'ironie. Oui, ce partage serait assez agréable quoique inégal.

— Mais allez donc trouver un pareil phénix?

— Le fait est qu'ils doivent être rares... De sorte que, quand ces messieurs les nègres vous prient de vous en aller...

— Je viens comme aujourd'hui, réclamer l'aide et la protection de mademoiselle d'Alméïda.

L'étrange et naïf aveu de ce grand garçon fit sourire le comte.

— C'est peut-être bien là le charme en question, pensa-t-il.

— Monsieur ignore sans doute la réputation de vaillance que mademoiselle d'Alméïda s'est faite dans le pays demanda don José.

— Je sais qu'on la dit charmante.

— Mieux que cela, monsieur le comte. Il est fâcheux que, poursuivant naturellement votre route après la sieste, vous n'aurez très probablement pas l'occasion de la voir.

Cette insinuation charitable et sans doute intéressée, fit sourire Philippe.

— Consolez-vous, cher monsieur, reprit-il, je ne continue pas le moins du monde ma route : je suis, au contraire, venu tout exprès pour voir mademoiselle d'Alméïda.

— Oh! dit le planteur en rougissant de plus belle, si elle vous attend, elle sera très certainement charmée de... Et moi-même...

— Votre satisfaction est trop visible, interrompit Philippe, pour que vous ayez besoin de l'affirmer. Mademoiselle d'Alméïda ne m'attend pas.

— Comment ! mais vous ne savez donc pas que Carmen...

— Oh ! oh ! pensa le comte, il l'appelle par son petit mon, j'ai décidément affaire à un amoureux... Eh ! bien, cher monsieur, Carmen...

— Vous avez osé.

— Mon Dieu, oui, j'ai osé... Y voyez-vous par hasard quelque inconvénient? demanda avec hauteur le jeune Lucenay.

— Moi, monsieur, aucun, reprit timidement don José ; et si mademoiselle d'Alméïda veut bien vous recevoir...

— J'ai tout lieu de l'espérer, à moins que le souvenir de madame Salcédo ne soit entièrement effacé de sa mémoire,

— Si vous êtes un ami de madame Salcédo, reprit l'Espagnole, je ne dois pas être tout à fait un étranger pour vous, car j'étais un des plus fervents admirateurs de son esprit et de sa beauté.

— Oui, je crois me rappeler... c'est sans doute chez elle que j'aurai entendu prononcer votre nom... qui date des croisades.

— Ces dames ont cessé de se voir, hasarda don José, pour donner à entendre que la recommandation de cette ex-amie ne serait pas très puissante.

— Eh ! mon Dieu, reprit Philippe avec nonchalance, vous savez, les femmes... Un rien a desserré leurs liens, un rien peut les renouer. Et vous disiez donc que mademoiselle d'Alméïda est mieux que charmante ?

— Oui, monsieur, la grâce et la force, Vénus et Bellone, un ange et un démon, mais un adorable démon, le tout sous la même enveloppe, répondit le planteur avec l'enthousiasme irréfléchi des passions naïves.

— Là ! là ! cher monsieur, modérez-vous un peu, je vous prie. A vous entendre, ce serait une femme comme il n'y en a pas.

— Oui, monsieur, reprit l'Espagnol, comme il n'y en a pas, ou, du moins, comme il n'y en a qu'une. Figurez-vous une belle jeune fille de vingt-deux à vingt-trois ans. .

Pour une créole, n'est-ce pas déjà un peu l'âge mûr ?

— L'âge mûr ? quel blasphème ! Oh ! que non pas, monsieur, c'est le bouton qui devient fleur.

— Très joli, don José ; vous devez être poète, n'est-ce pas ?

— Quelquefois, minauda l'Espagnol, à mes heures.

— Je me disais aussi... Continuez, je vous prie.

— Doña Carmen est grande, mince, élancée comme un palmier de nos savanes, des yeux...

— Et avec cela une bouche et un menton, je suppose ? demanda l'impitoyable railleur parisien.

— Le courage en personne, poursuivit don José, que ces boutades décontenançaient un peu, mais qui les attribuait avec quelque raison au génie français.

Une amazone des temps antiques ; elle fait des armes, elle monte à cheval, elle chasse la grosse bête ; elle conduirait au besoin une armée.

— En temps de guerre, cela peut avoir son charme ; mais en temps de paix et dans son ménage...

— Elle ne connaît ni la fatigue, ni la peur.

— Ceci est une question de nerfs.

— Elle inspire à tout le monde le respect et la crainte.

— A tout le monde, c'est trop... Avouez que si elle avait un mari, il ne resterait plus à ce mari qu'un assez triste rôle à jouer.

— Oh! monsieur, reprit don José, comme on voit bien que vous êtes d'une contrée où le sol produit des gendarmes.

— En effet, c'est moins avantageux, mais plus rassurant que les cannes à sucre.

— Le courage personnel est ici la plus désirable des qualités ; aussi serions-nous véritablement bien à plaindre, bêla langoureusement don José, si nous n'avions pas doña Carmen pour nous protéger et nous défendre.

— Ah çà ! se demanda le comte à cet incroyable aveu, est-ce décidément l'amour ou la peur qui attache ce grand nigaud à mademoiselle d'Alméïda ?

Il y avait de l'un et de l'autre.

Philippe avait accepté un de ces vrais cigares de planteur qui sont aux nôtres ce que Bordeaux est à Suresnes, les deux jeunes gens allèrent prendre le frais sur une terrasse que baignait une vaste pièce d'eau, entourée d'orangers et dé lauriers roses en pleine floraison.

Comme M. de Lucenay se penchait au-dessus d'un massif de sassafras couronné de lianes :

— Prenez garde, monsieur le comte, lui dit l'Espagnol en le retenant ; cette terrasse n'est plus qu'une ruine, la balustrade ne tient pas ; si vous vous appuyiez de tout votre poids, vous feriez un plongeon dans le lac.

— Ce n'est pas moi que cela gênerait le plus, car je nage comme un marsouin, reprit Philippe en riant ; mais, ne leur ayant pas été présenté, ma visite serait peut-être importune à tous ces jolis poissons que je vois s'ébattre dans l'eau.

Le coup d'œil était ravissant. Personne ne se serait figuré, du dehors, que ces hautes et vilaines murailles recélassent un coin du Paradis.

A l'horizon, dans la transparence d'une atmosphère sans nuage, Montana Real, une chaîne de montagnes détachée des Andes et comme jonchée de ruines colossales, de temples renversés, de pagodes détruites, de forteresses en lambeaux, qui racontent, du même coup, la décadence du présent et la splendeur du passé.

Au dedans, les jardins d'Armide et des plantes de tous les pays.

Là, sur le lac, des cygnes à tête noire, des frégates aux reflets d'un violet sombre et d'un gris rougeâtre, tous les palmipèdes connus et inconnus. Le harle et la mouette d'eau douce se disputent une proie, tandis qu'un héron mélancolique, perché sur l'écorce rugueuse d'une pirogue indienne, guette avec patience le passage d'une proie.

— On vivrait bien ici... pendant quelque temps dit Philippe.

— Et même toujours, soupira José.

En promenant çà et là ses regards dans l'enceinte même des Palmiers, le comte remarqua, au delà de la pièce d'eau, à l'extrémité d'une vaste prairie, une élégante maisonnette en quelque sorte enfouie sous les branches surchargées de fleurs d'un magnifique catalpa.

— La délicieuse retraite, dit M. de Lucenay ; est-ce qu'elle est habitée par quelqu'un ?

Don José allait répondre, mais l'événement s'en chargea pour lui, c'est-à-dire que la porte de la maisonnette s'ouvrit et qu'une jeune femme parut sur le seuil.

Il y avait, dans cette délicate créature, de l'oiseau, de la jeune fille et de la fleur. Ses regards semblaient interroger l'espace... Tout à coup, elle prêta l'oreille à un bruit lointain, et, tombant à deux genoux, elle fit un geste de désespoir ; puis, rebondissant sur elle-même, comme une gazelle affolée, elle traversa rapidement la prairie et disparut sous l'ombre épaisse d'une plantation d'oliviers.

Au même instant, et comme pour expliquer à peu près cette scène si vivement animée, une fanfare de chasse retentit à quelque distance du château.

Don José pâlit.

— C'est Carmen, balbutia-t-il en rajustant sa toison et en jetant son cigare.

Et il entraîna M. de Lucenay dans un petit salon dont les fenêtres donnaient sur la cour d'entrée.

III

En tête d'une petite troupe d'hommes de couleur, mademoiselle d'Alméïda rentrait de la chasse, sa distraction favorite.

Elle portait une amazone de piqué blanc, et montait une de ces fières juments barbes dont on dit proverbialement qu'elles meurent, mais ne vieillissent pas : voulant signifier par là qu'elles conservent leur vigueur jusqu'au bout.

Mademoiselle d'Alméïda semblait née à cheval, tant elle maîtrisait avec facilité, d'une seule main, l'ardent animal mordillant son frein, pendant que, de l'autre, elle portait à ses lèvres un petit cornet de chasse en vermeil, sonnant l'hallali.

Si les notes lointaines de cette jolie trompe de fantaisie avaient semblé jeter l'épouvante dans la maisonnette du lac, il convient d'ajouter que la physionomie de maître Diégo, déjà fort refrognée, s'en était considérablement assombrie.

Comment allait être accueillie la présence de cet hôte dont le grand air et les belles paroles avaient endormi ses scrupules ?

— Rien ne donne souvent du courage comme la peur ; cela a l'air d'une mauvaise plaisanterie, et c'est une grande vérité.

— Señor, dit le régisseur en se précipitant dans la salle où don José venait d'entraîner Philippe ; señor comte, pendant qu'il en est encore temps, rendez-moi le service de vous en aller !

— Hein ! qu'est-ce que c'est ? demanda M. de Lucenay.

— Je vous ferai sortir par une poterne ; personne ne vous verra.

— Diégo n'a peut-être pas tort, ajouta le timide planteur.

— Revenez demain, si vous voulez, reprit l'intendant ; je pourrai au moins, d'ici là, prendre les ordres de mademoiselle.

— Pour qui me prenez-vous donc ? demanda le comte, écrasant ces trembleurs d'un regard de mépris.

Et il fut se mettre à la fenêtre.

Tous les noirs étaient sortis de leurs cases et formaient le cercle autour de la cour, où Carmen et son escorte venaient de faire halte.

Quatre nègres portaient un magnifique jaguar — mort, bien entendu — sur un brancard tressé de fortes ramures.

C'était en vérité un beau spectacle.

Les chevaux, couverts d'écume, creusaient d'un pied impatient des trous dans la terre, leurs flancs grelottaient encore de terreur, rien qu'aux âcres émanations de l'énorme bête.

Tout ce peuple d'esclaves dansait de joie et poussait des cris de surprise et d'admiration.

Calme, presque grave, mademoiselle d'Alméïda tranchait sur l'allégresse générale. A un moment donné, irritée sans doute des tressaillements de sa monture, elle l'enleva d'un poing vigoureux et lui fit franchir le corps du jaguar.

— Bravo ! venez donc voir, monsieur Sandalem, dit le comte Philippe à José qui s'était assis dans un coin de la pièce.

— Merci, répondit le planteur ; quelqu'une de ces bravades, sans doute, de ces imprudences dont elle est coutumière... Je n'aime pas à voir ces choses-là.

— Quel poltron ! pensa M. de Lucenay.

Cette espèce d'action d'éclat avait naturellement provoqué l'enthousiasme de l'assistance. Toutefois l'intrépide chasseresse ne parut pas même s'apercevoir de l'ovation dont on la faisait l'objet. Elle mit pied à terre, jeta son fusil au premier esclave venu, releva d'une main légère la jupe traînante de son amazone, et se disposait à gravir le perron qui conduisait à l'habitation, lorsque Diégo, l'air contrit, tête nue, l'échine courbée se hasarda à lui dire :

— Mademoiselle est attendue par...

— Oui, je sais, par don José, acheva la jeune fille ; j'ai appris l'attaque de cette nuit.

Diégo tortillait encore son chapeau et sa phrase, que déjà Carmen rentrait au salon.

Mademoiselle d'Alméïda — don José nous l'a déjà dit — était une grande et belle personne, svelte, élancée, délicate, sans maigreur, les épaules bien dégagées, le cou rond et flexible, le corsage gracieux et discret, le port franc et presque hardi, ce qui n'avait

rien d'étonnant, attendu qu'elle vivait entourée de
bipèdes pusillanimes qui ne savaient que lui obéir et se
prosterner.

Au repos, son teint était fort pâle, mais de cette
pâleur mate, et en quelque sorte animée, que la moindre impression colore de rose tendre ; elle avait de
beaux yeux noirs, bien fendus et très ouverts ; le regard était clair, vif et souvent fort doux, quand le
mécontentement ou la colère ne le chargeait pas
d'étincelles. Le nez était fin et droit, aux ailes légè-
ment ouvertes ; la bouche bien dessinée, appelait le
sourire, mais, dans l'existence qu'elle menait, le sourire était rare. Le front était élevé, uni, mais comme
chargé de pensées trop lourdes pour elle. D'épaisses
grappes de cheveux bouclés d'un brun sombre, flottaient autour de sa tête.

L'aspect général, l'habitude des traits, comme disent
les physiologistes, exprimait la lassitude, l'ennui, le
dédain de toutes choses. Souvent absorbée, son esprit
cherchait ; il fouillait l'inconnu, il demandait à la vie
des secrets, des charmes qu'elle devait avoir, mais
dont l'intelligence exacte lui échappait. Comme l'enfant qui essaie en vain de casser son joujou pour
voir *comment il est fait en dedans*, elle frappait alors
du pied, mordillait ses jolies lèvres rouges, et se ven-
geait volontiers — de quoi ? elle n'en savait rien, et
c'était là le pire — sur la première personne venue,
don José, Diégo, ou tout simplement un de ses nègres.

Somme toute, c'était une créature splendide, étrange,
imposante, saisissante, faite pour attirer les regards et
pour les captiver. Aussi, de l'embrasure de la fenêtre

où il était resté, le comte Philippe, ébloui et fasciné, ne la quittait pas des yeux.

Carmen ôta son chapeau de paille à larges bords, simplement orné, et d'un geste gracieux, mais nullement cherché, elle prit à deux mains et rejeta en arrière l'opulente chevelure qui venait de s'en échapper.

— Mademoiselle, mademoiselle... répéta Diégo, n'osant pousser plus loin sa témérité et son discours.

— Eh bien ! quoi ? qu'y a-t-il ? Ah ! c'est vous, don José, pardon, je ne vous voyais pas.

Plié en équerre et les bras pendants, le jeune planteur saluait respectueusement.

— Soyez le bienvenu, mon pauvre ami... Ils vont bien, vos nègres ; mais soyez tranquille, nous les fustigerons de la bonne manière... En attendant, donnez-moi un fauteuil, car je suis brisée de fatigue... Vous savez, cet affreux jaguar qui, depuis trois mois, faisait tant de dégâts sur nos plantations ? je viens d'en débarrasser le pays ; deux balles ont fait l'affaire, l'une au front, l'autre au cœur.

— Vous me faites frémir ! dit l'Espagnol ; j'ai la chair de poule rien que d'y penser...

— Quel est cet étranger ? dit tout à coup la jeune fille qui venait d'apercevoir Philippe en se tournant vers l'intendant d'un air courroucé.

— Mademoiselle, si j'ai mal fait, je vous supplie de me pardonner ; l'intention était bonne... C'est un homme, un monsieur...

— Hé ! je vois bien !

— Un voyageur, continua Diégo qui se dit chargé d'un message.

Carmen regarda Philippe.

M. de Lucenay, l'air respectueux, le chapeau à la main, le regard doucement mais fermement attaché sur l'impatiente créole, semblait attendre une interruption plus directe.

— Voyons ce message, monsieur, demanda la jeune fille.

Philippe promena autour de la salle un de ces regards qui signifient : « Nous ne sommes pas seuls. »

— Sortez ! dit Carmen à l'intendant.

Celui-ci n'eut garde de se le faire répéter.

— Et moi? demanda timidement don José.

— Vous aussi, mon ami ; à bientôt, n'est-ce pas ?

Mademoiselle d'Alméïda et le comte restèrent en face l'un de l'autre.

I V

M. de Lucenay était un homme distingué, remar-
quable, élégant de façons et de tournure, dans la meilleure, dans la plus virile acception du mot. Son regard
attirait et imposait à la fois ; il y avait de la force
dans sa grâce, de la douceur dans sa voix vibrante.
On ne passait guère à côté de lui sans le regarder,
on ne savait pas au juste pourquoi, on devinait que
c'était *quelqu'un*.

Eh bien, monsieur, demanda avec une certaine impatience Carmen à Philippe, lorsque la portière fut
retombée derrière don José, ce message ? cette lettre ?
ce n'importe quoi que vous avez à me remettre ?

Il s'agissait de s'exécuter ; le comte joua le tout
pour le tout.

— Mademoiselle, dit-il, puisse ma franchise méri-
ter votre indulgence ! Je n'ai rien à vous remettre...

— Comment rien ? mais alors ?

— Voyant que vous aviez un régisseur inflexible, ce
qui est rare, continua le comte, j'ai imaginé un prétexte pour pénétrer sous ce toit... que je serais

charmé de pouvoir appeler hospitalier, si vous voulez bien le permettre.

— Vous l'appellerez comme vous l'entendrez, monsieur, reprit sèchement Carmen, toujours est-il que vous y avez pénétré, que vous avez même daigné y accepter quelque chose, ajouta la jeune fille en jetant un coup d'œil sur les reliefs du déjeuner; or, maintenant que la grande chaleur est passée...

— Vous ne me retenez plus, acheva le comte; c'est bien là ce que vous voulez dire?

— Parfaitement, monsieur.

— Et si j'osais ajouter, mademoiselle, que c'est surtout vous que je voulais voir.

— Moi! dit Carmen.

Et, se levant, elle allait appuyer la main sur un timbre.

— Est-ce que je vous fais peur? demanda Philippe.

Dans la circonstance, ce dernier ne pouvait trouver un mot qui le servît mieux.

— Peur! répéta dédaigneusement la jeune fille.

Cependant elle rougissait malgré elle, et son regard, d'abord intrépide, s'abaissa bientôt devant l'attitude calme et digne de l'étranger. Elle sentait déjà que ce n'était plus là ni José, ni Diégo, ni aucun des esclaves, de fait ou de droit, qu'elle avait l'habitude de dompter d'un geste ou d'un mot.

— Mademoiselle, dit le comte, reprenez votre siége et daignez m'écouter, je vous en supplie! Je m'en irai après si vous l'exigez.

— Mais cela ne s'est jamais vu, monsieur! cette contrainte...

— Moi, vous contraindre! Dites un mot, mademoiselle, et je disparais tout de suite... Mais, j'ai une si haute opinion de votre cœur que vous le regretteriez ensuite, je vous le prédis.

— Parlez donc, monsieur, et faites vite.

— Mademoiselle, j'étais en France le comte Philippe de Lucenay...

— Ah! et vous ne l'êtes plus?

— J'oublie que je le suis toujours, mademoiselle, et vous ne voyez plus devant vous qu'un peintre français.

— Un peintre, soit, mais quel intérêt voulez-vous que je prenne à cela?

— Aucun, pour le moment, mademoiselle; mais il faut bien que je commence par le commencement?

— C'est juste, dit Carmen, qui ne put se préserver d'un quart de sourire.

— J'ai été victime d'un grand malheur, reprit M. de Lucenay: plusieurs personnes estimables de Lima m'ont autorisé à me recommander auprès de vous de leur influence et de leur nom.

— S'il s'agit d'un secours, monsieur, elles ont parfaitement bien fait; veuillez me permettre...

Philippe appuya doucement son bras sur celui de la jeune fille, et la força une seconde fois, à se rasseoir.

— Vous voyez bien que vous êtes bonne, dit-il, et que votre cœur s'émeut lorsqu'il s'agit de venir en aide à une détresse quelconque... Mais il n'est pas question d'un secours comme vous l'entendez, pas même d'un secours comme celui que M. Sandalem est venu réclamer de votre courage, ajouta le comte en riant.

— Quoi! vous savez?

— Un secours de ce genre, continua fièrement le jeune homme, si jamais j'en avais besoin, je ne le demanderais qu'à moi-même... Ce que je viens implorer, mademoiselle, c'est votre toute-puissante protection.

— Ma protection, juste ciel! et auprès de qui? mais je ne vois personne; je vis ici dans l'isolement le plus absolu; qui donc a été assez mal inspiré pour...

— D'abord, le gouverneur de Lima.

— Je le connais à peine.

— Ensuite, une dame dont j'ai fait le portrait que voici.

— Doña Hortensia! s'écria la créole, soudain fort émue et, passant de sa pâleur mate à l'incarnat le plus vif: oui, c'est bien elle, je la reconnais... En effet, madame Salcédo a été mon amie, je l'ai violemment aimée.

— Et aujourd'hui?

— Aujourd'hui, monsieur, elle m'est tout à fait indifférente, continua froidement mademoiselle d'Alméïda, et si vous n'avez d'autre recommandation à faire valoir...

— Si, mademoiselle, interrompit le comte d'une voix pleine de tristesse et de mélodie, j'ai la plus éloquente de toutes: la recommandation du malheur... En France, il est rare qu'on y résiste...

— Sous ce rapport, monsieur, le Pérou est comme la France, seulement, continua avec une sorte de gravité la jeune fille, veuillez remarquer que je vis toute seule dans ce château, dont la mort de mon père a fait un désert. A part M. Sandalem, mon compatriote, mon ami, je ne reçois personne. Du moment qu'une règle s'applique à tous, nul n'a plus le droit de s'en offenser.

— Je ne m'en offense pas, mademoiselle, je suis au désespoir, voilà tout.

— C'est beaucoup! reprit la créole, qui n'était pas sans avoir analysé quelque peu cet hôte obstiné.

— Ecoutez, monsieur, vous avez invoqué tout à l'heure un nom qui fut autrefois tout-puissant sur mon cœur, en considération de ce souvenir, et si vous croyez que je puisse véritablement vous être utile, ce dont je doute...

— Oh! n'en doutez pas! dit le jeune homme avec une de ces profondes convictions qui se communiquent.

Et, s'inclinant devant Carmen d'un air respectueux, il prit sa main qu'il porta à ses lèvres.

Peureuse à son tour, intimidée plutôt que fâchée, la créole retira précipitamment sa main, qu'elle ne put s'empêcher de regarder. Ce n'était pas un simple baiser, mais quelque chose comme la soudaine sensation d'une brûlure qu'elle avait sentie.

— Mais vous êtes debout, reprit mademoiselle d'Alméïda, donnez-vous donc la peine de vous asseoir. Vous avez parlé d'un malheur : quel est-il? je vous écoute.

Par suite de cette mobilité d'impression qui caractérise en général les créoles — et dont Carmen avait sa bonne part — elle venait, en quelques secondes, de se transformer complétement : de hautaine, dure et presque impolie qu'elle s'était montrée tout d'abord, elle était maintenant douce et bienveillante.

— Ah! oui, un malheur, répéta le comte en exhumant de sa poitrine le plus navrant soupir qu'il put y trouver.

— Et, surtout n'omettez rien, insista Carmen ; je veux tout savoir.

— Tout savoir, pensa Philippe, cela est facile à dire... Si seulement, je savais moi-même quelque chose.

— Pardon, reprit mademoiselle d'Alméïda, y a-t-il quelque chose de mystérieux dans ce que vous allez me faire l'honneur de me confier ?

— De mystérieux ?... Je ne crois pas.

— Je ne vois guère que vous qui puissiez le savoir.

— Non, reprit Philippe, rien de mystérieux... par exemple, fatal et désolant au possible !...

— En ce cas, vous me permettez de rappeler M. Sandalem, qui se morfond là-bas sur la terrasse ?

— Mais comment donc ! Si vous le désirez, je vais le rappeler moi-même.

Et, ouvrant une porte-fenêtre :

— Don José, cria-t-il, mademoiselle d'Alméïda vous prie de rentrer.

— Je vous avais oublié, dit la créole sans penser à mal.

Ce n'était pas très flatteur, mais pourvu qu'il pût vivre dans le rayonnement de l'astre dont il s'était fait le satellite, José était habitué à se contenter de peu.

Cependant une chose le frappa : Carmen était toujours Carmen, physiquement parlant, on pouvait encore la reconnaître ; mais, comme dans ces globes éteints où la lumière rayonne tout à coup, il s'était allumé en elle quelque chose qui la transfigurait.

Sans doute la curiosité... Un inconnu, une histoire à entendre, un intérêt dans sa vie, qui n'en avait guère eu jusque-là.

Maintenant que Philippe était dans la place, il ne lui restait plus qu'à se faire bien malheureux, bien intéressant, bien à plaindre, pour y rester, du moins quelques jours.

Le côté embarrassant de la situation était que Carmen et don José s'apprêtaient à écouter, et qu'il avait, lui, une catastrophe à raconter, dont il ne savait pas le premier mot.

— Enfin, à la grâce de Dieu ! pensa-t-il.

Puis, ayant toussé deux ou trois fois, ce qui prélude au discours comme l'accord donné prélude au concert :

— Mademoiselle, dit-il, pour bien établir qu'il ne s'adressait qu'à la jeune créole, j'ai déjà eu l'honneur de vous dire mon nom ; il y a peu d'années encore, il figurait parmi les plus favorisés et les plus en vue de Paris. Je n'avais absolument rien à faire, et peut-être vais-je vous étonner en ajoutant que cela m'occupait beaucoup...

— En effet, dit le planteur, tout d'abord on se figurerait le contraire.

— Laissez continuer monsieur le comte, je vous prie, dit Carmen.

— Ai-je été malheureux ou imprudent, reprit Philippe, je n'en sais trop rien, mais je penche vers les deux. Une grande fortune ne se dévore pas sans qu'on y déploie quelques appétits légèrement féroces... Mais ce sont là des détails sans importance, sur lesquels je vous demande la permission de passer. Donc, un beau matin, tout compte fait, toute créance payée, après une visite au grand-livre de la dette publique, lequel déclara ingénument que mes dernières rentes venaient de mourir, je me réveillai dans la situation d'un patriarche très connu au XXIVe livre de l'ancien Testament.

— Job! dit le planteur.

— En vérité, reprit Philippe, il n'y a pas de plaisir avec vous, monsieur, vous devinez tout de suite.

José fit un signe de modestie, comme pour remercier.

Ce qui commençait à captiver mademoiselle d'Alméïda, c'était peut-être moins la personne du narrateur et le récit en lui-même, que le tour original donné par le comte à tout ce qu'il disait. Ainsi, le planteur parlait bien le même idiome, il aurait même pu, à la rigueur, peindre les mêmes choses, mais ce n'était plus cela du tout.

Le mystificateur continua:

— A quel fil léger tient souvent l'avenir des humains! Ainsi, heureusement pour moi que, tout enfant, j'avais eu la rage de faire des bonshommes... Plus tard, cette passion s'était maintenue parmi toutes les autres; si bien que je rencontrais rarement une physionomie charmante ou de caractère, sans me donner le plaisir de la fixer sur la toile.

— Il faudra faire le portrait de M. Sandalem, insinua la jeune créole: comme caractère, vous ne sauriez rien trouver de mieux.

— Très volontiers, mademoiselle; puis, comme charmante, il serait également difficile de... vouillez souffrir que je garde pour moi la fin de ma phrase.

— Je la devine, s'écria José, ravi de consolider la réputation qu'on venait de lui faire.

— Très bien, cher monsieur, répliqua sévèrement le comte; seulement n'abusez pas de votre finesse, je vous en supplie. Quand je n'achève pas une phrase, c'est que j'ai des raisons pour cela, et, alors, il me déplaît souverainement qu'un autre le fasse pour moi... Bref, mademoiselle, continua Philippe, ce qui n'avait été d'abord qu'un passe-temps futile, devint, à une heure donnée, mon unique ressource. J'avais la vocation, restaient les études à suivre, le talent à acquérir, et je fis de mon mieux, quitte à n'avoir peut-être pas autant réussi que je l'eusse voulu.

— Si j'en juge d'après le portrait de madame Salcédo, dit Carmen, vous êtes trop modeste.

— Ou vous trop indulgente, mademoiselle. Cependant j'en étais arrivé à vivre à peu près de mes pinceaux, lorsqu'un de mes bons amis, M. Salcédo, partant pour Lima, m'engagea à l'y suivre. A cette époque, Paris avait encore des charmes pour moi, j'hésitais à m'expatrier: l'évaporé, le vieil homme vivait encore en moi et je le laissai partir seul.

— Le vieil homme, dit Carmen en souriant.

— Le malheur donne des rides morales, mademoiselle, répondit mélancoliquement le jeune comte; et, sous ce rapport, je suis centenaire... J'en étais donc là de mes incertitudes, lorsque je vis, au dernier salon, les toiles de Biard, qui revenait d'Amérique... Ce monde inconnu pour moi, ces forêts vierges, cette végétation puissante, ces solitudes sans fin, ces types de toutes nuances, et jusqu'à ces animaux féroces qui soupent d'un homme comme nous déjeunons d'une côtelette, firent sur moi une impression profonde que je ne saurais vous rendre...

Le comte était la bonté même; il se sentit quelque vergogne d'avoir malmené le planteur, et, dans l'espoir de lui dégeler la langue, il ajouta :

— Si vous connaissez Biard, monsieur Sandalem, il ne faudrait pas vous gêner pour le dire.

— Je n'ai pas cet avantage, monsieur le comte.

— Oh! dit Carmen en riant, je crois que mon cher voisin ne se préoccupe pas beaucoup de l'art, ni des artistes.

— Mais que si, mais que si, protesta don José; diable! l'art, les artistes, c'est comme qui dirait la plus haute expression de l'émanation la plus complète, la plus éthérée du... du...

— Voilà qui est limpide comme de l'eau de roche, interrompit le comte. Quand on définit si bien les choses, c'est qu'on les apprécie dignement... La proposition de mon ami Salcédo me tourmentait l'esprit, je ne sais quelles voix secrètes me criaient de partir. Il me semblait que, à moi aussi, cette nature exotique et privilégiée inspirerait des chefs-d'œuvre... Cependant, j'hésitais encore, lorsqu'un de mes camarades d'enfance, un naturaliste, un des futurs princes de la science, à ce que disent les journaux, m'avoua qu'il était possédé de la même soif que moi, de voir et d'apprendre. A partir de ce jour, nos idées passèrent à l'état d'idée fixe, de fièvre aiguë, de cauchemar perpétuel... Et, je m'en souviendrai toute ma vie, mademoiselle, par une nuit sans étoiles qui n'annonçait que trop les orages nous partîmes du Havre sur un trois-mâts, à bord duquel nous venions d'arborer le pavillon vert de nos espérances... Pizarre, le conquérant de ce pays, n'y apportait que la dévastation et la mort : mon ami et moi, nous y apportions, l'un la science, l'autre les beaux-arts.... Et dire que tout cela allait faire naufrage...

— Quoi, monsieur...

— Hélas, mademoiselle, jusqu'ici, ce ne sont pas des malheurs que je vous raconte... D'une façon ou de l'autre, un peu plus, un peu moins, il en arrive autant à tout le monde... Tandis que... Mais, je crains de trop fatiguer votre imagination, de trop faire saigner votre cœur...

— Monsieur, interrompit Carmen avec un empressement plein de grâce, si mon cœur saigne trop, je l'étancherai... Vous m'avez promis de tout dire ; je ne vous fais grâce de rien... N'êtes-vous pas de mon avis, don José ?

— Certainement, certainement..., du moment que vous daignez avoir un avis, je ne me permettrais pas de... de...

— D'en avoir un autre, acheva Philippe : cela va sans dire.

Cependant, M. de Lucenay n'était pas à l'aise ; il avait annoncé quelque chose de terrible, d'inouï ; or, l'heure était venue de s'exécuter... il priait vainement Saint-Ponson et Saint-Féval de venir à son aide, lorsqu'une portière se soulevant, le maître d'hôtel vint annoncer que « mademoiselle était servie. »

— C'est le ciel qui l'envoie, pensa le comte Philippe.

— En ce cas, nous remettons la suite à ce soir, dit Carmen en tendant la main vers son hôte.

M. de Lucenay s'empara de cette main, et tous deux passèrent devant, pendant que les suivait don José, lequel, par distraction, tournait la pointe de ses moustaches dans le sens inverse, ce qui les défrisait complétement, au lieu de leur imprimer la tournure guerrière qu'il rêvait pour elles.

V

Laissons dîner nos convives de trois appétits différents. Carmen rayonnante, expansive, aiguillonnée par la chasse du matin, par le charme d'une société nouvelle, par mille sentiments divers — le comte Philippe, toujours très gai, aussi spirituel qu'il était dans sa nature de l'être, hasardant des regards de flamme, des brûlots d'essai qu'il retirait bien vite dans la crainte d'effaroucher sa charmante hôtesse, et, au fond de tout cela, fort préoccupé du roman qu'il avait à faire —· don José plus timide que jamais, regardant de ses yeux ébahis, écoutant sans avoir l'air de comprendre et mangeant du bout de ses dents — laissons-les, disons-nous, faire plus ample connaissance en partageant le pain et le sel de l'hospitalité, et revenons *Plaza Mayor*, à Lima, où nous avons laissé la sœur et l'ami de notre aventureux voyageur.

C'est le moment du dîner à Lima non moins qu'aux Palmiers. Madame Salcédo et Charles Aubry, le savant que nous connaissons à peine, ont accordé à Philippe le quart d'heure de grâce.

Ils viennent de se mettre à table.

— C'est singulier, dit le naturaliste, il est habituellement plus exact; pourvu qu'il ne lui soit rien arrivé de fâcheux.

— Je ne crois pas, répondit en souriant madame Salcédo.

— C'est un pays si terrible. On n'y est jamais sûr de rien.

— Vous vous en plaignez donc, monsieur le savant?

— Je ne m'en plains pas, chère madame, parce que vous y êtes...

— Ah! ceci est mieux.

— Mais il n'en est pas moins vrai qu'on y court sans cesse de très grands dangers. Vous vous promenez bien tranquille, en herborisant: pzzz... c'est un serpent qui se dégage des lianes, ou quelque bête fauve qui, sortant des jungles, darde sur vous deux tisons ardents, en vous montrant, en bâillant, des crocs formidables. Savez-vous au moins où Philippe est allé?

— Pas absolument; mais je le présume. Ainsi, je tiens de Job que mon frère a emporté une petite valise, qu'il a demandé la route des Palmiers, et que, au moment de partir, il lui a dit: « Si je ne rentrais pas pour dîner ou même ce soir, il ne faudrait pas être inquiet. »

— J'ignorais ces circonstances... Et qu'est-ce que les Palmiers?

— Mais, vous savez bien !

— Je ne me rappelle pas du tout.

— En vérité, cher monsieur Aubry, vous êtes trop distrait ! Nous ne parlons que de cela depuis quelques jours. C'est ce ténébreux château...

— Ah! oui, où il y a une tigresse, je crois.

— Justement.

— Et, selon vous, Philippe serait allé là.

— J'en suis sûre.

— Pour quoi faire!

— Ah! dame vous m'en demandez beaucoup...
C'est une sorte de petit complot que j'ai ourdi à moi
seule.

— C'est très mal à vous de ne pas m'y avoir mis de
moitié.

— J'ai craint vos indiscrétions.

— J'en suis très flatté...

— Oh! des indiscrétions involontaires... je ne vous
crois capable que de celles-là... Ainsi, vous savez que
Philippe s'ennuie à mourir auprès de moi, et qu'il a
résolu de partir?

— Hélas! oui, ne me parlez pas des frères! Le pire
c'est que je serais forcé de partir aussi...

— Eh bien, j'ai voulu essayer de le retenir au
moyen d'un attrait quelconque. Vous trouvez peut-
être que j'ai mal fait? demanda madame Salcedo en
dissimulant un sourire.

— C'est-à-dire, chère madame, que, si vous vouliez
le permettre, je vous dresserais des autels.

— Merci de l'intention, mais je ne le permets pas.
Autrefois, ç'eût été possible, au temps de l'idolâtrie,
mais maintenant que le Pérou est plus catholique que
le Pape.

— Seulement, permettez, je ne déduis pas très bien
la liaison, la logique des faits.

— Voilà pourtant un homme qui discerne l'infini
dans une goutte d'eau et qui ne voit absolument rien

de ce qui éclate aux yeux de tout le monde ! dit en riant madame Salcédo.

— Pardon, riposta le savant, il y a une chose ou plutôt une personne que j'ai vue, que je vois encore, où j'ai découvert les qualités les plus précieuses, les beautés les plus adorables...

— Prenez garde, mon ami, vous allez prendre feu ! Or, vous savez que, ici, à Lima, le service des pompes est affreusement fait...

— Vous êtes bien la plus méchante femme !

— Et vous le meilleur des hommes ! dit Hortense en donnant au jeune homme une affectueuse poignée de main... Mais revenons à mon complot et à Philippe. J'ai cherché, sans en avoir l'air, par tous les moyens, par toutes les insinuations possibles, à lui inspirer le secret désir d'aller aux Palmiers...

— Oui, je comprends...

— C'est bien heureux !

— Renaud chez Armide ! reprit le savant ; mais puisque c'est une tigresse...

— Oh ! c'est là un petit nom qu'il ne faudrait pas trop prendre à la lettre.

— Il est joli le petit nom ! Cela promet.

— Rassurez-vous, mon ami ; Carmen vaut mieux que sa réputation.

— Qu'est-ce que c'est que cette demoiselle ? Peut-on le savoir ?

— Certainement. Je suis même étonnée que vous n'ayez pas deviné mes secrètes intentions.

— Du moment qu'elles étaient secrètes.

— Mademoiselle Carmen d'Alméïda est orpheline, reprit madame Salcédo. Son père, homme énergique et d'une grande valeur personnelle, sachant qu'il la laisserait, tôt ou tard, à la tête d'un immense domaine sans cesse exposé à être attaqué et pillé, son père, disais-je, a voulu qu'elle pût se faire craindre et respecter par elle-même. Elle a donc été élevée plutôt comme un garçon que comme une jeune fille.

— Une virago, dit le savant en faisant une moue dédaigneuse.

— Pas le moins du monde, mon ami. D'abord, au physique, c'est une femme charmante, une brune...

— Je ne comprends la beauté que blonde...

— Soit, dit Hortense en rougissant un peu, mais vous permettrez bien aux autres de la comprendre autrement... Quant à son caractère..

— Le caractère de qui ? demanda le savant, l'esprit absorbé par une petite mouche aux ailes bleues qui voltigeait auprès de lui.

— Mais de mademoiselle d'Alméïda ; voilà que vous retombez dans vos distractions... Quant à son caractère, j'avoue que c'est un composé assez bizarre de défauts et de qualités.

La nature l'a faite bonne, généreuse, sensible, l'éducation l'a faite violente, dominatrice et parfois cruelle ; il résulte de ce mélange les variations les plus capricieuses... Mais je le répète, le fond est excellent ; c'est un cœur d'or, un diamant sans tache...

— Quoique brut, ajouta le savant.

— Oui, répondit Hortense, mais l'amour est un si excellent lapidaire, qu'il aurait bientôt fait de la polir.

— Et alors, chère madame, selon vos plans, ce lapidaire...

— Serait Philippe; il a tout ce qu'il faut pour séduire.

— Certainement, il tient cela de famille... Mais après?

— Comment, après? Vous ne devinez donc rien ? Il faut tout vous dire...

— Oui, chère madame, reprit en souriant Charles Aubry; mais, par exemple, une fois que l'on m'a tout dit, je devine le reste avec une facilité surprenante.

— Eh bien, je songe à marier Philippe.

— Sérieusement? que vous a donc fait ce pauvre garçon?

— C'est donc à l'état de catastrophe que vous envisagez le mariage? demanda la jeune veuve un peu courroucée.

— Dans certaines positions et pour certains caractères, oui, chère madame. Philippe aime l'indépendance et le changement : c'est de son âge...

— Mais alors, vous, monsieur...

— Moi, madame, je suis un naturaliste : c'est une secte à part, et que, sous le rapport des passions, il ne faut comparer à nulle autre... Tandis que votre frère... je ne le crois pas encore à la hauteur des devoirs qu'il contracterait. .

— Ces devoirs vous effraient? demanda Hortense d'un ton piqué.

— Entendons-nous, chère madame ; ils m'effraient pour lui, voilà tout. Quant à moi, vous le savez mieux que personne, je considère le droit de se dévouer à une femme, à une seule, comme le bonheur le plus désirable... Je n'admets pas que l'on donne deux fois son cœur... Cela est si vrai, que mon cœur avait même survécu à l'espérance; selon les calculs humains, vous deviez être perdue pour moi... Un autre aurait peut-être cherché ailleurs... Moi, je me suis fiancé au travail, à l'isolement; je n'ai pas eu d'autre culte que celui du souvenir.

Dites sans emphase, d'une voix tremblante, et sorties de cette bouche sérieuse, ces paroles avaient une valeur à laquelle il était imposible de se tromper.

— Oui, dit Hortense, émue jusqu'au fond de l'âme, je sais que vous êtes un fidèle ami. Mais c'est précisément parce que je sais mon frère d'humeur fragile, prompt à se passionner, accessible aux piéges de toutes sortes qui entourent un jeune homme riche et qui ne compte pas, c'est par toutes ces raisons que je voudrais le fixer... Carmen aurait tout ce qu'il faut pour cela, sans compter que c'est un parti superbe.

— En ce cas, elle ne doit pas manquer d'adorateurs.

— Il s'en est présenté quelques-uns, plus épris encore de ses millions que de sa beauté; mais ils ont laissé voir le bout de l'oreille et elle ne s'est pas gênée pour les mettre brutalement à la porte, ce qui n'a pas peu contribué à lui faire des ennemis. Son caractère s'en est ulcéré; elle a voulu vivre seule, sous sa tente; jugeant et méprisant toute l'espèce humaine sur les deux ou trois échantillons qu'elle en avait vu... Il n'y en a qu'un qui a persisté.

— Le plus audacieux, sans doute?

— Non pas, mais le plus timide et le plus patient. Du reste, celui-ci ne songe pas à la fortune de Carmen; c'est un bon et inoffensif garçon, son voisin de terre, et qui a été élevé avec elle : une femme en homme, de même qu'elle est un homme en femme. Il l'aime comme le faible aime le fort ; il l'admire plus qu'il ne l'aime et il la craint encore plus qu'il ne l'admire.

— Mais si, de son côté, mademoiselle d'Alméïda l'a distingué...

— Elle ? Ah ! bien oui, elle le tolère et il la distrait ; mais quant à être dangereux...

— Ce que j'admire, dit le savant, c'est que vous sachiez si bien tout cela.

— Mais, l'année dernière, Carmen et moi, nous nous voyions beaucoup. Quand je n'étais pas aux Palmiers, elle était ici.

— Alors, pourquoi ces voies souterraines ? Il fallait tout simplement inviter cette tigresse à venir passer quelques jours à Lima ; vous lui eussiez présenté Philippe, ils se seraient vus, appréciés, et cela aurait peut-être, marché tout seul.

— Mon bon Charles, il y avait à cette façon de procéder deux inconvénients. D'abord je n'approuvais pas toutes les excentricités de Carmen, elle prenait assez mal mes observations, et il en est résulté que nous sommes en froid. Ensuite, mon cher ami, vous ne connaissez absolument rien au cœur humain. Mon frère est presque aussi ombrageux que mademoiselle d'Alméïda : ils auraient vu de la préméditation dans ces rencontres arrangées d'avance ; ils se seraient défiés... Vous le voyez, Philippe est allé au château des Palmiers en se cachant même de moi ; il croit nous jouer un tour ; il est heureux comme un écolier en maraude... le hasard est censé avoir tout fait... Carmen, de son côté, aime le merveilleux et l'imprévu.

— Oh ! les femmes ! interrompit le naturaliste.

— Toute la question est de savoir s'il a réussi à se faire admettre ; et, si j'en juge par l'heure....

— Etes-vous assez fine ! assez diplomate !

Dirait-on jamais que c s jolies têtes sont machinées comme le dessous d'un grand théâtre !

— Nous n'avons que cette force-là : c'est bien le moins que nous l'employions.

— Oh ! celle-là et bien d'autres !

— Vous trouvez ? demanda madame Salcédo, en enveloppant l'heureux Charles d'un de ces doux regards qui font également triompher le vaincu et le vainqueur.

Mais c'est assez parler des absents... A propos mon ami, je ne vous ai vu de toute la journée; où êtes-vous donc allé ?

— Je ne suis pas sorti de ma chambre. Figurez-vous que j'ai fait une découverte... Cette nuit je ne dormais pas, et je pensais... à qui... je ne veux pas vous le dire... Tout à coup, le silence est troublé par un bourdonnement... Je retiens mon souffle et je prête l'oreille... le bourdonnement se rapproche... moi je ne bouge pas...

— Quel courage ! s'écria Hortense en riant.

— Il se rapproche encore et toujours ! Mes regards fouillaient dans l'obscurité... bientôt ils rencontrent un point lumineux.

— Juste ciel !

— Savez-vous ce que c'était ? Je vous le donne en cent, madame.

— Je le refuse en mille, monsieur.

— C'était le grand *cucujus*, la luciole d'Amérique.

— Un bien joli nom !

— Cet insecte est de la famille des *coléoptères tré-tramères*.

— Que m'apprenez-vous là, cher ami !

— Vous jugez de ma joie !... de mon ravissement !...

— Comment donc! mais je les partage.

— Allez, allez ; moquez-vous toujours... Jusqu'ici, ce trésor avait échappé à toutes mes recherches... Il n'y en a pas un seul exemplaire en Europe... Aussi vais-je faire bien des envieux.

— Pourvu qu'on ne vous dépouille pas de la vie pour vous dépouiller en même temps de ce... Comment dites-vous cela ?

— *Cucujus*... Je me lève doucement pour ne pas l'effrayer... je le suis dans ses évolutions, éclairé par sa lumière même... Il me fuit, je m'acharne, nous luttons de ruses, d'élans, de zigzags... Vingt fois je crois m'en emparer, et je ne saisis que le vide... enfin, je le prends.

— Dieu soit loué ! J'avais peur que ce ne fût lui qui finît par vous prendre...

— Le microscope à la main, j'ai passé huit heures à étudier sa conformation.

— Huit heures seulement ?

— C'est un xylophale de la plus belle espèce.

— Allons, tant mieux !

— Il présente des phénomènes remarquables : ainsi, les téguments de l'élytre, autrement dit l'étui qui enveloppe ses ailes inférieures, sont d'une solidité à toute épreuve... On l'appelle aussi *cocojus* ou *cucuge*.

— Je me disais aussi : un seul nom ne peut pas suffire.

— Et si vous aviez étudié ses mœurs ?

— Si cela vous était égal, nous les étudierions une autre fois.

— Les Péruviennes s'en font une parure ; voulez-me permettre d'enrichir votre écrin ?

— Il serait par trop cruel de vous en priver.

— Mais au contraire ; je le verrais sur vous, et le prix en serait doublé.

— Allons, je constate avec plaisir que la science et la galanterie peuvent marcher de pair.

La soirée était admirable, Charles Aubry et madame Salcédo prenaient des sorbets sous un immense platane à l'entrée du jardin.

M. Aubry était en veine de science ; il expliquait à Hortense comme quoi on a compté six mille trois cent soixante-deux yeux dans un scarabée, seize mille dans une mouche, et jusqu'à trente-quatre mille six cent cinquante dans un papillon... des facettes bien entendu.

Madame Salcédo écoutait avec beaucoup de bonne volonté, bien que son élégant petit mouchoir de batiste étouffât de fréquentes envies de bâiller. Sans être plus coquette qu'il ne le faut, peut-être aurait-elle autant aimé qu'on lui parlât d'autre chose.

Minuit sonnait depuis trois quarts d'heure... on se rappelle pourquoi les horloges ont tant de marge à Lima.

— Je commence à croire que mon frère ne reviendra pas ce soir, dit la jeune veuve.

— *Terque beatus*, trois fois heureux ! s'écria le naturaliste en se levant avec précipitation, c'est la journée aux miracles.

Et il s'élança dans les profondeurs du jardin à la poursuite d'un phalène.

Il revint au bout de quelques minutes, la main hermétiquement fermée comme pour empêcher un captif de s'en échapper.

— Chère madame, dit-il, je crois bien avoir mis la main sur un *miérogastre*, de la famille des *pupivores*... Tiens, il n'y a plus personne... Mais où est-elle donc ?...

— Maîtresse fatiguée, *massa*, répondit le vieux Job ; maîtresse dormir debout... maîtresse dans sa chambre.

— Ah ! c'est assurément une adorable femme, pensa Charles Aubry ; mais je doute qu'elle morde jamais à l'entomologie... Voyons un peu ce que je viens de prendre.

Il s'approcha d'une lampe, et ouvrit la main petit à petit, avec des précautions infinies. Hélas ! sa main logeait le vide... il n'avait rien pris du tout.

Charles Aubry ouvrit une bouche et des yeux d'un comique achevé, pendant que le vieux nègre se tordait dans les convulsions d'un rire frénétique.

VI

Revenons au château des Palmiers, où, mis en demeure par Carmen d'achever son histoire, M. de Lucenay reprit la parole.

— J'avais donc l'honneur de vous dire, mademoiselle, que mon ami et moi nous nous étions embarqués au Havre, sur un trois-mâts qui s'appelait le *France-Chili*, et, sous la conduite d'un homme énergique qui s'appelait le capitaine Tallibart...

Les noms importaient peu, mais rien ne donne de la couleur aux mensonges comme de préciser certaines choses.

— Jusqu'aux Canaries, reprit le comte, à part quelques phoques qui suivaient le bâtiment en nous faisant la grimace, la traversée avait été d'un calme, d'une monotonie dont nous avions le tort de nous plaindre. La mer nous berçait sur ses flots comme le plus doux des hamacs, et le ciel bleu nous envoyait d'éternels sourires, qui finissaient par devenir fatigants... Toutes les nuits, assis sur la dunette, nous envoyions au firmament des bouffées de cigare, dans l'esprit d'y figurer des nuages, et nous disions :

— Ah! s'il pouvait s'élever une petite tempête!

— Et, un beau jour vous fûtes exaucés, n'est-ce pas? demanda Carmen.

— Hélas! oui, mademoiselle, avec cette seule différence que le jour était vilain au lieu d'être beau. Donc, une nuit que nous dormions par hasard... — si mon ami était là, il vous dirait au juste par quels degrés de latitude et de longitude... — nous fûmes éveillés par ce cri lugubre :

— Tout le monde sur le pont!

Nous venions de donner contre un récif; une voie d'eau s'était déclarée: non pas une de ces crevasses insignifiantes dont le maître calfat a bientôt raison, mais une ouverture énorme par laquelle il n'allait pas falloir plus de deux heures au bâtiment pour s'en aller corps et biens...

— Et pas moyen de fuir, dit l'Espagnol.

Mademoiselle d'Améïda adressa au planteur un mouvement d'épaules qui devait signifier à peu près ceci : :

— Décidément, mon cher voisin est un imbécile.

— Notre seule chance de salut, continua Philippe, était de pomper sans cesse, afin d'équilibrer à peu près la masse d'eau qui nous envahissait avec celle que nous parvenions à évacuer, et d'attendre ainsi la rencontre providentielle d'un navire assez bien inspiré pour passer par là...

— Et le télégraphe sous-marin? demanda don José; je croyais que c'était pour prévenir en cas d'accident.

— Il n'y avait pas là de bureau, cher monsieur, sans cela, croyez bien... Ce que nous pompâmes!

pendant je ne sais combien de jours, effraie la pensée !
J'en avais des ampoules qui me faisaient horriblement
souffrir... Mourir tout de suite, ce n'est rien, mais en
être réduit à ces petites misères ! L'équipage se fati-
guait beaucoup, les passagers aussi, naturellement.
Pour comble de malheur, le capitaine était retenu
dans sa cabine par la fièvre jaune .. A chaque instant, l'un de nous allait lui dire :

— Capitaine, nous ne pouvons plus pomper.

— Coulons, répondait l'intrépide marin...

Un quart d'heure après, on retournait lui dire :

— Capitaine, nous coulons...

— Pompez, ripostait le malade avec un calme héroïque. *Coulons! pompez !* il ne sortait pas de là.

— A la bonne heure ! dit Carmen, voilà ce qui
s'appelle un homme.

— La tempête continuait toujours, et le vent semblait faire exprès de nous pousser loin des côtes...
mon ami me disait parfois :

— Eh bien ! tu dois être satisfait ?... La vérité est
que je ne l'étais pas le moins du monde, bien que tout
cela ne fût encore rien en comparaison du sort qui
nous attendait...

— Cependant, dit José avec un air de regret, vous
êtes parvenus à vous sauver.

— Selon toute apparence, cher monsieur, puisque
je suis là... Dans la bagarre, un baril de rhum s'était
défoncé, quelques matelots en avaient bu outre mesure, et, dans le délire d'une sauvage ivresse, dans le
stupide espoir de sauver le navire en le rendant plus
léger, savez-vous ce qu'ils avaient fait ?...

— Ils s'étaient jetés à la mer, dit le planteur.

— Plût au ciel ! reprit le comte... ils y avaient jeté tous nos vivres...

Suspendue en quelque sorte aux lèvres du narrateur, mademoiselle d'Alméïda écoutait dans le plus profond recueillement ; ses gestes, ses regards, les mouvements de sa jolie tête, exprimaient, tour à tour, la commisération et la terreur.

Le comte Philippe devait être charmé de son succès.

— A partir de ce moment, reprit-il, le trouble, le découragement, l'abandon de soi-même furent poussés à leur comble...

— Il y avait de quoi, dit don José.

— Nos forces s'épuisaient, le travail se ralentissait... on allait plus que jamais au capitaine, qui ne sortait pas de son éternel refrain : *Coulons ! pompez!*.. La fièvre le nourrissait, il n'avait pas faim ; aussi était-il le seul qui eût conservé quelque énergie... Les jours se passaient, nous nous traînions aux pompes comme des spectres ambulants... et la mer montait toujours.. Carmen et don José n'étant jamais allés au théâtre de la Porte-Saint-Martin, cette dernière phrase avait pour eux toute la sombre éloquence de la nouveauté.

— Un jour se leva, poursuivit Philippe, jour fatal ! jour horrible ! où on agita la question de savoir lequel de nous serait appelé à prolonger de quelques heures l'existence des autres...

— Comment cela ? demanda Carmen toute frémissante d'émotion.

— C'est bien simple, reprit le comte : en passant à l'état de rôti, ce qui permettrait à l'équipage de vivre un jour de plus.

— C'est affreux ! s'écria Carmen.

— C'est épouvantable ! bêla le mouton.

— Quelques-uns de ces affamés, les plus équitables, proposaient de tirer au sort ; mais les plus gourmets, objectaient à cela, avec une apparence de raison, que le sort aveugle pouvait désigner une victime vieille, maigre, coriace, et que mieux valait une victime de choix..

— Merci de la préférence ! dit le planteur.

— Ce dernier avis prévalut, continua Philippe ; j'aurai toute la vie devant les yeux le pauvre Peppo, lorsque le maître-coq, un coutelas à la main, lui annonça qu'il excitait plus particulièrement que les autres l'appétit des futurs cannibales. C'était un jeune novice, blanc, rose et potelé comme les anges de Rubens... Le malheureux enfant se mit à pleurer... il appelait sa mère, il invoquait le bon Dieu, il se traînait aux genoux de ses bourreaux.

— Et vous avez souffert cela ? demanda Carmen, étanchant une goutte de diamant qui scintillait au coin de ses yeux.

— Que vouliez-vous qu'il fît contre cette bande d'affamés ? demanda le planteur.

— Je sais à quoi m'en tenir sur ce que vous eussiez fait, répondit Carmen ; aussi n'est-ce pas à vous que je m'adresse, mais à monsieur le comte.

Celui-ci eut une inspiration magnifique.

— Moi, mademoiselle, reprit-il tranquillement, simplement, je couvris de mon corps celui de l'enfant, j'armai mon revolver, et je déclarai que je tuerais net celui qui toucherait un seul cheveu de Peppo.

La jeune créole se leva, courut à Philippe et prit

sa main, qu'elle faillit broyer dans ses phalanges déli-
cates...

Honteux de cet élan d'admiration, auquel il n'avait
aucun droit, M. de Lucenay ne put s'empêcher de
rougir.

— C'est mal ce que je fais là, pensa-t-il ; je ne mérite pas l'enthousiasme de cette charmante fille. Je lui
vole sa sympathie. Cependant, ce qui me raccommode
un peu avec moi-même, c'est que, le cas échéant, il
me semble bien que j'aurais agi comme je prétends
l'avoir fait.

— Et ensuite ? demanda Carmen, avide de savoir.

— Alors, reprit le comte, les cris, les hurlements,
la fureur, les menaces se tournèrent vers moi. — Eh
bien ! proposa un des cannibales en me désignant, puisqu'il fait sa tête, qu'il remplace le novice ; c'est un
passager des premières, un *aristo*... je suis sûr qu'il
doit être tendre. On a beau avoir l'âme solidement
trempée, continua Philippe, il y des situations qui
ne laissent pas d'être gênantes.

— Gênantes, répéta don José, l'expression est modeste.

— La tempête atteignait des proportions inouïes ;
le navire, lancé à des hauteurs prodigieuses, retombait
de la cime des vagues dans des abîmes sans fond.
L'orage grondait, des éclairs sillonnaient la nue.
Je venais d'étendre à mes pieds le téméraire qui, le
premier, avait osé porter la main sur moi. Peut-être
en aurais-je abattu une demi-douzaine, autant que
mon revolver comportait de coups : mais j'allais inévi-
tablement succomber au nombre, lorsque, tout à

coup, un horrible craquement se fit entendre. Le navire sembla se tordre un instant dans les convulsions
de l'agonie. La poupe s'enfonça d'abord pour ne plus
se relever, puis l'avant... Un cri, formé de cent voix,
s'éleva vers le ciel... et ce fut tout ! Il n'était plus
question ni de Peppo, ni de moi : nous allions souper
chez les morts...

— D'où vous êtes heureusement revenu, dit Carmen attendrie jusqu'au cœur, moins encore par les
horreurs du récit que par l'accent mélancolique et
fascinateur que le prétendu naufragé y avait mis.

— Et alors ? demanda José.

— Voilà où commence le surnaturel. Mon ami,
doué d'un grand courage, avait voulu me défendre,
mais on l'avait refoulé à l'autre bout du navire, en
sorte que, lorsque la mer nous avait engloutis, nous
étions séparés par la distance d'une centaine de pieds...
Je reviens sur l'eau... au même instant, un malheureux se cramponne à moi avec l'énergie du désespoir.
Je le regarde, nous nous regardons..., il pousse un
cri, j'en pousse un autre... Mon brave Philippe !
Mon excellent Charles !

— C'était votre ami, dit José.

— Lui-même, cher monsieur, mais ce n'était pas
tout que de revenir sur l'eau, il fallait y rester. Les
débris flottaient autour de nous... J'aperçois le mât
d'artimon, je le saisis, mon ami s'y cramponne...

— Ah ! que Dieu est bon, même dans ses colères !
s'écria Carmen avec un élan d'actions de grâces
impossible à rendre... Mais, peut-être, aviez-vous
un talisman, une amulette, quelque chose ? ajouta la
superstitieuse créole.

— Au fait, pourquoi pas ! se dit le comte ; soyons intrigant jusqu'au bout : flattons ses croyances.

— Justement, mademoiselle, reprit-il ; j'oubliais ce détail..., un talisman protecteur qui ne me quitte jamais. C'est bien certainement à lui que nous avons dû notre salut. Bref, nous attendîmes le jour dans cette situation délicate, où je vous affirme que nos études gymnastiques ne nous furent pas inutiles.

— Que de souffrances ! dit mademoiselle d'Alméïda ; que d'épreuves ! que de dangers courus !

— Un gaillard comme celui-là, pensait don José, ferait merveilleusement l'affaire pour donner du cœur à mes nègres et pour défendre mes plantations.

Philippe s'était arrêté ; le sincère attendrissement de Carmen le gagnait lui-même. Il était sur le point de croire aux péripéties de cette Enéïde où mademoiselle d'Alméïda remplissait le rôle de la reine de Carthage.

Infandum, regina, jubes...

— Et par quel second miracle avez-vous échoué au Pérou ? demanda Carmen.

— Le mot n'est pas juste, mademoiselle, car vous voudrez bien vous rappeler que le Pérou était le but de notre voyage... D'ailleurs, il l'eût été hier, qu'il ne le serait pas aujourd'hui ; — échouer, cela implique un malheur, une désillusion, et jamais je ne me suis senti plus disposé à combler la Providence de remercîments.

Le comte appuya cette galante sortie d'un profond regard, comme, lorsqu'on hisse un pavillon sur une vergue, on l'appuie d'un coup de canon.

— Le reste est bien simple, reprit-il ; la mer, lasse

de ses excès, rentra dans le calme ; le lendemain matin, une voile se dessina à l'horizon : nous fîmes des signaux qui furent aperçus... le bâtiment allait précisément à Lima. .

— Il se serait dirigé sur un autre point, dit le planteur, que vous l'eussiez sans doute pris quand même.

— Cher monsieur, répondit sèchement le comte, je vous engage à mieux choisir vos plaisanteries, car celle-ci est médiocre... Oui, mademoiselle, acheva-t-il, et voilà comment je suis arrivé au pays des Incas, moins heureux que Camoëns, car je n'avais pas même sauvé mes pinceaux... Pour comble d'infortune, M. Salcédo, mon seul protecteur, mon unique ressource, vient de mourir...

— Il y avait madame Salcédo, fit observer Carmen, dont le regard s'assombrit un peu.

— Certainement, mais ce n'était pas la même chose... Il y a de ces services que l'on accepte d'un ami, mais que l'on refuse lorsqu'ils viennent d'une femme... Du reste, dans la mesure du possible, madame Salcédo a été pour nous d'une bonté parfaite... J'ajoute que c'est à elle que je dois l'accueil dont vous voulez bien m'honorer.

Si nous nous permettions de fouiller le cœur de mademoiselle d'Alméïda, peut-être y trouverions-nous que c'était surtout à lui-même que Philippe devait cet accueil.

— Monsieur, reprit Carmen avec cette irrésistible grâce des créoles, je sais un gré infini à madame Salcédo d'avoir songé à moi dans cette circonstance ; cela me raccommode avec elle... Je ferai ce que je pourrai...

si restreintes que soient mes relations, il me reste
peut-être quelque crédit... je le mets tout entier à votre service...

— Mademoiselle, croyez que ma reconnaissance...

— Ne parlons pas de cela... je prétends que les
commandes vous arrivent en foule. Voilà d'abord
M. Sandalem qui vous en fait une, n'est-ce pas don
José !

— Certainement, mademoiselle... dès l'instant que
cela peut vous être agréable...

— Ensuite, il y a moi... Je serais charmée de voir
cette sombre demeure un peu égayée par quelques jolies toiles comme je suis sûre que vous savez les faire.
Le musée de Lima est pauvre, vous l'enrichirez. Nos
églises, qui regorgent d'or et de pierreries, n'ont pas
une œuvre d'art, bien certainement c'est la Providence
qui vous a envoyé. Je verrai madame Salcédo, nous
nous entendrons ensemble.

— Don José, ajouta la jeune fille en se tournant
vers l'Espagnol, M. de Lucenay partagera votre appartement, en lui étant agréable, vous le serez à moi-
même.

Jamais mademoiselle d'Alméïda ne s'était montrée
aussi gracieuse qu'elle l'était en ce moment ; une
sorte de bonheur intime, inconnu, l'envahissait presque à son insu et elle l'exprimait involontairement.

M. Sandalem, lui, devenait plus triste à mesure
que Carmen devenait plus gaie ; il s'amoindrissait pour
ainsi dire, à mesure que l'influence du comte se déve-
loppait.

En ce moment le régisseur venait de se présenter à
la porte du salon.

— Que voulez-vous? demanda Carmen.

— Mademoiselle, c'est l'heure du rapport, répondit Diégo.

— C'est juste, dit Carmen, je l'avais oubliée... Monsieur le comte, vous permettez que nous ne changions rien à nos habitudes?

— Je ne le permets pas, mademoiselle, je l'exige... Le rapport, pensa Philippe, qu'est-ce que cela peut bien être? Je suis décidément dans une forteresse; tout s'y passe militairement.

Et, se retirant discrètement, à l'écart, il se mit à crayonner sur son album.

Déjà mademoiselle d'Alméïda n'était plus la même. L'affabilité, l'enjouement avaient disparu pour faire place au juge inclément et strict.

Le majordome s'était arrêté à trois pas de sa maîtresse, dans l'attitude du respect.

— Eh bien! qu'y a-t-il de nouveau? demanda la jeune fille.

— Jupiter a été surpris en maraude dans le verger.

— Quinze coups de fouet, dit Carmen.

Diégo fit une marque sur le carnet qu'il tenait à la main.

— Tom s'est enivré de tafia.

— Vingt-cinq coups de fouet.

— Domingo a levé la main sur un de ses camarades.

— Est-elle retombée?

— Non, mademoiselle.

— Cinq coups de fouet seulement. Est-ce tout?

— Les troupeaux de la Hermosa ont encore dévasté

nos prairies; je me suis plaint au commandeur qui a très mal accueilli mes réclamations.

— Encore! s'écria violemment Carmen, qui, d'un mouvement plus prompt que la pensée, prit sa cravache laissée sur un meuble, et la fit siffler dans l'espace.

— Ange et démon tout à la fois, pensa M. de Lucenay, qui dessinait toujours en regardent de temps en temps Carmen à la dérobée.

— En vérité, reprit la créole, c'est par trop fort! Comment! non contents de nous piller, il faut encore que ces audacieux nous insultent! Voilà de l'herbe qui leur coûtera cher... Aujourd'hui je suis lasse... demain soir une cavalcade aux flambeaux...Vous m'entendez, Diégo?

— Oui, mademoiselle, répondit l'intendant, dont l'œil s'injectait d'une joie cruelle.

— Nos hommes seraient bien maladroits, poursuivit Carmen, si, en galopant dans les rizières, ils n'y laissaient tomber quelques flammèches qui feront leur chemin... Du reste, je dirigerai moi-même l'expédition... Y a-t-il encore quelque chose?

— Non, c'est-à-dire oui, répondit l'intendant en paraissant hésiter.

Un sanglot partit de l'antichambre.

Philippe devina la jeune fille, si visiblement émue et tremblante, qu'il avait vu s'envoler de la maisonnette du lac, au retentissement du cor de chasse de Carmen. Son cœur se serra.

Le planteur, habitué à ces exécutions, ne prenait aucun intérêt à ce qui se passait.

— Dites vite, ordonna Carmen à Diégo.

— La *fllle aux oiseaux* s'est rendue coupable d'une grande faute.

— Cora ! dit la créole visiblement contrariée et surprise ; Cora recueillie, élevée ici ! Elle que j'aime et que je traite comme une sœur ! Qu'a-t-elle donc fait ?

— Elle a chanté la ballade, répondit Diégo d'un air indigné, la ballade qui...

Un demi-sourire effleura les lèvres de mademoiselle d'Alméïda.

— Si c'est là tout son crime ! Il me semble que celle que je nomme *la petite fée du lac* a bien le droit de chanter.

— Sans doute, car elle n'a pas autre chose à faire. Seulement, elle pourrait se dispenser de choisir la complainte composée à Lima sur la dame des Palmiers.

La mobile physionomie de Carmen se transforma soudainement, ses yeux étincelèrent, elle bondit sur son siége.

— Faites entrer Cora, dit-elle.

Diégo fut chercher la coupable, qu'il poussait devant lui.

C'était une douce et timide enfant de quinze à seize ans, jolie, délicate, mignonne, blanche et rose, le type européen, ni Péruvienne, ni créole ; elle portait une simple robe de percale très-fine ; un collier de rassades, agrafé d'argent, entourait son cou gracieusemedt courbé ; un madras éclatant prêtait à ses chairs cette morbidesse des tableaux d'Hébert.

Elle pleurait à chaudes larmes. En entrant dans le salon, elle le parcourut d'un coup d'œil, cherchant un protecteur qu'elle crut sans doute avoir trouvé dans M. Sandalem, à en juger par l'appel suppliant que lui adressèrent ses beaux yeux.

Mais don José n'était pas homme à se compromettre en se faisant d'un avis contraire à celui de Carmen. Il ne daigna pas même honorer d'un regard la nouvelle venue.

En se voyant ainsi abandonnée, Cora redoubla de peur, de honte et de larmes. Elle baissa la tête et attendit.

Quand les sanglots de la jeune fille furent un peu apaisés.

— Chante-moi la ballade que tu apprends à tes compagnes, ordonna Carmen.

Cora joignit ses mains suppliantes.

— Je suis curieuse d'entendre par moi-même de quelle façon tu reconnais mes soins.

— Bonne maîtresse, grâce ! Je chantais cela comme autre chose, je ne me rendais pas même compte des paroles.

— Chante, je le veux !

La pauvre Cora tremblait comme une feuille.

Carmen, l'œil étincelant, les lèvres pâles, tambourinait sur le parquet de sa bottine impatiente.

Monsieur de Lucenay s'était doucement rapproché.

— Chanteras-tu ? demanda mademoiselle d'Alméïda.

La jeune fille se taisait, elle la prit par un bras, et la secoua comme un arbre dont on veut faire tomber les fruits.

— Mademoiselle ! supplia le comte Philippe.

Mais, tout à sa colère, Carmen ne l'entendit pas.

Cora eût accepté volontiers la mort en échange de la

situation qui lui était faite. Cependant, il fallait céder, et, d'une voix brisée, elle ne chanta pas mais récita le couplet que voici :

> Dans le désert, sur la savane,
> Se dresse un antique manoir.
> A l'horizon la caravane
> S'arrête et frémit de le voir ;
> Le ciel y cache ses étoiles,
> La nuit y redouble ses voiles.
> Cette caverne est le séjour
> D'une Espagnole au cœur farouche,
> Que rien n'émeut, que rien ne touche,
> Rebelle à tout, même à l'amour.

La jeune fille s'arrêta ; ses yeux craintifs imploraient le pardon.

— Continue, dit mademoiselle d'Alméïda d'un ton qui n'admettait pas de réplique.

Philippe avait quelque peine à se contenir. Il souffrait de voir Carmen se faire ainsi cruelle à plaisir, de même que l'on est contrarié de découvrir une tare dans une pierre précieuse.

Il fit un pas, comme pour protéger la coupable ; mais d'un geste plein d'autorité, la jeune despote l'écarta.

— J'attends, dit-elle à Cora.

La patiente reprit :

> D'Alméïda c'est le domaine ;
> C'est là que le palmier grandit ;
> Satan l'a faite souveraine
> De ce château trois fois maudit,
> Avec Diégo pour sycophante,

Elle met partout l'épouvante ;
Un arsenal est le boudoir
Où se fanera sa jeunesse.
Fuyez, fuyez, c'est la tigresse,
La tigresse du vieux manoir.

— Malheureuse ! cria Carmen en levant sa cravache sur Cora tombée à deux genoux.

Mais Philippe était là... D'une main il arracha la houssine et la jeta à terre, pendant que, de l'autre il éloignait l'esclave éperdue.

Diégo se précipitait déjà au secours de sa maîtresse, qu'il supposait en péril.

Don José, affolé de stupeur, ouvrait les fenêtres et appelait du renfort.

Quoique frémissante et livide, mademoiselle d'Alméïda était restée plus maîtresse d'elle-même que l'on ne l'aurait supposé. Elle voulait, avant tout, mettre fin à une scène que la présence de ses gens rendrait ridicule.

— Taisez-vous et sortez ! dit-elle à Sandalem, après avoir congédié Diégo d'un geste impérieux.

— Quoi ! balbutia le planteur, vous voulez... vous osez. Je ne puis pourtant pas vous laisser seule avec ce... ce...

— Sortez, répéta Carmen d'une voix impérieuse,

Il fallut obéir.

La porte fermée sur M. Sandalem, le comte revint vers mademoiselle d'Alméïda dans une attitude de déférence et de soumission qui contrastait fort avec l'acte audacieux qu'il venait de commettre.

Il s'agissait, en effet, de reconquérir le terrain si laborieusement conquis et perdu en une seconde.

Immobile et debout, les mains serrées, la bouche à demi ouverte, et laissant voir deux rangées de petites dents fines qui semblaient ne demander qu'à mordre, la créole arrêtait sur Philippe des regards aussi étonnés que furieux.

Le jeune homme ramassa la cravache et, s'inclinant, la tendit à Carmen.

Celle-ci la repoussa, et, d'une voix où grondait l'orage :

— Vous êtes téméraire, monsieur, dit-elle, d'une témérité si grande, si nouvelle pour moi, que je m'étonne de la supporter.

— Mademoiselle !

— Je veux bien ne l'attribuer qu'à votre ignorance de nos mœurs... Je suis ici maîtresse souveraine ; mes volontés ne se discutent pas.

— Tant pis, pensa le comte.

— Mademoiselle, reprit-il noblement, je vous demande pardon de vous avoir offensée. Votre indignation était juste, je le reconnais ; mais les larmes de cette pauvre enfant m'avaient ému à ce point... Et puis, voulez-vous me permettre de vous le dire? Il m'a semblé que, au risque de vous déplaire un instant, je vous éviterais des regrets... Cora était plus morte que vive...

— Sa vie m'appartient, elle est mon esclave.

— Je l'admets, bien que, en ma qualité d'Européen, il me soit difficile d'envisager la chose à ce point de vue ; cependant, il est de certains droits dont il ne faut pas abuser.

— Je suis seule juge, monsieur, de l'opportunité de mes actes.

— Devant votre conscience, oui, mademoiselle ; mais devant l'opinion...

— Ainsi, reprit Carmen hautaine et animée, j'ai tué tout à l'heure un pauvre diable de tigre qui ne m'avait causé aucun dommage ..

— C'était l'ennemi commun, le fléau de la contrée.

— Pourquoi ne châtierais-je pas une esclave qui n'offense ?

— Une esclave ! j'avais cru comprendre que vous appeliez la *petite fée du lac*, que vous l'aviez recueillie, élevée, et traitée jusqu'à présent comme une sœur.

— Elle ne le méritait pas, voilà tout... Serait-ce donc parce que j'ai été bonne pour elle, que je dois supporter davantage son ingratitude ?

— Non, certes, mademoiselle : mais de ce que j'ai entendu, il résulte pour moi cette conviction que Cora n'a compris l'inconvenance de sa ballade qu'aux seuls reproches de votre intendant. Un assez vilain homme, à mon sens que cet intendant, car il lui eût été facile de vous éviter à vous, un chagrin, et à votre protégée, la douleur de perdre votre affection.

— Diégo a rempli son devoir, répliqua sèchement mademoiselle d'Alméïda ; que serait-il arrivé s'il avait gardé le silence ? Cette infâme chanson se serait propagée dans les cases, dans les plantations, et, à la longue, les odieuses calomnies qu'elle contient eussent passé pour vraies.

— Certainement, mademoiselle, ce sont d'affreuses calomnies... le mot est même trop doux... Toutefois, hasarda Philippe avec hésitation, il n'y a pas de fumée sans feu, peut-être quelques vivacités.. regrettables... ont-elles donné lieu...

Carmen devint pourpre.

— Les paroles de la ballade n'ont pas été perdues pour vous, dit la jeune fille avec amertume.

Philippe eut un élan de franchise trop rude :

— Qu'importe la ballade, répondit-il, en montrant la cravache d'un geste expressif.

— Savez-vous, monsieur, que personne ne m'a jamais parlé comme vous vous permettez de le faire? répliqua l'Espagnole courroucée.

— Vous voulez sans doute dire avec tant de sincérité. La sincérité part du cœur, mademoiselle; elle témoigne d'un caractère généreux, elle prouve que l'on juge ceux à qui elle s'adresse capables d'entendre la vérité, et fait foi de l'estime qu'ils inspirent. Si vous aviez des amis véritablement dignes de ce nom, mon langage vous étonnerait moins.

— J'ai des amis, monsieurs, croyez-le bien! mais des amis dévoués, respectueux.

— Et muets, comme M. Sandalem, par exemple, hasarda Philippe en étudiant du coin de l'œil l'effet de ses paroles.

— Lui ou d'autres; l'essentiel est qu'il me soit fort attaché, répondit Carmen avec une indifférence dont le comte fut charmé sans savoir pourquoi.

— Je le crois bien! reprit-il avec une teinte d'ironie; il vous en a donné, tout à l'heure, une preuve convaincante... en appelant « au secours » lorsque je me suis permis de soustraire votre jolie main à une besogne indigne d'elle.

Carmen se calmait un peu; cette façon galante d'exprimer son emportement lui arracha son premier sourire. Ajoutons que l'allusion à José le lui montrait sous un jour ridicule, et que la comparaison entre les deux jeunes gens était tout à l'avantage du comte.

— Don José est timide dans de certains cas, dit Carmen qui voulait excuser son compatriote.

— Oui, pensa Philippe, surtout dans ceux où l'on a besoin de courage... Don José peut être un très estimable planteur, mademoiselle, reprit le jeune homme, mais il ne vous connaît pas...

— Cela est un peu fort! Tout enfants, nous jouions ensemble.

— J'entends par là qu'il ne sait pas lire en vous.

— Ah! et vous? demanda Carmen, moins rassurée qu'elle ne voulait le paraître.

— Moi, mademoiselle, j'ai ce don, souvent pénible et parfois charmant, de déchiffrer les cœurs à première vue.

— Comme les bons musiciens font d'une partition.

— Oui, mademoiselle, poursuivit adroitement Philippe. Ainsi, j'ai compris que la situation commandait, que vous en étiez réduite à une sévérité forcée, qui vous faisait autant de mal qu'à Cora. Vous pleuriez presque de ses larmes... il fallait couper dans le vif : de là, le remède trop hardi auquel j'ai eu recours.

Comme M. de Luncenay achevait ces mots, une porte s'ouvrit, et le planteur entra sans plus de façon, en véritable hidalgo, un poing sur la hanche, et l'autre... l'autre aurait été très certainement sur la garde de son épée, mais cet appendice lui manquait.

Don José, tout en se promenant sur la terrasse, venait de s'avouer qu'il n'avait pas précisément brillé dans la scène de la ballade; il s'était monté l'imagination pour se réchauffer le cœur, et, à défaut de courage.

6

calme, incapable d'attendre le moment convenable, il saisissait au vol son accès de vaillance.

— Monsieur, dit-il en allant droit à Philippe, j'ai réfléchi à ce qui s'est passé tout à l'heure...

— Vous y avez mis le temps, dit le comte avec hauteur.

— Vous avez été, d'abord, très inconvenant à l'égard de mademoiselle d'Alméïda...

— Eh bien ! eh bien ! qu'est-ce que c'est, José ? demanda Carmen sur le ton d'une gouvernante qui gronde un baby.

— Monsieur, reprit le comte, permettez-moi de vous dire que, à votre tour, vous manquez de respect à mademoiselle d'Alméïda; si vous le voulez bien, nous réglerons hors de sa présence la petite affaire dont vous me parlez.

— C'est que, voyez-vous, je suis habituellement pacifique, mais quand une fois je m'y mets...

— Vous ne pouvez plus en sortir, acheva Philippe, je comprends cela.

— Monsieur le comte, je vous en prie ! intervint Carmen... José, si vous dites encore un mot, je ne me mêle plus de mettre à la raison vos nègres pillards.

Mais cette menace était superflue; le courage de José s'était déjà évaporé en fumée.

— Allez, mon ami, reprit la créole, tâchez de trouver un peu d'air quelque part ; ça vous fera du bien... M. de Lucenay et moi, nous avons encore à causer.

— Sortir ainsi, dit le planteur, cela m'est égal, c'est à vous que j'obéis.

— Oui, mon bon José, c'est à moi.

— Au revoir, monsieur, dit le comte en reconduisant l'Espagnol jusqu'à la porte.

Ce dernier sortit la tête haute, et le pas solennel, comme un homme qui vient de faire voir ce dont il était capable.

— Pauvre garçon! dit Carmen à Philippe; vous voyez bien que, au besoin, il saurait me défendre... Mais où en étions-nous donc?

— Nous parlions de Cora, mademoiselle, et je vous disais que, même lorsque vous étiez le plus indignée, j'avais démêlé l'affection que vous lui portez.

— C'est vrai, reprit la créole, avec une sorte d'expansion; je l'aime beaucoup, je ne m'en cache pas; et maintenant que mon irritation s'est calmée, je me sens reconnaissante de l'intérêt que vous lui portez. Peut-être vous êtes-vous aperçu qu'elle est d'origine française?

— Non; mais lorsqu'il s'agit de protéger le faible contre le fort, l'origine ne fait rien. Et oserais-je vous demander comment, étant Française, elle se trouve au nombre de vos esclaves?

— Par le plus grand des hasards, mon père l'a rencontrée un soir, demie nue et mourant de faim, dans un quartier de Lima. Elle avait été abandonnée par une de ces aventurières ramenées d'Europe par nos colons, et qu'ils laissent ensuite livrées à elles-mêmes sans autres ressources que la misère ou la honte. Cora était alors toute petite; mon père en eût pitié et nous l'amena, elle devint en quelque sorte ma compagne; elle partagea mes études; c'est en jouant avec elle que j'ai appris le français.

— Vous voyez bien que ce n'est pas là une esclave !
dit le comte.

Un quart d'heure plus tôt, cette remarque eut dé-
plu à Carmen ; maintenant, elle n'y faisait plus attention.

— Cora fut difficile à élever, reprit la créole ; elle a
toujours eu quelque chose de rebelle, de fantastique et
de mystérieux.

Elle semblait vivre en dedans en communication
avec des êtres intimes qui l'isolent des choses extérieures. Elle n'a d'autre tâche que de soigner mes
volières. De son propre gré elle habite une petite case,
que vous pouvez apercevoir là-bas, au bord du lac.
Là est son véritable royaume ; par je ne sais quelle
puissance occulte, les animaux familiers accourent à
sa voix et obéissent à son geste.

Cette étrange faculté en a fait, pour les nègres, un
objet de respect, presque de crainte ; pas un seul
ne se hasarderait à franchir le seuil de sa maisonnette.

— Quelque chose comme une demi-sorcière, dit
Philippe avec un sourire.

— Vous en doutez ?

— Je m'en garderais bien ! répondit gravement le
jeune homme.

— Toutefois, reprit Carmen, j'ai quelque peine à
admettre qu'elle soit possédée.

— Possédée ! s'écria l'incrédule oubliant son rôle.

— Quelques personnes le prétendent. Dans tous les
cas, ce serait par un esprit inoffensif et doux.

— Espérons-le, dit le jeune homme, sérieux
comme un bronze.

— Moi, continua mademoiselle d'Alméïda, j'attribue
tout simplement son influence magnétique au charme
de ses manières, à la douceur de sa voix.

— Je crois que vous êtes dans le vrai, mademoiselle.

— Je dois pourtant avouer qu'il y eut un temps
où elle paraissait être la néophyte d'un de nos *mohanes*.

— Qu'est-ce que cela, je vous prie? demanda le
comte.

— Ce sont ces prêtres indiens qui se prétendent en
possession de prédire l'avenir... Aujourd'hui je suis
revenue de mes soupçons; c'est tout simplement une
sorte d'affection filiale qu'elle a vouée au vieillard dont
mon père lui avait, il est vrai, donné l'exemple.

— M. d'Alméïda croyait aux mohanes? demanda
Philippe.

— Non, mais, sortilége à part, mon père tenait celui-
ci en estime; il a même assuré son sort avant de mourir, ce que je crois être la rémunération de quelque
service rendu à l'époque difficile de notre installation
primitive. Rhamsès, c'est le nom du vieillard, apparaît
encore ici, de temps à autre, et il retrouve l'hospitalité d'autrefois.

— Vous le consultez?

— Quelquefois, mais les hommes des cases et surtout les femmes n'y manquent jamais. Il connaît les
plantes; il a le secret de certains remèdes; il explique
les songes; il distribue des amulettes; des fétiches;
j'ai même surpris quelques-unes de mes plus jolies esclaves le bras entouré du fameux *Péripiris*.

— Pardonnez-moi mon ignorance, mademoiselle,

mais, si fameux que soit ce *Péripiris*, je n'en ai jamais entendu parler.

— Ce sont différentes plantes que l'on entrelace ; on les porte en bracelet... et elles ont, à ce qu'il paraît, le pouvoir d'inspirer l'amour, acheva Carmen en rougissant légèrement.

Le comte ne put s'empêcher de sourire.

— Voilà, dit-il, un bijou comme n'en vendent pas nos orfévres et que je serais charmé de posséder.

— Vous pourrez vous offrir cette satisfaction à la première visite de Rhamsès.

— En ce cas, qu'il vienne donc bien vite ! Et vous dites qu'il donne des consultations ? Il répond aux questions qu'on lui adresse ?

— A toutes.

— Oh ! moi je n'en ai qu'une à lui faire, et pourvu qu'elle soit résolue favorablement... Mais, mademoiselle, pendant que vous aviez là, sous la main un homme si précieux, n'avez-vous donc jamais songé à l'interroger sur la famille de votre petite Française ?

— Pardonnez-moi ; mais il reste muet, et se contente de me dire : « Aimez Cora, maîtresse ! aimez-la bien ! » C'est, du reste, là une prescription dont mon cœur s'acquitte facilement... A propos de Cora, c'est surtout elle qui est la cause que madame Salcédo et moi nous avons cessé de nous voir.

— Comment cela ?

— La cause innocente, bien entendu. Ainsi, Hortense prétendait que Cora n'est pas mon esclave et que je n'avais pas le droit de disposer d'elle à ma fantaisie.

— J'ai bien peur de partager son avis.

— Vous partagez toujours les avis qui me sont contraires : ce n'est pas aimable cela.

— Voudriez-vous que je le fusse davantage en déguisant ma pensée?

Carmen frappa du pied, ce qui était son argument suprême quand elle avait épuisé les autres.

— Madame Salcédo vous a-t-elle parlé de notre refroidissement?

— Non, mademoiselle, elle m'a paru ne se souvenir que de vous et de son affection pour vous.

— Ah! et que disait-elle?

— Dois-je parler sincèrement?

— Pourquoi me demandez-vous une permission dont vous vous êtes si bien passé jusqu'à présent.

— Est-ce encore un reproche?

— Non; c'est un encouragement à continuer.

— Eh bien, donc, mademoiselle, en songeant à me recommander à vous, madame Salcédo m'a dit que... que vous étiez une adorable personne... Ma foi, tant pis, le mot était sur mes lèvres, fâchez-vous si vous le voulez... D'ailleurs, ce n'est pas moi qui parle.

— Douce, bonne, indulgente, douée de toutes les qualités de son sexe, continua ironiquement Carmen; je suis sûre qu'elle a dû ajouter tout cela.

— Non, mademoiselle, elle ne l'a pas ajouté.

— C'est étonnant... Et voilà tout?

— Non pas; madame Salcédo m'a encore dit : Mademoiselle d'Alméïda est orpheline; il lui est échu une tâche difficile, une fortune dangereuse à exploiter... Il aurait fallu un homme ferme et résolu; elle s'est faite cet homme; elle a mieux aimé dompter que séduire; créée pour charmer, elle préfère inspirer la peur...

— Continuez, monsieur; ne vous gênez pas.

— De plus, ajoutait madame Salcédo, quelques châtiments, quelques rigueurs, que je veux croire nécessaires, lui ont attiré le mauvais vouloir des nègres; ceux-ci ne travaillent guère qu'à coups de fouet; c'est moins une exploitation qu'un péniten-cier. Ce n'est pas de la faute de mademoiselle d'Al-méïda, c'est celle des circonstances, c'est celle de son héritage.

Le front penché, les traits assombris, Carmen sem-blait réfléchir.

— Il y a du vrai dans tout cela, dit-elle.

Puis, comme si elle avait éprouvé le besoin de se justifier aux yeux de Philippe :

— Mon père était le meilleur des hommes, reprit-elle; mais les obstacles, les révoltes, les exactions de toutes sortes avaient fini par l'exaspérer. Il s'agissait de vaincre ou de céder la place; la victoire lui est restée, mais elle coûtait cher. Ces malheureux ne respectent que la force; ils ne subissent le joug que lorsqu'il est de fer. Voyez M. Sandalem; ses conces-sions lui ont valu d'être mis à la porte de chez lui deux ou trois fois par an. Sous peine de déchéance, il fallait que je suivisse les traditions paternelles, et je l'ai fait... Suis-je donc si coupable?

— Oh! mademoiselle, qui donc a prononcé ce mot? Si madame Salcédo avait qualité pour vous reprocher quelque chose, ce serait moins la sévérité dont vous êtes forcée d'user que cette vie retirée, excentrique, presque sauvage, pardonnez le mot qui vous entoure

l'une sorte d'auréole sombre et mystérieuse, exploi-
tée, comme dans cette ballade, par la superstition et
la sottise... madame Salcédo pense, avec quelque
raison, que vous vous devez au monde, à la société,
dont vous ferez l'ornement.

— Madame Salcédo, reprit Carmen, me voit avec des
yeux trop prévenus; j'ai essayé de ce monde dont
vous me parlez, et ce que j'en ai entrevu ne me donne
pas le désir de le mieux connaître. En effet, ma sau-
vagerie, comme vous dites, ne s'expliquerait pas, si
elle ne prenait sa source dans d'odieuses et brutales
poursuites, dont quelques lâches, de ceux qu'on
appelle des hommes bien élevés, n'ont pas craint de
se faire l'objet.

— Oh! s'écria le comte indigné, que ne me suis-je
trouvé là?

— Mais je veux écarter ces souvenirs qui me font
mal, poursuivit mademoiselle d'Alméïda, oui, je le
sais, Hortense s'effraie de mes grandes chasses, de
mes courses en pirogue sur le Rimac; elle blâme mes
expéditions dans les savanes contre les nègres pillards; mais je serais curieuse de savoir si, étant à
ma place, l'ennui la gagnant, elle ne chercherait pas
dans le mouvement, dans les émotions du danger
couru une compensation aux plaisirs plus calmes et
plus doux qui lui feraient défaut.

— Le seul reproche que j'adresse à vos distractions
favorites, c'est présisément ce danger qu'elles vous
font courir et que vous constatiez vous-même tout à
l'heure.

— C'est leur plus grand charme, répondit la créole,
et puis, vous les exagérez peut-être.

— Cependant, les insectes venimeux, les... que sais-je ?

— Ils ne me font pas même peur, et je le regrette, car ce serait un plaisir de plus. Mais je suis vêtue de façon à défier les morsures, et mon cheval est caparaçonné de treillis. Le seul péril redoutable, ce sont les Indiens en maraude et les nègres en rupture de ban ; pour ceux-là j'ai mes revolvers... et ceci, ajouta Carmen en tirant une gaîne en chagrin dissimulée dans les plis de sa robe.

— Oh! oh! dit le comte en s'emparant du stylet.

Et comme il allait s'en appuyer la pointe sur le doigt :

— Juste ciel! s'écria Carmen en le lui arrachant.

Elle était devenue pâle comme une morte. Chancelante, éperdue, sa main gauche s'était pour ainsi dire incrustée dans le bras de Philippe.

— J'en serais morte aussi, put-elle dire enfin ; mais vous ne savez donc pas que cette arme a été trempée dans le suc empoisonné d'une tige de *thora* ? Le moindre contact, et la vie s'en va.

— Diable! je l'ai échappée belle. Un charmant bijou du reste, parfaitement ciselé.

M. de Lucenay avait aimé, à vol de cœur, pas mal de Parisiennes, tant impures que d'autres, mais elles n'en faisaient plus qu'une dans son souvenir, tant elles se ressemblaient. Et voilà qu'il en trouvait je ne sais combien ; variées à l'infini, dans une seule jeune fille, reine par la distinction, par la grâce, par la beauté, faite pour attirer tous les hommages, et qui ne semblait pas même se douter des privilèges de son sexe.

Chaste et pure comme Diane, elle en avait la simplicité un peu farouche, exempte de toute coquetterie.

Aussi le comte Philippe se sentait-il plus sérieusement troublé qu'il ne l'avait été de sa vie.

— J'ai grand'peur, dit Carmen, que mon genre de vie ne vous paraisse bien maussade ou bien fatigant, et s'il pouvait vous être agréable que j'invitasse madame Salcédo et votre ami à venir passer quelques jours ici...

— Rien ne saurait m'être plus agréable, mademoiselle; mais je n'en réclame pas moins le privilège de vous suivre partout, si vous voulez bien le permettre. Moi aussi j'aime le mouvement, la chasse, les longues excursions...

Dans l'intention d'écrire tout de suite à Hortense, mademoiselle d'Alméïda bouleversait un buvard où elle ne trouvait pas de papier.

— Prenez ceci, dit Philippe, en plaçant devant elle un album ouvert.

— Mon portrait! s'écria Carmen. Comment, vous vous êtes permis...

— Déchirez-le si bon vous semble, mademoiselle; il n'en restera plus de traces.

— La ressemblance est parfaite, reprit Carmen, sans paraître trop disposée à user de la permission.

— Oui, peut-être, quant à l'exactitude des traits; mais l'expression laisse à désirer. Ainsi, tout à l'heure, pendant le rapport, quand je me suis permis de faire ce croquis, vous étiez... comment dirais-je? très...

— Très en colère, acheva la créole.

— Soit. Or, à part ses autres inconvénients, la

colère a celui de ne pas aller aux physionomies comme la vôtre. Si je vous dessinais à présent, ce serait tout autre chose.

— Oh! vraiment?

— Voulez-vous que j'essaie?

— Non pas, c'est assez comme cela.

— Quel dommage, car, ainsi au repos, vous rayonnez d'une beauté suprême.

— Monsieur!

— Ne vous fâchez pas, je parle en artiste.

— Ce titre d'artiste me paraît autoriser bien des choses.

— Il autorise l'admiration, la sincérité.

— Et même la flatterie.

Philippe voulut protester.

— Mais, pardon, ajouta Carmen en imposant silence au jeune homme d'un geste gracieux, il faut que j'écrive à madame Salcédo.

Quand elle eut fini, elle enleva le dessin de l'album, et le joignit à la lettre sous l'enveloppe.

— Vous le voyez, dit-elle, je rends justice au mérite de votre œuvre. Ce portrait est le rameau d'olivier; il va témoigner à Hortense de mes bonnes intentions pour elle... et pour vous.

— En vérité, mademoiselle, je ne sais comment vous remercier.

— Ne me remerciez pas du tout, repartit vivement mademoiselle d'Alméïda, ce sera bien plus simple...

Et, prise de je ne sais quelle joie capiteuse qu'elle avait sans doute peur de laisser deviner, elle s'empara de la lettre, salua d'un geste amical, et s'échappa plutôt qu'elle ne sortit du salon.

On se rappelle que le comte et M. Sandalem devaient occuper le même pavillon. José était en quelque sorte le sous-hôte de Philippe, et, en sa double qualité de porte-barbe et d'ami de la maison, plus spécialement chargé que Carmen elle-même de lui en faire les honneurs.

L'heure étant venue de se retirer, il attendait donc le bon plaisir de M. de Lucenay, en continuant de prendre l'air et de se refroidir le courage, sur la terrasse, ainsi que lui avait recommandé mademoiselle d'Alméïda.

— Monsieur, dit-il au comte en l'apercevant, je suis à vos ordres.

— Et moi aux vôtres, monsieur; quelle est votre heure et quelles sont vos armes? reprit Philippe, qui, se rappelant leur légère querelle, croyait à une provocation.

— Mes armes, cher monsieur? reprit gracieusement José, mais je n'en ai pas; d'ailleurs, ce n'est pas ici comme chez moi : la maison est sûre, et pour se coucher...

— Pardon, dit le comte en riant de sa méprise, j'avais mal compris. Je crois, en effet, que pour se coucher un arsenal n'est pas de rigueur.

— Souffrez que je vous conduise, dit le planteur, un flambeau à la main.

— Passez donc, je vous prie.

— Après vous... je n'en ferai rien.

— Mais puisque c'est vous qui me conduisez, monsieur Sandalem.

Arrivés à la porte de l'appartement de Philippe, ils se saluèrent jusqu'à terre.

Cette nuit-là, au château des Palmiers, le sommeil ne fut peut-être pas très profond.

Il faisait si beau en elle, que Carmen se fût bien gardée de dormir; elle voulait se rappeler.

José, lui, eût été charmé d'oublier; aussi appelait-il le sommeil qui ne venait pas.

Quant à M. de Lucenay... Est-ce que l'on s'endort quand le cœur s'éveille?

Et Cora... Cora avait pleuré tant de larmes qu'elles n'était pas encore toutes essuyées.

VIII

Philippe, nous le savons, avait été poussé aux Palmiers par un sentiment de curiosité né de l'inaction et de l'ennui, deux soporifiques qui, sortant de leur rôle finissent très souvent par vous mettre le diable au corps.

Une jeune fille seule dans un château fort. Une tigresse en mousseline des Indes, un mystère vivant, un cœur cuivré d'airain. Qui donc eût résisté à ce parfum d'aventure, à l'espoir de prendre le monstre à un piège quelconque, de lui faire rentrer ses griffes roses, et de le dompter... ne fût-ce que pour une heure?

Les deux jeunes femmes ayant cessé de se voir, Philippe ne pouvait se présenter comme frère de madame Salcédo... Que faire? Il n'en savait rien, aussi n'avait-il rien prémédité; il était monté à cheval, sans autre parti que celui d'entrer aux Palmiers, et cela précisément parce que les portes en étaient fermées. Si mademoiselle d'Alméïda l'avait invité, s'il n'y avait eu qu'à mettre une cravate blanche, à se

présenter et à dire : « Me voilà ! » il n'est pas tr[
sûr qu'il y fût allé. Une fois qu'il y serait, il verrai
il céderait à l'inspiration du moment.

Nous savons quelle avait été cette inspiration [
ce qui s'en était suivi.

Or, maintenant que Philippe avait reconnu é
mademoiselle d'Alméïda une personne aussi belle qu
distinguée, aussi chaste que fière, parfaitement digr
d'admiration et de respect, malgré ses défauts, il é
était à se demander comment il sortirait du piég
qu'il avait cru tendre et dans lequel il tombait lui
même.

Certes, ombrageuse comme elle l'était, déjà victim
de quelques tentatives insolentes, mademoiselle d'A[
méïda ne lui pardonnerait pas facilement de s'êtl
joué de sa crédulité, d'avoir surpris sa pitié, cap[
sa confiance. La comédie qu'il venait de jouer sera
jugée d'autant plus coupable qu'elle avait eu plus d
succès.

Laissons le jeune homme combiner un plan d
conduite mieux en harmonie avec les sentimen[
nouveaux qui l'animent, et allons au-devant d
madame Salcédo, que nous rencontrons, le lende
main, sur les bords du Rimac, se rendant avec Charle
Aubry, à l'invitation de Carmen.

Le naturaliste était déjà descendu cinq ou six foi
de cheval pour suivre des insectes ou cueillir de
plantes. Il allait entreprendre une nouvelle chasse
lorsque, moitié sourire, moitié reproche, sa compagn
lui dit :

— Mais, monsieur Aubry, vous ne voulez don
pas que nous arrivions aujourd'hui ?

— Encore celui-là, madame, je vous en supplie! ce sera le dernier.

Et, jetant la bride au nègre qui les suivait, il s'enfonça dans les buissons qui bordaient la route.

Hortense le suivait des yeux avec une douce compassion.

— Après tout, se disait-elle, mieux vaut cela qu'une de ces passions dangereuses qui ravagent la vie.

Charles Aubry ne tarda pas à revenir d'un air triomphant.

— C'est le fameux *Polydamas!* cria-t-il de loin.

— Comment peut-on qualifier de ce nom barbare, une aussi jolie bête!

— Chère madame, c'était le nom d'un Troyen célèbre qui fut l'ami d'Hector.

Tout en parlant, Charles Aubry perforait l'insecte et le clouait sur une feuille de liège.

— Vous le traitez gentiment, cet ami d'Hector! Et pourquoi l'appelle-t-on comme cela plutôt qu'autrement?

— Chère madame, je pourrais vous demander à mon tour pourquoi on l'appellerait autrement plutôt que comme cela; mais j'aime mieux vous avouer tout de suite qu'on désigne les lépidoptères les plus remarquables sous le titre de *Chevaliers*.

— Ah! fort bien!

— Ces mêmes chevaliers sont désignés en deux sous-genres : les *Troyens* et les *Grecs*. D'une part, sont Hector, Priam, Pâris, Anténor, Anchise...

— Mais c'est très ingénieux cela!

— De l'autre, sont Pyrrhus, Achille, Patrocle, Ulysse, Ménélas, Agamemnon...

7

— Et, croyez-vous que ce pauvre Polydamas ne préférerait pas le grand air à votre étui de fer-blanc?

— C'est possible, mais je ne le consulte pas : la science avant tout. Les occasions d'enrichir ma collection sont trop rares pour que je n'en profite pas. Pensez donc, madame, qu'il y a plus de dix mille espèces de lépidoptères; l'Amérique, à elle seule, en compte quatre mille.

— Ah! mon Dieu! alors il ne vous en reste plus que trois mille neuf cent quatre-vingt-dix-neuf à prendre? C'est une bagatelle!

— Si vous saviez comme c'est intéressant! Il ne s'agit que de s'y mettre. Bien que les papillons se divisent en trois familles : les *diurnes*, les *crépusculaires*, les *nocturnes*; les familles se composent de genres; les genres, d'espèces; les espèces, d'individus...

— De grâce, mon ami, interrompit Hortense, ne m'en dites pas davantage, mon esprit s'y perd.

— C'est pourtant bien clair.

— Pour vous, c'est possible : il y a des grâces d'état. Allons, remontez à cheval.

— A propos, où allons-nous? demanda l'entomologiste en s'exécutant de bonne grâce.

— Mais, vous le savez bien, aux Palmiers.

— Ah! oui, aux Palmiers... un vieux château, je crois...

— Quelle tête de linotte!

— Est-ce que nous devons y rester longtemps?

— Cela dépendra de la réception... le portrait est de bon présage... Je suis curieuse de savoir comment mon frère s'y sera pris.

— De sorte que c'est une orpheline? demande la

savant, lequel suivait des yeux un nouvel insecte.

— Je vous l'ai déjà répété cent fois.

— Ses parents sont morts, ajouta le distrait à mille lieues de ce qu'il disait.

— Tenez, j'aime autant que vous vous taisiez... vous me feriez perdre patience à la fin !

On venait d'arriver en vue du château.

— C'est là, chère madame? demanda Aubry.

— Oui, monsieur, c'est là.

— De quel style cela est-il?

— Je ne sais pas.

— Ce n'est ni sarrazin, ni toscan; ce serait plutôt ionique.

— Comme il vous plaira.

— Écoutez !

— Qu'y a-t-il encore?

— Entendez-vous la *moqueuse*, cette grive indigène qui contrefait le chant de tous les oiseaux, depuis le colibri qui bourdonne jusqu'à la perruche qui brise le tympan. Ah? que n'ai-je un immense filet.

Charles Aubry allait sans doute passer de l'entomologie à l'ornithologie, pour en arriver ensuite à l'art d'empailler, lorsque fort heureusement le majordome se présenta le chapeau à la main.

Cette fois, Diégo était prévenu et son ingrate figure faisait ce qu'elle pouvait pour paraître aimable.

Au moment où Hortense mettait pied à terre, Cora, courant et bondissant comme une biche poursuivie, vint se jeter dans ses bras.

— Madame! chère dame! criait-elle, c'est donc vous; il y a bien longtemps que vous n'êtes venue... Que je suis heureuse !

— Chère petite, dit madame Salcédo en l'embrassant, tu ne m'as pas oubliée.

— Oh! non, mais je n'espérais plus vous revoir.

— Monsieur Aubry, reprit Hortense, je vous présente une charmante enfant, une compatriote à laquelle je porte le plus vif intérêt.

— Mademoiselle, dit le savant, j'ai bien l'honneur... je vous prie de croire... Est-ce que c'est là cette femme tigresse? ajouta-t-il en se penchant vers madame Salcédo.

— Non, cher distrait, répondit en souriant la jeune veuve.

Puis, remarquant les traits bouleversés de Cora :

— Qu'as-tu donc, ma belle petite fée ? reprit-elle, on dirait que tu as pleuré.

— Rien, madame, c'est fini... Maîtresse a été bien en colère contre moi, et sans ce bon étranger qui est arrivé hier...

— Voici mademoiselle, dit le majordome.

A ces mots, Cora voulut s'échapper; mais madame Salcédo la retint malgré elle, pendant que Carmen, le sourire aux lèvres, s'avançait les bras ouverts.

Après que les deux jeunes femmes se furent tendrement embrassées.

— Monsieur, dit la créole au naturaliste, je suis heureuse de vous recevoir. Je sais un gré infini à ma chère Hortense de s'être souvenue que je vis dans l'isolement, des hôtes comme vous sont rares dans ce pays : ils me seront d'autant plus précieux... Veuillez considérer cette maison comme la vôtre, je ne négligerai rien pour atténuer le malheur qui vous a frappé...

— Hein ! demanda M. Aubry à madame Salcédo, tout en s'inclinant ; de quel malheur veut-elle donc parler ?

Celle-ci se garda bien de répondre, pour éviter une bévue possible ; elle passa son bras sous celui de Carmen, sans abandonner Cora, qui ne demandait qu'à fuir, et elles se dirigèrent vers l'habitation.

Charles Aubry suivait, cherchant toujours, dans son ingrate mémoire, le malheur auquel on venait de faire allusion, et ne trouvant absolument rien.

— Chère Carmen, dit Hortense, je suis heureuse de me retrouver ici, que je voudrais voir tout le monde partager ma joie... Je ne sais de quelles fautes Cora s'est rendue coupable, mais je demande grâce pour elle.

— Et moi je l'accorde, dit Carmen en tendant à la petite fée une main cordiale.

Cora saisit cette main et la couvrit de baisers.

— Va, lui dit amicalement la créole, et oublie la punition comme j'oublie l'injure.

Cora distribua, à la ronde, un gracieux salut, et s'envola comme un oiseau vers sa petite maison.

M. Sandalem et M. de Lucenay, avertis par la cloche, accouraient au-devant des nouveaux venus, lorsqu'il les rencontrèrent sur le perron.

— Madame, dit le comte à sa sœur d'un ton grave et pénétré, les espérances que vous aviez bien voulu me faire entrevoir, se sont réalisées : mademoiselle d'Alméïda nous a promis son appui... Remercie donc, animal ! ajouta Philippe en frôlant l'oreille de son ami.

L'entomologiste ne comprenait absolument rien aux paroles de Philippe.

Hortense entrevoyait un mystère qu'elle essayait vainement de pénétrer.

— Je n'en attendais pas moins de la générosité de mon amie, reprit-elle à tout hasard.

— Ah! s'écria Philippe, si j'étais seulement Raphaël ou Léonard de Vinci, comme j'enrichirais de chefs-d'œuvre cette nouvelle patrie qui consent à nous adopter!

— Il est devenu fou, pensa le savant.

— Mais je ferai de mon mieux, poursuivit M. de Lucenay. Puisse la postérité me tenir compte de ma bonne volonté!

Philippe profita d'un instant où l'on offrait des rafraîchissements pour glisser à l'oreille de son ami les paroles suivantes :

— Ma sœur n'est pas ma sœur; moi je suis un peintre plus ou moins distingué.

— Et moi!

— Toi, tu continues à être un des princes de la science, tu n'as qu'à te taire; c'est ton rôle qui est le plus facile.

— Tout cela me paraît clair comme de l'encre.

Les complices n'ayant pas eu le temps de s'entendre, ni de s'expliquer, le dîner fut une véritable charade en action.

Très inaperçu jusqu'alors, M. Sandalem profita avec bonheur de la première occasion qui se présenta de placer une phrase :

— Monsieur, dit-il au naturaliste, permettez-moi de vous exprimer mon admiration...

— Très volontiers, monsieur, répondit Charles Aubry; mais je ne serais pas fâché de savoir à propos de quoi.

— Un autre, à votre place, aurait peut-être laissé mettre son ami à la broche sans s'y opposer, tandis que vous... Et avez-vous assez pompé! ajouta le plante..

— Oui, te rappelles-tu? demanda Philippe à son ami, en lui allongeant un coup de pied sous la table; ce damné capitaine Talibart, qui voulait absolument que nous pompions ou que nous coulions! C'est égal, mademoiselle, ajouta le comte en s'adressant à Carmen, comme cela, en mangeant une aile de pluvier, mon compagnon d'infortune a l'air du premier venu... mais je vous le donne pour un grand cœur!

— Et je l'accepte comme tel, reprit la confiante créole.

Dieu sait où allaient aboutir ces dangereux quiproquos lorsque l'intendant vint dire à sa maîtresse que « tout était prêt. »

— Qu'est-ce qui est prêt? demanda Carmen.

— Les hommes sont à cheval, répondit Déigo; on n'attend plus que mademoiselle. Il sera toujours temps d'allumer les torches, lorsque nous serons à la *Hermosa.*

— A la *Hermosa?* Ah! oui, je me souviens, dit la créole, en ôtant une cigarette de ses lèvres, ce qui lui permit de laisser filtrer un long ruban de fumée : chose promise chose due. Vous m'excusez, chère Hortense, et vous aussi, messieurs.... Le devoir me réclame, je vais en expédition à deux milles d'ici.

— A deux milles d'ici! en expédition, et la nuit!

se récria madame Salcédo; mais, ma chère, vous n'y pensez pas.

— C'est-à-dire que je n'y pensais plus.

— On aurait pu remettre...

— Non, ces représailles doivent être immédiates pour porter leurs fruits. Mais ne faites pas attention à moi, je vous laisse monsieur Sandalem.

— Voulez-vous me permettre de vous accompagner? demanda Philippe, en rassurant sa sœur par un signe imperceptible.

— Non, vous mettriez obstacle à mes projets.

— Et n'aurais-je pas bien raison ?

— Monsieur de Lucenay, reprit Carmen d'un ton sec, ne vous donnez pas la peine d'insister, ce serait peine perdue. Passez-moi, je vous prie, mon chapeau et ma cravache, qui sont derrière vous.

Le comte obéit.

La créole embrassa madame Salcédo, salua d'un regard le savant et José, sourit à Philippe d'un air de bravade, et sortit du salon d'un pas rapide.

— Mais enfin, où va-t-elle? demanda madame Salcédo.

— Elle va incendier les rizières d'une habitation voisine, répondit le comte.

— Diable! dit Aubry, et elle appelle cela un devoir qui la réclame. Je ne suis pas très fou du piano, mais exercice pour exercice, j'aimerais encore autant l'entendre jouer une sonate, après le dîner.

— Charles, dit le comte à son ami, fais-moi le plaisir de descendre aux écuries et de seller Roland. Tu me l'amèneras dans la cour. Il faut à tout prix que nous la sauvions d'elle-même... Je vais encore essayer de la fléchir. Je suis sûr que c'est cet odieux intendant qui la pousse à mal.

Calme et sombre à lui seul comme plusieurs Castillans, don José ne bougeait pas et ne disait mot.

Il n'y avait plus que lui et madame Salcédo dans le salon.

— Eh quoi! monsieur Sandalem dit cette dernière, vous demeurez là, indifférent et immobile, alors qu'il vous suffirait d'un mot pour faire abandonner à Carmen ce projet barbare?

— Madame, dit le planteur, vous me supposez une influence que je suis loin d'avoir. Si quelqu'un pouvait exercer quelque empire sur mademoiselle d'Alméïda, ajouta le planteur en poussant un profond soupir, ce serait ce jeune peintre.

— Ce jeune peintre? Ah! vous voulez parler de M. de Lucenay.

— Oui, madame; depuis hier qu'il est ici, il fait la pluie et le beau temps. Ensuite, si vous voulez avoir mon avis, je trouve que mademoiselle d'Alméïda a parfaitement raison de faire respecter ses propriétés et les miennes.

— Alors, pourquoi ne la suivez-vous pas?

— Elle ne me l'a pas demandé.

Hortense eut un mouvement de lèvres et d'épaules qui signifiait : « Vous n'êtes qu'un poltron! » Et le front appuyé contre les jalousies demi-closes, cher-cha à discerner ce qui se passait dans la cour.

Diégo donnait des ordres; les chevaux piaffaient d'impatience; par instants, de rapides clartés couraient dans les groupes.

Carmen était en selle, prête à partir, lorsqu'une

main pesa sur la bride, et d'une voix, presque sup
pliante :

— De grâce, mademoiselle, murmura le comte, ac
cordez-moi la faveur de vous accompagner.

— De grâce, monsieur, répéta Carmen presque mo
à mot, accordez-moi la faveur de me laisser fair
mes affaires moi-même.

— Je ne vous en empêche pas; mais je serai là
près de vous. Ici, je mourrais d'inquiétude. On sell
mon cheval, ayez la bonté d'attendre un instant.

— Non, rendez-moi la bride..... Bonne nuit, à de
main.

— En ce cas, je vous suis à pied.

— Je vous le défends! La nuit est obscure; vous au
riez bien vite perdu nos traces. Et puis, vous n'ête
pas équipé en guerre. Songez donc que j'ai tué ur
tigre hier matin, et que ce tigre laisse une veuvi
éplorée; à jeun peut-être, toute disposée à faire au
défunt de sanglantes funérailles.

— Tant mieux, vous aurez ma mort à vous reprocher. Voyons, mademoiselle, est-ce bien possible?
Vous en qui j'ai vu de si charmants, de si prompti
retours de sensibilité et de bonté, vous allez de gaieté
de cœur, après deux jours d'attente, commettre une
méchante action. Je vous en fais juge vous-même :
n'est-il pas du devoir d'un galant homme de s'y opposer?

— Et comment ferez-vous pour cela?

— Je m'adresserai à votre cœur... Pour quelques
brins d'herbe que de malheureux colons vous ont fou-
lés ou volés, vous leur rendriez l'incendie, la ruine,
la misère.

— Que m'importe?

— Il vous importe tant, mademoiselle... Vous savez que je lis en vous?

— Oh! pas toujours, dit Carmen en se défendant plus mollement.

— Il vous importe tant, continua Philippe, que, déjà, vous êtes hésitante et presque attendrie à la seule pensée des malheureux que vous alliez faire. Vous vous dites : « Ce Français a raison. Son blâme me fait plus d'honneur que toutes les condescendances qui m'entourent. » Oui, mademoiselle, vous vous dites cela, je l'entends. Votre conscience vous le crie. Si encore il s'agissait de courage et d'une vengeance noble. Mais s'en aller la nuit, comme des larrons, frapper des gens endormis et sans défiance. Est-ce que cela est digne de mademoiselle d'Alméïda? Et que doit en penser le bon Dieu, au regard de qui rien n'échappe... même la nuit?

— Je rends le mal pour le mal, dit la créole.

— L'Evangile prescrit le contraire, et vous êtes étonnée qu'on ose vous appeler cruelle.

Ce dernier mot, qui faisait allusion à la ballade, mordit la jeune fille au cœur.

— Restons-en là, monsieur, reprit-elle; ce n'est ni le lieu, ni le moment de discuter sur la charité ou sur le droit... Je renonce pour aujourd'hui à mon projet.

— Ah! merci, mademoiselle, merci.

— Cela n'en vaut pas la peine; ce qui est reculé n'est pas toujours perdu. D'ailleurs, pénétrez-vous de ceci : que je ne cède ni à vos raisonnements, ni à vos désirs, mais bien à cette simple loi qui m'impose l'hospitalité, de ne pas contrarier mes hôtes.

M. de Lucenay se contenta de sourire dans l'ombre, gardant pour soi la très haute satisfaction de son amour-propre.

Deux fois, depuis la veille, il était arrivé à dompter ce caractère que tout le monde disait indomptable.

Carmen se laissa glisser sur le genou que Philippe venait de fléchir pour lui servir de marche-pied.

— Maître Diégo, cria ce dernier, faites rentrer les chevaux à l'écurie. Mademoiselle ne sort pas.

— Je voudrais bien savoir de quoi se mêle cet intrus, grommela l'intendant, lequel avait tout simplement à venger une injure particulière, dont il s'était avisé de vouloir charger sa maîtresse. Allons, vous autres, ajouta rudement Diégo en s'adressant aux nègres, décampez au plus vite. J'irai tout à l'heure faire un tour aux cases... et gare à ceux qui auront gardé de la lumière.

Charmés de la déconvenue de leur commandeur, et sans plus se soucier des coups de fouet qui les attendaient peut-être, les esclaves regagnèrent leur quartier, se poussant du coude en riant sous cape.

En rentrant au salon, Carmen fut accueillie par les félicitations d'Hortense et de Charles Aubry.

Philippe gardait l'humble contenance d'un vainqueur discret.

Don José, dont le teint tournait au citron, se pencha vers madame Salcédo :

— Je vous l'avais bien dit, murmura-t-il, sur le ton du *De profundis*.

IX

Habituellement levée avec le soleil, mademoiselle Alméïda ne parut pas le lendemain matin.

D'une part, elle était impatiente de revoir Philippe, et de l'autre, elle éprouvait un certain embarras à la pensée de se retrouver avec lui. A de certains moments, l'ascendant du comte la rendait heureuse ; puis tout à coup, elle s'indignait et se révoltait de l'empire qu'il prenait sur elle.

C'était une sorte de retraite à laquelle Carmen se condamnait pour s'examiner le cœur à loisir et tâcher d'y déchiffrer quelque chose, si c'était possible.

Par ses ordres, au lieu d'être servi en commun, le déjeuner l'avait été à chacun de ses hôtes en particulier, dans son appartement.

Les trois jeunes gens s'étaient réunis chez Philippe.

Madame Salcédo avait pour société Cora, qui par une aimable inspiration, avait abandonné sa case fleurie pour se mettre aux ordres d'Hortense.

Etait-ce le résultat de la sympathie ? Toujours est-il

que le comte éprouvait aussi le besoin d'être seul et de ne pas sortir de chez lui. Il y avait surtout, de l'autre côté de la cour, en face de ses fenêtres, une persienne qu'il avait vu souvent lever et se baisser dans la matinée, et qui l'intéressait au dernier point.

D'après ses observations, c'était là que devait habiter Carmen.

Or, pendant le repas, visant à se débarrasser de ses deux compagnons le plus vite possible, Philippe avait admiré à outrance les dépendances du castel, ce qui devait, tout naturellement, inspirer à Charles le désir de les visiter, et à M. Sandalem l'offre polie de lui en faire les honneurs.

José avait d'autant plus vite pris la balle au bond, qu'il ruminait une idée, au sujet de laquelle il jugeait utile et prudent de consulter le naturaliste.

Hâtons-nous de dire, en passant, que, depuis la veille, M. de Lucenay avait trouvé le temps de tout raconter à sa sœur et à son ami, et que la situation n'avait plus de mystère pour eux.

Une seule fois, Philippe s'était installé à sa fenêtre, l'album et le crayon à la main, dessinant en apparence une vue intérieure du château, mais épiant, en réalité, du coin de l'œil, ce qui se passait chez mademoiselle d'Alméïda.

Il ne s'y passait pas grand'chose, et même rien de visible; seulement, comme l'amour est un grand poète et l'imagination une grande folle, rien ne l'empêchait de broder richement les incidents les plus pauvres.

Aussi, à un moment donné, une petite main blanche était apparue entre les lames du store, et il s'était persuadé que c'était la main de Carmen.

Puis, tout à coup, d'un mouvement sec et rapide, store s'était roulé sur lui-même, et il avait espéré ie Carmen allait apparaître.

Puis, jouet d'une volonté aussi capricieuse qu'invisi-e, le même store s'était refermé avec violence, et il i avait induit que Carmen s'impatientait d'être ainsi point de mire d'une surveillance indiscrète.

Alors, Philippe s'était, à son tour, dissimulé derrière persienne. Cela équivalait à répondre :

« Je vous laisse la place libre. »

Voilà comment, en affaire d'amour, les choses les us inanimées peuvent suppléer à la langue et tenir ne conversation.

Maintenant, tout cela était-il bien exact ? Philippe e causait-il pas avec lui seul, croyant donner la ré-lique à un interlocuteur imaginaire ? Toujours est-il a'il n'avait pas même vu l'ombre de mademoiselle Alméïda. Le cœur des femmes se compose de tant de gogriphes, que bien habile est celui qui peut s'y re-nnaître.

Quoi qu'il en soit, vers le milieu de la journée, ma-emoiselle d'Alméïda parut se rappeler qu'elle avait es devoirs de maîtresse de maison à remplir, et se fit nnoncer chez Hortense.

— Eh bien, chère Carmen, demanda celle-ci lors-u'elles se furent tendrement embrassées, nous avons onc été un peu souffrante ce matin ?

Une Parisienne eût tout de suite prétexté une migraine ffreuse ; mais Carmen ne connaissait pas ces détours.

— Non, répondit-elle franchement ; mais j'ai mal ormi, j'étais fatiguée, maussade, je ne sais pas pour-uoi.

— Et à présent?

— A présent, je vous vois, et ma gaieté revient.

— Flatteuse!... Mais à propos, chère Carmen, je crois bien que j'ai fait, hier soir une grande découverte : il y a ici de l'amour sous roche...

La créole se sentit rougir.

— M. Sandalem pousse, pour vos beaux yeux, d'énormes soupirs,

— Ce n'est que cela! répondit Carmen à la fois soulagée et mécontente de ce qu'il ne s'agissait pas de Philippe.

— Ne vous l'a-t-il pas avoué? demanda madame Salcédo, laquelle désirait savoir s'il n'y avait pas de ce côté, un obstacle aux projets qu'elle avait formés.

— A quoi bon me l'avouer?

— Mais pour que vous le sachiez.

— Je m'en doute bien un peu.

— Et vous n'êtes pas plus émue que cela?

— Mon Dieu, non.

— Il ne vous plaît pas?

— A vrai dire, je n'en sais trop rien. Je le regarde sans le voir, ou plutôt je le vois sans le regarder ; don José est pour moi un ami, un commensal, un voisin... Je ne l'aime ni ne le déteste...

— Du moment que vous ne le détestez même pas, dit en souriant madame Salcédo, tout espoir n'est pas perdu pour lui.

— Pour lui comme pour tout le monde... Vous savez bien que je ne veux pas me marier.

— Je sais que vous me l'avez dit, et que vous ne dites que ce que vous pensez... mais le cœur varie.

— Pas le mien.

— A propos, reprit Carmen — cet « à propos »
tait charmant — M. Aubry me paraît un homme
rt distingué... Pauvres jeunes gens! ont-ils couru
ssez de dangers! Au fait, je ne sais pas pourquoi je
is « jeunes gens, » car ils sont peut-être mariés.

— Ils ne le sont ni l'un ni l'autre.

— J'espère bien que, en nous coalisant, nous allons
ouvoir leur être sérieusement utiles. M. de Lucenay
n'a demandé, comme une grâce, la permission de
aire mon portrait... Je n'ai pu, dans son intérêt, le
ui refuser. Ce sera comme un spécimen de son talent.
Jne fois qu'on saura, dans la province, qu'il nous
st arrivé de France un véritable artiste, toutes nos
iches Péruviennes voudront se faire peindre... Quant
à M. Aubry, nous trouverons sans doute bien le
noyen de lui faire obtenir un emploi convenable
u Jardin zoologique de Lima... Il ne peut être que
l'une bonne famille

— Qui cela? demanda Hortense.

— M. Aubry.

— Certainement... M. de Lucenay, lui, est de noble
origine... comment le trouvez-vous?

— Fort bien... Son ami surtout me paraît charmant,
plein d'esprit et de franchise.

Madame Salcédo n'était pas dupe de cette tactique.

— Pauvre Charles! pensait-elle, c'est à peine s'il
a ouvert la bouche; elle n'a fait que l'entrevoir...
Evidemment, elle ne me parle tant de lui que pour
entendre un peu parler de Philippe.

En effet, mademoiselle d'Alméïda avait bien la naï-
veté de la véritable innocence, mais elle n'en était
pas moins femme après tout, c'est-à-dire assez fine

8

pour en arriver à se faire dire ce qu'elle ne voulait pas demander.

D'un autre côté, madame Salcédo se trouvait dans une situation fort critique ; elle servait trop bien Carmen ; en d'autres termes, les éloges dont elle comblait son frère partaient trop du cœur pour ne pas être exprimés avec une tendresse chaleureuse qui finit pas inquiéter la créole. Son regard étincelant, aigu comme une pointe d'acier, disait assez qu'elle devenait jalouse.

— Qu'est-ce que tout cela va devenir ? se demandait Hortense.

— Vous aimez beaucoup vos compatriotes, et particulièrement M. de Lucenay, reprit mademoiselle d'Alméïda d'une voix plus stridente qu'elle ne l'eût voulu.

— Beaucoup, chère Carmen.

— Vous l'avez connu à Paris?

— Oui, il était comme de la famille. Je puis même ajouter que, s'il était mon frère, je ne l'aimerais pas davantage.

La franchise de cette réponse parut rassurer la jeune fille ; sont front se dérida, et le sourire s'épanouit de nouveau sur ses traits charmants. Pour la première fois de sa vie, elle se sentait femme : l'amour l'initiait à la curiosité, au désir de plaire, à la jalousie. Non pas qu'elle se rendît encore un compte bien exact du sentiment qui l'entraînait vers Philippe, mais elle pressentait que M. de Lucenay serait pour elle *plus qu'un autre*, et qu'il tiendrait une place dans sa vie.

Somme toute, elle en était arrivée à savoir que Philippe était libre, d'une naissance égale à la sienne, son petit manége avait réussi.

Quant à sa jalousie, atténuée d'abord par la sincérité apparente d'Hortense, elle se dissipait tout à fait par la réflexion. En effet, madame Salcédo n'avait-elle pas, à elle seule, assez d'influence pour protéger efficacement ses amis ? et, si elle avait eu des prétentions au cœur du jeune peintre, pourquoi se serait-elle exposée à une concurrence dangereuse en l'envoyant aux Palmiers.

Mais c'était le tour de madame Salcédo de devenir inquiète et songeuse. Décidément, sa position était fausse ; elle aidait à tromper Carmen ; son silence était de la belle et bonne complicité. Et que signifiait cette mystification ourdie par son frère ? Quel résultat pouvait-elle avoir, si ce n'est de s'aliéner la créole et de rompre à nouveau des liens qu'elle espérait, elle Hortense, voir se resserrer davantage ! Frère de madame Salcédo, M. de Lucenay n'en serait que le mieux venu.

Bonne et dévouée, mais fort peu romanesque — ainsi que le prouve avez l'intérêt presque tendre qu'elle portait au naturaliste — la jeune veuve s'engageait avec peur, avec défiance, dans ce labyrinthe d'où elle prévoyait qu'on ne pourrait bientôt plus sortir.

Dire tout de suite la vérité, n'était-ce pas, à la fois, le plus simple et le plus habile? Hortense en avait été tentée vingt fois durant cet entretien que nous venons de rapporter. Oui, mais son frère aussi poursuivait sans doute quelque but, et il lui reprocherait de 'avoir trahi.

Madame Salcédo s'arrêta au parti de « raisonner » son frère, et de l'amener à rétablir lui-même son état civil.

Pendant que cette conversation a lieu dans la chambre de madame Salcédo, pendant que le comte se dépite de ne plus trouver en face de lui qu'une persienne muette, allons rejoindre MM. Sandalèm et Aubry, qui se promènent au jardin.

La vérité est que ce jardin était splendide, et que, n'ayant aucune donnée exacte sur le paradis de là-haut, il est difficile de croire qu'il soit plus délicieusement embaumé et fleuri que l'Eden terrestre où nous introduisons le lecteur.

Toutes les fleurs, indigènes et exotiques, s'y fondaient dans une harmonie parfaite : depuis l'humble violette des bois jusqu'à l'ananas; depuis le magnolia jusqu'au jasmin d'Espagne; depuis les rondes touffes de l'hortensia jusqu'aux pointes aiguës du cactus. Les vanilles grisaient l'air; les mandarins pourpres pendaient par grappes au-dessus des grenadiers nains; pompadoures, bignonias, célestris, ce n'étaient que calices d'or et pistils d'argent; le tout drapé d'un vaste rideau de frangipaniers, de manguiers, de catalpas et de sycomores, aux essences diverses, aux tons variés, aux senteurs multiples.

Comme nos pauvres jardins se cacheraient sous l'herbe, s'ils avaient seulement le soupçon de tant de richesses!

Charles Aubry était dans le ravissement; il s'attendait à rencontrer le bon Dieu au détour d'une allée, il ôtait son panama pour saluer cette nature puissante.

Une dérivation du grand lac que nous connaissons

venait jusque-là, des poussières d'eau, diaprées de soleil, jaillissaient de partout et entretenaient la fraîcheur.

Ajoutez l'ibis rouge, la perruche verte, le jacuorange qui voltigeaient d'une branche à l'autre. Ajoutez les trois mille neuf cent quatre-vingt-dix-neuf espèces de papillons indigènes que notre savant regrettait de n'avoir pas encore étudiées, et qui semblaient s'être malicieusement réunies pour lui donner le vertige.

En ce moment, le planteur ne le quittait pas; il avait même déjà ouvert deux ou trois fois la bouche pour entamer un sujet qui, à en juger par les difficultés de l'exorde, devait être fort délicat.

Déjà, au déjeuner, il avait hasardé de prudentes questions sur les projets d'avenir que pouvaient avoir formés les deux amis, mais ceux-ci étaient tenus dans une réserve qui ne lui avait rien appris de plus que ce qu'il savait déjà par le récit de Philippe.

Donc, arrivés sous une épaisse charmille où le jour ne pénétrait que par demi-teintes — ce qui était favorable aux confidences — don José toucha légèrement du doigt les épaules du naturaliste

— Vous dites, monsieur ? demanda Charles Aubry. Ah! pardon ! j'avais tout à fait oublié que vous fussiez là.

— Il n'y a pas de mal... Seriez-vous assez bon pour me prêter un moment d'attention?

— Tous les moments que vous voudrez, cher monsieur; je vous écoute... Oh! le bel oiseau-mouche! Cet oiseau appartient à l'ordre des passereaux...

— Si j'ai bien compris votre ami, M. le comte de Lucenay, reprit don José, vous étiez venus en Amé-

rique avec le très légitime et le très honorable
espoir d'y utiliser, vous votre science, et lui ses talents.

Charles Aubry examinait à la loupe une fourmi
ailée.

— Oui, monsieur, répondit-il, parfaitement... pour
utiliser, lui sa science, et moi mes talents...

— Vous aviez sans doute avec vous de précieuses
collections?

— Je les ai toujours.

— Pourtant, ce naufrage...

— Je les ai toujours là, dans mon souvenir, reprit
Charles vivement; ah! oui, monsieur, cet affreux
naufrage... Si vous vouliez me faire plaisir, ce serait
de ne plus m'en parler.

— Très-volontiers, monsieur.... Croyez-vous que
votre ami tienne essentiellement à vivre de ses pinceaux !

— Sans doute, et pour une raison bien simple, c'est
qu'il ne peut vivre que de cela.

— M. de Lucenay est trop modeste, reprit don José.

— Où diable veut-il en venir? se demanda Charles
Aubry.

— La science est souveraine, reprit le planteur;
elle s'applique à tout et partout ; dans le nouveau
monde comme dans l'ancien, il n'est pas une ville qui
ne s'empresse de l'accueillir et de lui donner droit de
cité; aussi, cher monsieur, ne suis-je pas inquiet de
vous... Mais je n'en dirais pas autant de votre ami :
le grand art, l'art véritable, est ici dans l'enfance ; un
barbouilleur d'enseignes y réussirait mieux qu'un
peintre éminent...

Le naturaliste se prit à sourire.

— En ce cas, pensa-t-il, le succès de Philippe est presque assuré.

— M. de Lucenay ne trouvera pas, dans toute la province, dix portraits à faire, poursuivit don José. Quant à orner nos églises, quoiqu'en pense mademoiselle d'Alméïda, il n'y faut même pas songer... Bon pour de lourdes statues d'or et d'argent... Nous ne sortons pas de là.

— Il resterait toujours à mon ami la ressource de donner des leçons.

— Où trouvera-t-il des élèves ? Et, en admettant qu'il s'en présente quelques-uns, où ce métier-là le conduira-t-il ?

— En d'autres termes, monsieur, reprit Charles, ce que le comte de Lucenay aurait de mieux à faire, selon vous, ce serait de s'en retourner en Europe le plus vite possible.

L'Espagnol se sentit deviné.

— Vous êtes à mille lieues de ma pensée, monsieur, reprit-il, non sans quelque embarras ; c'est précisément parce que je désire voir rester M. de Lucenay parmi nous, que j'avais songé à lui en faciliter les moyens.

— Ah ! et comment cela ?

— Il a témoigné d'un si magnifique courage, pendant votre malheureuse traversée, que je me suis senti attiré vers lui.... Je l'estime autant que je l'admire.

Charles Aubry n'avait été que très imparfaitement initié aux incidents de la catastrophe dont il passait pour être l'une des victimes ; il connaissait l'ensemble, mais non les détails.

— Il paraît que le gaillard se sera fait un rôle de héros, pensa-t-il en faisant allusion à son ami ; moi, sans doute je suis resté à l'état de comparse.

— Oui, monsieur, reprit le planteur, M. de Lucenay m'inspire un véritable intérêt, et je voudrais le lui témoigner en lui évitant de rudes mécomptes.

— Faites, monsieur ; je ne vous en empêche pas, au contraire, je vous y engage de tout mon cœur. Et le procédé à employer ?...

— Serait d'accepter les offres que je me propose de lui faire. Ainsi, à part l'habitation où je réside presque constamment, je suis propriétaire d'un vaste domaine, au nord de Cuzco.

— Je vous en fais mon compliment... Cuzco était, je crois, avant la conquête, la capitale des Incas ?

— Oui, monsieur.

— C'est loin d'ici, n'est-ce pas ? Quelque chose comme deux cents lieues.

— Pas tout à fait. Cependant, la distance est assez grande pour que j'y sois à la merci d'un coquin de régisseur qui, pour n'être pas trahi dans ses déprédations, ferme lui-même les yeux sur l'incessant pillage de mes nègres.

— En sorte que vous êtes volé à tous les degrés ?

— Hélas ! oui, monsieur.

— Pourquoi ne mettez-vous pas ce régisseur à la porte ?

— Parce qu'il faudrait le remplacer par un autre.

— Oui, je comprends... et que cet autre en ferait tout autant que son prédécesseur... Vous avez raison, ce n'est pas la peine de changer.

— Ce qu'il me faudrait, reprit don José, c'est un

homme énergique et sûr, dont le courage et la loyauté fussent à toute épreuve.

— Une manière de trésor, dit le naturaliste, en complétant le portrait.

— Oui, monsieur, un véritable trésor... et voilà pourquoi j'avais songé à votre ami.

— Je vous remercie pour lui, dit Charles en secouant énergiquement la main du jeune Espagnol; c'est bien, ce que vous faites là.

Le mobile de cette offre était assez visible pour frapper les yeux du naturaliste, si distraits qu'ils fussent. Evidemment il s'agissait de se débarrasser d'un rival dangereux, en envoyant Philippe à deux cents lieues du château des Palmiers.

C'est à la fois bête et ingénieux.

On objectera peut-être que l'amour ne connaît pas les distances. En France, c'est possible : quelques heures de chemin de fer, et voilà que les cœurs se touchent; mais au Pérou, à travers les savanes et dans les pampas... D'ailleurs, mademoiselle d'Alméïda pouvait bien aimer un peintre, un artiste ; mais un intendant! C'eût été démonétiser le comte de toutes les façons.

— Et vous croyez que M. de Lucenay acceptera ? demanda timidement José.

— S'il refusait, il serait bien difficile, dit Charles en réprimant un sourire.

— Il va sans dire que votre ami ne serait pas considéré comme un régisseur ordinaire.

— Je le pense bien.

— Je lui conférerais tous mes pouvoirs; il serait

un autre moi-même. Quant aux émoluments, il les fixerait lui-même.

— Ceci est un détail.

— Ajoutez qu'il aurait des loisirs, que les sites sont de toute beauté, et que rien ne l'empêcherait de peindre en amateur.

— Tous les agréments réunis, s'écria Charles, qui, tout savant qu'il fût, n'était pas un ennemi d'une douce gaieté; c'est à-dire que Philippe avait toujours rêvé cette existence-là...

— Alors, cela se trouve à merveille, dit José.

— Il est né administrateur, poursuivit le natura-liste; la comptabilité est sa passion. C'est un homme capable de rechercher, pendant tout un mois, un centime égaré dans des colonnes d'additions... Ah! les chiffres, les chiffres, me disait-il encore l'autre jour, ils ne vous trahissent jamais; c'est la source des jouissances les plus pures et les plus exactes.

Or, Philippe avait toujours eu en horreur de véri-fier une addition, ce qui faisait le compte de ses fournisseurs.

L'Espagnol était aux anges; il respirait plus à l'aise; il se figurait rentrer dans le cœur de Carmen, d'où le pauvre garçon n'avait jamais eu la peine de sortir.

— Ainsi, monsieur, reprit-il, je puis compter sur vous pour soumettre ma proposition à votre ami?

— Certainement, monsieur, plutôt deux fois qu'une. Cuzco, diable! Cuzco! n'y va pas qui veut... Fondé, je crois, en 1043, par Mango Capac, le premier des Incas?

— Cela se peut bien, monsieur, répondit don José, aussi peu ferré sur l'histoire que sur tout le reste.

— Il y a surtout ce vaste temple du Soleil tout argent et tout or, dont la splendeur alluma la convoitise de Pizarre.

— Oui, monsieur, il y est toujours.

— Heureux Philippe! Voyez à quoi tiennent les destinées d'un peuple. Otez ce temple, cher monsieur, et peut-être les Incas n'auraient jamais été détrônés...

— Alors, ils y seraient encore?

— C'est probable.

— Et vous croyez que c'est ce temple...

— On n'a jamais pu le savoir au juste.

— Cher monsieur, reprit le planteur, je n'ai pas besoin de vous dire que s'il vous était agréable de faire par là quelques excursions...

— Comment donc! mais avec le plus grand plaisir!...

La charmille sous laquelle se tenait cette conversation aboutissait à une sorte d'eau vive pittoresquement encadrée de cannes à sucre en gerbes et de mangliers sauvages. Au moment où ils en sortaient, le naturaliste et don José se trouvèrent en présence de deux personnes assises sur la rive.

Ces deux personnes étaient Cora et Rhamsès, le mohane, vieux prêtre indien, dont nous avons entendu mademoiselle d'Améïda révéler à Philippe l'influence occulte et les pratiques singulières.

A la soudaine apparition des deux jeunes gens, le premier mouvement de Cora fut de fuir, mais son compagnon la retint.

Ce dernier était un grand, beau et robuste vieillard, dont l'extérieur ne manquait pas d'une certaine noblesse; sa physionomie calme et sereine commandait le respect. Il y avait en lui de l'oracle antique, du patriarche nomade, du druide inspiré; son costume était misérable, mais ne nuisait pas à l'effet.

Il ne portait, en ce moment, qu'une espèce de pagne en coton rayé; la jeune fille tenait en main une longue robe à larges manches qu'il venait d'ôter, et dont elle comblait pieusement, à grands coups d'aiguille, les solutions de continuité.

Cora paraissait confuse, moins de la besogne qu'elle accomplissait, que d'être surprise en conciliabule avec le mohane.

— Vous voilà donc dans ces parages, mon père, dit amicalement don José au vieillard, après l'échange des premiers saluts.

— Oui, mon fils, répondit l'Indien; l'affection de cette douce enfant m'y attire, ainsi que la charité de la maîtresse du domaine, et j'y reviens chaque fois que mes pérégrinations le permettent.

— Avez-vous passé par mon domaine?

— Oui, mon fils, je l'ai traversé, j'ai vu les nègres rebelles, je les ai exhortés à la soumission... mes paroles en ont fait rentrer quelques-uns dans le devoir.

M. Sandalem fit passer une demi-douzaine de pièces d'or de sa poche dans celle du vieillard.

— Pour vos pauvres, dit-il.

Puis se tournant vers la jeune fille :

— Cora, demanda-t-il, pourquoi donc faites-vous ce travail vous-même? Il ne manque pas, au château, de femmes qui pourraient rendre ce service à notre vieil ami.

Don José n'accablait sans doute pas habituellement la jeune fille des témoignages de sa bienveillance, car

elle-ci parut aussi heureuse que flattée de l'observa-
ion.

— Ce ne serait pas la même chose, répondit-elle avec
in charmant sourire.

— Non, ce ne serait pas la même chose, appuya le
vieillard, voulant sans doute signifier que c'était là
une attention presque filiale, qui doublait le prix du
service.

— Mon père, demanda M. Sandalem, pourquoi donc
vous négligez-vous ainsi? Vous n'êtes pourtant pas
sans ressources.

— Les malades et les malheureux, mon fils, ont bien
vite fait de les épuiser... Je m'oublie pour songer à
eux.

— Tenez, mon père, prenez encore ceci, dit don
José en lui coulant une seconde poignée de piastres.

Le planteur ne brille pas par assez de qualités pour
que nous le dépouillions de celles qu'il possède ; aussi,
constatons-nous avec plaisir qu'il est naturellement
généreux. Il l'est, du reste, plus que jamais en cette
circonstance... d'abord en raison de la satisfaction qu'il
éprouve d'avoir mis la main sur un intendant si précieux ; puis, en raison de l'influence du mohane, qu'il
juge utile de voir employée à son profit.

— Mon fils, dit Rhamsès, en échange des piastres
dont on le comblait, que le Père d'en haut répande sur
votre tête la divine rosée de ses bénédictions les plus
abondantes. Vous êtes un de ses élus... S'il vous
éprouve en ce moment, si quelques nuages troublent
la sérénité de votre ciel, c'est pour vous faire mieux
apprécier plus tard le bonheur qu'il vous réserve; Vo-

tre front est plus pur et plus blanc que le lis superbe;
j'y lis les ardentes aspirations d'un cœur isolé... Mais
cet isolement cessera, et vous nagerez alors dans le tor-
rent des félicités éternelles.

En parlant ainsi, d'une voix grave et lente, le mohane dardait son œil gris sur don José, qu'il semblait
percer à jour.

Cora, de son côté, suivait avec une anxiété fiévreuse
l'impression produite par cette homélie sur le jeune
planteur qui, reconnaissant et charmé, fouillait une
troisième fois dans ses poches, qu'il trouvait vides.

Les savants sont généralement curieux ; ils aiment à
ouvrir, à voir en dedans, à faire en quelque sorte jouer
les secrets ressorts de toute mécanique, soit humaine,
soit industrielle.

Muet spectateur, jusque-là, de cette scène étrange,
aussi intrigué de la confiance naïve du planteur que de
la majestueuse audace du mohane, incrédule par conviction et par nature, Charles Aubry voulut aussi ouvrir à sa page l'*in-folio* de la destinée.

— Et moi, mon père, demanda-t-il, dois-je me ré-
jouir ou trembler ? Le sort me réserve-t-il ses sévérités
ou ses faveurs ?

Un demi-sourire effleura les lèvres du vieux Rham-
sés ; il prit la main du savant, en examina à peine les
lignes, et la laissant doucement retomber :

— Ceux qui viennent du pays des visages pâles, dit-
il en se penchant vers le jeune homme de façon à n'être
entendu que de lui, ne trompent ni l'œil du père, ni la
pénétration de son serviteur ; leur naufrage n'a mouillé
personne...

— Ah ! bah ! dit Charles un peu décontenancé.

— Mais on a été secourable pour le mohane à la *plaza Mayor*, continua le vieillard ; le mohane a le souvenir des bienfaits ; il lit dans les cœurs, il traverse les consciences, mais la prudence guide toutes ses actions. Voir, écouter, se taire : trois préceptes du sage !

Sur ce, jetant sur ses épaules sa tunique remise en état, il effleura de sa barbe blanche et sans doute aussi le ses lèvres, le front de Cora.

— Mon enfant, dit-il, rappelle-toi ma promesse et reprends courage : tu seras bientôt riche, heureuse, aimée...

— Aimée? murmura la jeune fille.

Son doux regard étincela et fut s'épanouir sur la figure de don José, fort indigné, à coup sûr, de cette charmante faveur.

— Oui, aimée, répéta le mohane.

Puis, se redressant de toute sa hauteur, aussi fièrement drapé dans sa défroque que dans un manteau de pourpre, il salua les deux jeunes gens et disparut sous la charmille.

Le naturaliste était devenu songeur. Il se voyait, lui et son ami, à la mercie d'un rusé vieillard, et n'en éprouvait qu'une satisfaction très-médiocre. La question était moins de savoir comment Rhamsès avait pénétré leur secret, que d'être rassurés sur le parti qu'il en tirerait.

Quant à l'apparente seconde vue dont le mohane venait de donner une preuve, elle n'avait rien de miraculeux. Les révélateurs du passé et de l'avenir sont nécessairement tout yeux et tout oreilles ; ils questionnent, ils scrutent, ils épient... D'une part, Rhamsès avait sans doute fait jaser Cora ; de l'autre, il venait

de parler de la *Plaza Mayor*, ce qui sous-entendait
l'hôtel Salcédo; notre sorcier avait très bien pu promener ses sandales par là, y recevoir l'hospitalité, y
voir les deux amis et apprendre qui ils étaient.

— Eh bien! cher monsieur, demanda José, êtes-
vous satisfait des révélations du mohane?

— Enchanté! répondit le savant sur le ton de la
plaisanterie; je dois être roi d'un pays inconnu que
l'on se propose de découvrir... Ce diable d'homme-là
sait tout, et s'il est bavard...

— C'est la discrétion même, dit le planteur.

— Tant mieux pour ceux dont il a les secrets, dit
Charles d'un air dégagé.

Et s'adressant à Cora :

— Mademoiselle, reprit-il galamment en joignant
l'action aux paroles, voulez-vous me permettre de mettre un baiser sur cette vaillante petite main qui vient
de faire une œuvre de charité?

La jeune fille rougit, fit une révérence et souscrivit
gracieusement à la demande du naturaliste.

On se rappelle que don José était de race moutonnière.

— Je réclame la même faveur, dit-il.

Et, le plus indifféremment du monde, il effleura du
bout de ses lèvres les doigts de Cora.

De rose qu'elle était, celle-ci devint d'une pâleur
extrême; ses paupières s'abaissèrent à demi : elle porta
la main à son cœur pour en comprimer les battements.

— Tiens, se dit le savant charmé de ce rare accès
de lucidité, est-ce que moi aussi j'aurais pénétré un
mystère?

José était déjà loin; il s'en allait impassible, et sans
avoir même adressé à Cora un sourire d'adieu.

X

En rentrant au château, Charles Aubry troûva Philippe en grande conversation avec sa sœur.

— Tu seras toujours le même fou, disait madame Salcédo ; est-il possible de se créer ainsi des obstacles, et de préférer les ornières aux routes tout unies !...

C'est l'habitude du *steeple-chase*, ma sœur ; en amour, comme sur le turf, un peu de banquette irlandaise ne nuit pas à l'intérêt de l'action.

— Si encore il ne s'agissait que de toi ! reprit madame Salcédo ; mais tu nous compromets horriblement M. Aubry et moi.

— Oh ! moi, dit le savant, cela m'est égal, et du moment que Philippe y trouve son compte...

— Il ne l'y troûve pas, au contraire, interrompit Hortense ; et c'est là surtout ce que je lui reproche.

— Ceci me regarde, dit le comte avec un fin sourire ; ma chère et honorable sœur n'a sans doute pas la pretention de m'instruire en cette gaie science d'assiéger une place défendue par des griffes roses et de beaux yeux qui lancent des éclairs.

9

— Certes non, répondit Hortense; mais un peu de bon sens ne nuit pas... même en amour... n'est-ce pas, mon ami? demanda madame Salcédo en s'adressant à Charles.

— Oui et non, répliqua assez adroitement le savant. Le bon sens a du prix pour les femmes qui en ont elles-mêmes; pour les autres je crois que c'est un triste auxiliaire.

— Charles a raison, fit observer Philippe.

— Alors, selon toi, Carmen...

— Mon Dieu, je ne dis pas qu'elle en manque, de ce bon sens dont tu es si fière; mais, dans tous les cas, elle a bien le temps d'en avoir... La vie en dehors que mène cette jeune fille implique l'amour du fantastique et du merveilleux... Si je n'avais pas un peu forcé la porte pour entrer ici, je n'y serais pas le si bienvenu; le prestige de mes malheurs imaginaires a fait le reste, et ceci est à la louange de mademoiselle d'Alméïda.

— Si tu l'aimes réellement, insinua Hortense, pourquoi ne pas te déclarer? Ce serait un excellent parti sous tous les rapports.

— Oh! un instant, ma sœur! Lorsqu'il s'agit de la perpétuité, je ne me hâte pas comme cela, mademoiselle d'Alméïda ne me déplaît pas, tant s'en faut!

— Tu serais difficile!

— Je dirai même qu'elle me charme autant par ses défauts que par ses qualités; mais un caractère comme le sien a besoin d'être étudié et vu de près... Ce n'est pas à colin-maillard qu'on se marie... Et puis, si elle accueille la recherche de l'artiste pauvre, avoue, ma sœur, que ce sera plus flatteur pour moi qu'une victoire remportée à la pointe des avantages sociaux dont le hasard m'a favorisé.

Madame Salcédo était loin d'être convaincue ; mais l'imprudence commise, l'intrigue nouée en ce sens, elle ne savait plus trop elle-même ce qu'il fallait faire.

Nous avons dit que depuis la veille, Carmen, sans le savoir, voulait plaire et devenir coquette. Jusque-là, elle s'était assez peu préoccupée des modes parisiennes importées à Lima. Mais, voilà que madame Salcédo se trouvait avoir une robe taillée au goût du jour ; or, la créole avait éprouvé le besoin d'en faire prendre le patron par sa femme de chambre.

Cette circonstance ayant valu à la jeune veuve d'être appelée en conciliabule dans l'appartement de Carmen, les deux amies restèrent en tête-à-tête.

Charles Aubry, pour s'assurer qu'elles étaient bien seules, alla regarder derrière les portes et soulever les draperies : après quoi il revint tragiquement vers Philippe et lui dit d'une voix ténébreuse :

— Monsieur le naufragé, je n'ai pas voulu inquiéter ta sœur, mais tu sauras que nous sommes sur un volcan.

— Où est-il, ce volcan ? demanda le comte.

— Non seulement je l'ai vu, répondit le savant, mais je lui ai parlé...

— Juste ciel ! s'écria Philippe, l'excessive chaleur... un coup de soleil... Est-ce que tu deviendrais fou, par hasard ?

— Il a la forme d'un vieillard à barbe blanche, continua le naturaliste, sans daigner rectifier autrement l'opinion de son ami ; il est mal vêtu, il fait raccommoder ses vêtements par la petite Cora ; il dit la bonne aventure, ainsi que la mauvaise : c'est une sorte de derviche, moins le tournoiement...

— Oui, je sais, dit Philippe; mademoiselle d'Alméïda m'en avait parlé. Pour flatter ses tendances superstitieuses, j'avais même témoigné le désir de le consulter.

— Eh bien! moi, mon ami, je l'ai fait pour toi.

— Et tu as appris?

— J'ai appris que nous n'avons nullement fait naufrage et que nous sommes des imposteurs... ce que je savais, du reste.

— Crois-tu que cet homme ait un intérêt à nous trahir?

— Je ne le crois pas; il m'a même promis le secret, mais en termes ambigus, comme tout ce qu'il dit.

— Lui as-tu au moins payé son silence?

— Je voulais le faire, d'autant que M. Sandalem m'en donnait l'exemple et le comblait de piastres; j'avais même déjà plongé dans ma poche une main généreuse...

— Eh bien! qui t'a arrêté?

— Le souvenir de la position que tu nous as faite; don José était là; donner pour donner, je ne pouvais pas, décemment, me montrer moins généreux qu'un Espagnol; or, du moment que nous sommes sortis de la mer dépouillés de tout...

— Trop de science, mon pauvre Charles, et pas assez de présence d'esprit, répondit M. de Lucenay. L'argent est le nerf de tout; à ta place, moi, j'aurais été d'une magnificence à faire rougir Sandalem de sa ladrerie. Nous pouvions avoir sauvé du naufrage une ceinture doublée de quadruples...

— C'est vrai, dit humblement le naturaliste, je n'y ai pas songé; ma tête est déjà si encombrée de toutes les inventions, que je n'ose plus ouvrir la bouche, dans la crainte de dire une bêtise.

— Au surplus, reprit Philippe, je vais aller moi-même à la recherche de ce vieillard mystérieux.

— Autre histoire, continua Charles Aubry : tu es un mathématicien de première force; comparés à toi, Bezout, Legendre et Laplace n'étaient que des ignorants; je t'ai trouvé une position magnifique, à deux cents lieues d'ici...

Et Charles énuméra, tout au long, les propositions du planteur.

— La bonne plaisanterie! dit le comte en riant.

— Il ne faut pas lui en vouloir, à ce pauvre garçon; il défend son bonheur comme il le peut, avec la douceur et la timidité qui forment le fond de son caractère.

— De quel bonheur parles-tu?

— N'a-t-il pas l'ambition d'épouser mademoiselle d'Alméïda?

— Lui? Allons donc! Ce serait absurde! Unir le feu à l'eau, la distinction à la vulgarité, la grâce à la gaucherie, l'esprit à la sottise!... Mais la question n'est pas là... J'accepte son offre splendide.

— Bon! tu ne trouves pas encore la situation assez compliquée.

— Seulement j'y mets une clause: je n'entrerai en fonctions qu'après avoir achevé le portrait de Carmen; il me faudra bien quinze jours pour cela : or, en quinze jours, il se passe bien des choses, reprit Charles.

— Troisième histoire, reprit Charles.

— Encore !

— Tu vois que je n'ai pas trop perdu mon temps, et que je n'étudie pas que les simples : la jeune Cora est folle du planteur, qui ne s'en aperçoit même pas.

— Pauvre chère enfant ! ce motif suffirait à me faire lui enlever Carmen. Evincé de ce côté, il se retournera peut-être vers l'autre, et j'aurai la satisfaction d'avoir pansé le bobo de cœur qu'a cette charmante fille... Mais voici l'heure de notre première séance, ajouta Philippe en regardant à sa montre; la politesse des peintres est de ne pas faire attendre leur modèle.

— Encore un mot, mon ami... Il serait peut-être bon que tu me préparasses un peu aux questions que l'on pourrait s'aviser de me faire... Avons-nous réellement beaucoup souffert dans cette traversée?

— Au delà de toute expression, mon pauvre Charles : partis du Havre — bâtiment, *la France-et-Chili* capitaine Tallibart...

— Pas si vite!... laisse-moi le temps d'écrire.

Et le naturaliste tira son carnet.

— Une avarie effroyable, poursuivit le comte — le capitaine malade qui ne sortait pas de sa cabine ni de ce dilemme : « Pompez ou coulez ! » — les vivres jetés à la mer — la faim, l'horrible faim... comme sur le radeau de *la Méduse* — un novice menacé d'être mis à la broche — je prends sa défense — on veut me rôtir à sa place — six coups de revolver... Tu vois cela d'ici?

— Parfaitement, cher ami... mais, moi, qu'est-ce que je fais?

— Tu voles à mon secours; ton héroïsme est prodigieux; tu te couvres de gloire... la tempête, la foudre

des vagues plus hautes que Montana-Réal ; le vaisseau
s'entr'ouvre ; corps et biens, tout est englouti... Nous
buvons d'abord un terrible coup : un coup à ne plus
jamais avoir soif de la vie ; puis, nous revenons à la
pointe des flots, et la première personne que je rencontre, c'est toi, mon Léon Gatayes, mon Pylade, mon
Euryale, mon Nisus.

— C'est avoir de la chance ! dit Charles.

— Le reste va de soi, acheva le comte : une voile à
l'horizon... Sauvés, ô mon Dieu ! Débarqués à Lima,
recommandés à M. Salcédo qui est mort... Sa veuve
nous accueille, etc., etc. Te voilà aussi instruit que
moi-même.

Et Philippe se dirigea, en courant, vers la galerie,
dont on avait fait provisoirement un atelier, en y ta-
misant le jour d'une certaine façon.

— Comme cela, on ne me prendra pas en défaut,
pensa le naturaliste, en mettant les notes dans sa
poche.

Puis il regagna le jardin pour y continuer ses recherches scientifiques, sans aucun mélange de planteur, de sorcier et de jeune fille.

XI

Aimer une jolie femme et avoir à la peindre est une des plus charmantes situations que l'on puisse rêver.

— La tête comme ceci, ou comme cela, je vous prie — le sourire un peu plus marqué — le regard moins indifférent — évoquez une pensée, un souvenir qui lui donne plus d'animation.

— Mais, je n'en ai pas.

— Tâchez de vous en créer.

— C'est facile à dire.

— Et à faire aussi.... Tenez, figurez-vous, par exemple, que je. . non pas moi... je ne produirais pas l'effet désiré... mais un autre... M. Sandalem, si vous voulez.., ou n'importe qui...

— Eh bien?

— Supposez que M. Sandalem vienne de tomber à vos genoux ; qu'il vous ait dit : « Je vous aime ! » avec cette modulation pénétrante à laquelle il est impossible de se tromper — et Philippe essayait lui-même cette modulation — admettez un instant que cet aveu vous émeuve...

— Mais je ne serais pas émue du tout, monsieur ; au contraire, j'éclaterais de rire... surtout si c'était ce pauvre José.

— En ce cas, mademoiselle, cherchons-en un autre : car, si vous voulez que je vous fasse un portrait parlant, expressif.. Oh! très bien! restez comme cela, je vous en supplie! quoi! c'est déjà fini.

Carmen a voulu prouver que ses yeux recèlent le regard qu'on lui demande ; l'électricité s'est produite, le rayon a éclaté, puis, plus rien.

— Qu'est-ce qui est déjà fini? demanda-t-elle en souriant.

— Cette expression... vous l'aviez trouvée... mais elle a été si fugitive, qu'il m'a été impossible de la saisir au passage. Voyons, mademoiselle, recommencez, je vous prie.

— Quel homme étrange vous êtes! Vous croyez donc que cela se commande.

— Hélas! non, je sais bien que cela s'inspire.

— Eh bien! alors... un peu de patience, cette expression reviendra peut-être.

C'est ainsi que se passa la première séance. Philippe avait effacé, puis tout refait, puis effacé encore; il avait perdu beaucoup de temps à la poursuite de ce regard en question, qui commençait à s'apprivoiser, mais qu'il s'agissait de garder en cage... D'ailleurs, est-ce bien *perdu* qu'il faut dire, et ce temps-là n'est-il pas *gagné*. Rien ne pressait; le modèle était docile; la tâche était douce... C'était le cas où jamais de faire comme Pénélope, et de détruire son travail, la nuit, pour le recommencer le jour.

Somme toute, le portrait de mademoiselle d'Alméïda

était peu avancé; mais les affaires de Philippe l'étaient davantage, lorsque le lendemain matin, le mohane se présenta, comme d'habitude, à la châtelaine des Palmiers, dont la bourse s'ouvrait toujours, inépuisable et toute grande, aux sollicitations du vieillard.

Rhamsès s'était engagé à se taire, c'est-à-dire, selon lui, à ne pas dévoiler catégoriquement la situation des jeunes gens, mais non à s'abstenir des prédictions amphibologiques qu'il était dans son intérêt de devin de faire à tout hasard. C'était là le plus clair de son bénéfice, le prétexte aux aumônes que l'on faisait passer par ses mains. Il y avait, avec son Dieu, des accommodements; aussi savait-il pondérer ses faveurs, ménager la chèvre, sauvegarder le chou, et faire tour à tour accroire à chacun qu'il le protégeait spécialement.

Carmen tendait sa main au mohane par habitude, par déférence, peut-être aussi par curiosité féminine, par faiblesse d'esprit, et jamais, il faut le dire, elle n'avait été plus qu'en ce moment impatiente de soulever les voiles de l'avenir.

— Ces deux lignes qui se bifurquent, dit le vieillard à Carmen, entre autres phrases élastiques et à toutes fins, ces deux lignes signalent des embûches... Si tout ce qui brille n'est pas en or, en revanche, ce qui est en or ne brille pas toujours. Les paroles mentent et les visages trompent... La pitié d'une femme a été surprise et son cœur s'est attendri sur des souffrances que le Maître de là-haut n'a pas infligées...

Carmen voulut en savoir davantage; elle interrogea, elle menaça... Mais, quand une fois le mohane était descendu du trépied sacré, il n'y remontait jamais dans la même séance.

Semés dans l'imagination de mademoiselle d'Alméïda, le trouble, la défiance, le soupçon devaient y grandir bien vite. La première personne que la jeune fille rencontra, après le départ du mohane, fut Charles Aubry, lequel revenait de sa chasse aux insectes et en rapportait quelque chose qu'il tenait triomphalement par les pattes.

S'il y avait une machination, Charles devait en être complice ; toutefois, il ne s'agissait pas de l'interroger ouvertement, mais bien de lui ménager quelque piége dans lequel il tomberait peut-être. Ce fut le sage parti auquel s'arrêta mademoiselle d'Alméïda.

— Oh! mademoiselle, dit le naturaliste en venant au-devant de Carmen, que de richesses dans votre domaine! Ceci est l'écrevisse de l'équateur, inconnue en Europe... Vous ne l'avez peut-être jamais remarquée.

— J'avoue que...

— Ce petit animal, le plus curieux de la création, est de l'ordre des *décapodes* , famille des *macreuses*... Tenez, examinez-moi cette étrange conformation : la peau est une pierre qu'elle rejette tous les ans pour revêtir une cuirasse nouvelle; la chair est dans la queue et dans les pattes ; l'estomac est dans la tête ; de temps en temps, il lui en repousse un autre dont la première fonction est de digérer l'ancien.

— Le fait est que c'est bizarre, dit Carmen.

— Il a des pierres dans l'estomac, poursuivit le savant; quand ses jambes l'incommodent, il s'en défait et les remplace par d'autres; enfin les yeux sont placés sur de longues cornes mobiles...

— Tout cela est très intéressant, cher monsieur....

Mais, que vous avez dû parcourir de pays pour savoir tant de choses!...

— Mais oui, mademoiselle, beaucoup de pays en effet.

— Que d'obstacles surmontés! que de dangers courus!... et encore dans cette dernière traversée... Faites-moi donc le plaisir de me raconter votre dernier voyage. Les impressions d'un savant, d'un homme pour qui le bouleversement de la nature n'a pas de causes secrètes, doivent différer essentiellement de celles d'un artiste... car autant de personnes, autant d'émotions différentes... Vous étiez partis du Havre, je crois?

— Oui, mademoiselle, sur le *Tallibart*; nous allions de France au Chili... J'ai eu là une excellente idée de me faire renseigner par Philippe, pensa le savant.

— Je croyais que votre destination était le Pérou, dit Carmen, et que vous y veniez dans l'espoir d'y trouver M. Salcédo?

— En effet, mademoiselle...... — Diable, je me trompe.

Et, tirant son carnet, Charles le consulta rapidement.

— C'est le bâtiment qui s'appelait le *France-et-Chili*, reprit-il, et le capitaine qui s'appelait Tallibart.

— Tout cela manque de clarté, pensa la créole... Et vous avez donné contre des récifs?

— Oui, mademoiselle; une voie d'eau s'était déclarée; le malheur voulut que tous les hommes de l'équipage fussent malades, les passagers aussi... En sorte qu'il ne restait plus que le capitaine pour manœuvrer les pompes... et, vous comprenez...

— Je comprends..... c'est-à-dire que je commence à m'y perdre, pensa mademoiselle d'Alméïda.

— Alors, naturellement, n'ayant plus de vivres...

— Pourquoi donc n'en aviez-vous plus?

— Parce que... au fait, oui, pourquoi n'en avions-nous plus? On avait peut-être oublié d'en embarquer... mais non, ce n'est pas possible... Pardon, mademoiselle...

Et après avoir recouru une seconde fois à ses notes:

— Je sais, reprit le savant: un matelot ivre les avait imprudemment jetées à la mer... Vous concevez, l'émotion du moment.., j'ai tant de choses dans la tête...

— Et vous avez failli être mangé ? demanda Carmen.

— Hélas! oui, mademoiselle... Je vous déclare que j'ai passé un cruel quart d'heure... Le féroce Peppo voulait absolument... c'est alors que mon ami s'est élancé avec six revolvers...

— Puis le naufrage accompli, vous vous êtes trouvés sur l'eau...

— Oui, mademoiselle, sur la même vague, par le plus grand des hasards, et comme si nous nous y étions donné rendez-vous.

Une tempête plus réelle que celle racontée par Charles couvait chez Carmen; elle parvint cependant à se contenir, et remercia le savant, lequel remonta chez lui avec son *décapode*, en se frottant les mains de s'être si habilement tiré d'une position difficile.

Une fois seule, mademoiselle d'Alméïda fit appeler don José.

— Je veux le voir à l'instant!... Il n'y a que lui de sincère, ici, et c'est d'ailleurs le seul homme auquel, dans la circonstance, je puisse m'adresser...

Le planteur ne se fit pas attendre.

— Vous êtes, mon ami sincère et dévoué, n'est-ce pas, don José? demanda Carmen, en attachant sur le jeune homme ses beaux yeux inquiets.

— Certainement... mais vous m'effrayez? Que se passe-t-il donc?

— Il se passe que je suis entourée de traîtres... que ces deux étrangers en imposent sur leur malheur, sur leur condition.

— Comment! ils auraient osé?

— Je compte sur vous pour leur demander des explications, pour laver cet outrage... Vous êtes un homme, vous! tandis que moi... Ah! si je pouvais me venger moi-même.

— Et vous êtes bien sûre? demanda le timide colon.

— Je ne suis sûre de rien, mais j'ai consulté Rhamsès, et je soupçonne tout!...

Carmen allait et venait, furieuse, impatiente; elle faisait peur à don José, que ce rôle de champion, de preux chevalier, ne satisfaisait que médiocrement.

— Pourtant, reprit-il, madame Salcédo a bien l'air de les connaître... c'est elle-même qui vous a amené M. Aubry. Il n'est pas possible qu'une dame aussi honorable, qui est votre amie, se prête à être un des fils de cette trame que, d'après vous, on aurait ourdie... Et puis, dans quel but? Où voudrait-on en venir? Rhamsès n'est pas infaillible, j'en ai eu la preuve plus d'une fois.

— Ce n'est pas seulement Rhamsès; M. Aubry s'est coupé; il m'a raconté sur leur naufrage des choses qui n'ont pas le sens commun.

— Est-il possible! Si j'osais vous donner un avis...

— Donnez toujours, nous verrons après.

— Ce serait d'attendre, de voir, d'examiner... de mettre à tout cela beaucoup de prudence.

— Oh! oui! les atermoiements, la prudence, je sais que c'est votre fort... Eh bien! soit... Ah! ce monsieur de Lucenay! ce serait indigne. Seulement vous me jurez que s'il a réellement abusé de ma confiance, de ma crédulité, vous aurez sa vie ou il aura la vôtre.

— La mienne! Ah! un instant! permettez... Vous savez que j'ai horreur du sang... Ensuite, juste au moment où je viens de mettre la main sur un intendant si précieux, vouloir que je le tue...

— Que me contez-vous là, avec votre intendant?... Est-ce que vous voudriez aussi me mystifier par hasard?

— Dieu m'en garde, mademoiselle!... mais rien n'est plus vrai; c'est chose convenue: M. de Lucenay part pour Cuzço; il accepte la surveillance et la direction de mes domaines... quand votre portrait sera fini...

— Lui! M. de Lucenay votre intendant!. Vous me faites rire!., Je n'en ai cependant pas envie... Je ne saurai donc rien? ajouta la créole en se tordant les mains d'impatience et de colère. Tenez, allez-vous en! vous m'irritez horriblement.

Don José ne se le fit pas répéter.

Carmen était comme folle; elle ne savait que résoudre. Au moment où, prenant le parti d'aller interroger Hortense, elle sortait du salon, elle aperçu de loin, sur la terrasse, Philippe qui embrassait madame Salcédo.

À cette vue, Carmen étouffa un cri de fureur, referma violemment la porte et courut s'enfermer chez elle.

XII

Ce cri étouffé, ce coup ressenti en plein cœur, étaient la fatale solution du problème que mademoiselle d'Alméïda cherchait depuis deux jours.

Elle aimait Philippe, et si, comme la reine de Carthage, elle avait eu là sous la main, une sœur docile, prête à souffrir de ses tourments et à pleurer de ses larmes, c'eût été le cas, ou jamais, de renouveler le fameux récit :

Anna soror, quæ me suspensam insomnia terrent !

Elle aimait Philippe. Non pas comme ces demoiselles du monde qui, changeant d'inclination autant de fois que de danseurs, n'aiment qu'à fleur de cœur, pour passer le temps, pour avoir un esclave de leurs charmes et de leurs caprices ; mais, comme une vierge solitaire, indifférente et froide jusque-là, dont l'innocence n'a perdu aucune de ses blanches pétales au jeu de la galanterie, et dont la flamme, lorsqu'elle éclate tout à coup, ne produit pas seulement un feu de paille, mais un incendie.

Elle aimait Philippe... et c'était juste au moment où

10

elle le voyait en aimer une autre qu'elle faisait cette découverte !

Le premier mouvement avait été à la vengeance; puis, les larmes étant venues, une échappée de raison et de justice avait lui dans cette âme en trouble: se venger de quoi? où était le perfide? que lui avait dit M. de Lucenay? absolument rien, que de ces choses aimables, flatteuses, banales, que tout homme civilisé sème sur son chemin, sans y ajouter la moindre importance.

Il est vrai qu'elle avait cherché à pressentir madame Salcédo sur le genre d'amitié qu'elle portait au peintre, et que celle-ci s'était réfugiée dans les pures régions de l'affection fraternelle : mais madame Salcédo était-elle donc obligée de lui confier ses secrets?

De coupable, il n'y en avait nulle part; et, en ce cas même, ce délit n'était pas de ceux dont le cœur a le droit de demander compte.

Pourtant, à cette séance de la veille, pendant que Philippe ébauchait son portrait... Ces allusions, ces réticences, ces demi-mots, ces regards si pénétrants, si chargés de fluide, tout cela n'était donc que lettre morte et monnaie courante? Ces messieurs avaient-ils donc le droit de simuler des tendresses d'essai, des soupirs de passage, pour s'en aller ensuite recommencer ailleurs et sur nouveaux frais ?

Telles étaient, parmi beaucoup d'autres, les questions que s'adressait Carmen et auxquelles elle redoutait de répondre.

Rien ne dompte les cœurs les plus fiers et les plus rebelles comme la passion vraie. Supposez une simple coquette, et elle n'eût pas manqué d'établir une lutte

entre Hortense et elle. Supposez une indifférente, et
elle fût allée droit à madame Salcédo, l'interroger
sur ses deux étranges protégés, qui, n'ayant fait qu'un
seul et même naufrage, le racontaient si différem-
ment. Mais tout en désirant savoir, Carmen avait peur
d'en apprendre trop, car alors, il eût fallu qu'elle
congédiât cet hôte trop aimable, qui, d'emblée, venait d'accaparer en elle et chez elle une si large
place.

Avertie maintenant, elle verrait plus juste; elle
pourrait donner à chaque mot sa signification relative,
à chaque incident sa valeur exacte. Et puis, pour
tout résumer d'un mot, en prenant le parti d'attendre, ne lui restait-il pas une lueur d'espoir?

— Ou je suis une sotte, se dit-elle, ou M. de Lucenay cherche à me plaire... et il n'y a que trop bien
réussi; s'il reste dans les lieux communs, s'il ne s'explique pas plus nettement, eh bien ! c'est que je me
serai trompée. Et alors, de quoi le punir? Mais, si aimant Hortense, il ose jouer une odieuse comédie et
simuler de l'amour pour moi... je me vengerai!

Ce fut sous l'empire de cette résolution qu'elle ac-
corda au jeune comte une deuxième séance.

Philippe était moins enjoué, moins galant que la
première fois; la passion arrivait à le dominer; il
commençait, lui aussi, à redouter les suites d'une su-
percherie qui devenait plus coupable à mesure qu'elle
se prolongeait; il contemplait son modèle plus qu'il
ne le peignait.

La créole se sentait embarrassée sous ce regard
doux, presque triste, qui n'annonçait rien moins que
l'audace d'un don Juan.

— Eh ! bien, monsieur, dit enfin Carmen, est-ce comme cela que vous travaillez ?

— Mademoiselle, répondit Philippe, permettez-moi de vous dire comment j'entends le portrait : le portrait n'est pas l'exacte reproduction de telle ou telle ligne, ce n'est pas le calque froid d'une figure, mais bien l'expression, le jeu habituel de la physionomie pris sur le vif ; c'est l'âme dévoilée et répandue sur les traits. Pour en arriver là, vous comprendrez qu'il faille analyser longtemps son modèle.

— Oh ! je ne suis pas si exigeante, et pourvu qu'on me reconnaisse...

— Vous comptez sans l'amour-propre de l'artiste, à qui il ne suffit pas de livrer son œuvre, mais que préoccupent aussi l'art et la satisfaction de soi-même.

— En ce cas, nous en avons pour longtemps.

— Et cela vous fait peur ? Je conçois, ce n'est pas bien amusant de poser, mais rassurez-vous, mademoiselle : ce sont les préliminaires qui sont les plus longs... moi aussi, j'ai hâte de finir.

— Ah ! vous aussi ?

— Il faut que je parte, dit Philippe d'une voix sourde et en promenant cette fois sur la toile un pinceau fébrile.

— Ce séjour ne vous plaît pas ? demanda Carmen.

— Si, mademoiselle ; il est même à croire que je n'en rencontrerai jamais de plus ravissant, de plus désirable... mais j'y souffre.

— Ah ! mon Dieu ! s'écria la jeune fille en se levant avec précipitation ; mais il fallait donc le dire ! Je vais envoyer un express à Lima ; mon médecin va venir.

Philippe se leva à son tour, et prenant Carmen par

la main, il la ramena doucement vers son siége.

— Ce n'est pas cela, dit-il, le médecin n'y saurait que faire.

— Peut-être la chaleur, le changement de température....

— Ce n'est pas cela non plus.

— Alors, je ne comprends pas.

— Vous ne pouvez pas comprendre, mademoiselle ; c'est un mal qui ne s'explique pas, une sorte d'ivresse morale dont il importe que je me dégrise.

— Et vous n'y parviendrez pas ici?

— Ce serait tout le contraire.

— Si peu experte que je sois, pensait mademoiselle d'Alméïda, il me semble que je suis en droit de deviner là-dessous bien des choses.

— A propos, reprit-elle en détournant la conversation pour mieux la ramener par une autre voie, vous avez dû faire le portrait de madame Salcédo?

— Oui, mademoiselle.

— En êtes-vous satisfait? Etes-vous parvenu, comme vous le disiez tout à l'heure, à « dévoiler son âme et à la répandre sur son visage? »

— Ce n'est pas à moi de le dire.

— C'est une charmante femme, n'est-ce pas ?

— Je ne dis pas non.

— Et bien jeune encore pour rester veuve.

— C'est là une question délicate, qu'elle est seule en droit de bien apprécier.

— Certainement, mais ses amis ont bien aussi le droit d'y prendre intérêt... sans compter ceux qui peuvent prétendre à sa main, ajouta Carmen prête à saisir sur la physionomie du jeune homme l'impression de ses paroles.

— Je ne les empêche pas, dit froidement Philippe... La tête un peu plus de trois quarts, je vous prie; très bien, tâchez de rester ainsi.

— Elle doit être un très beau parti, continua Carmen.

— Qui cela? demanda le comte en pensant à toute autre chose.

— Il me semble que nous parlions de madame Salcédo.

— C'est juste, mademoiselle; je vous demande mille pardons.

— Et je vous disais qu'elle devait être un brillant parti.

— Je présume que oui.

— Vous ne vous y intéressez pas plus que cela?

— Je m'y intéresse pour elle.

— Voilà tout?

— Absolument tout!

— Le menteur! pensa la créole.

— Cependant vous lui êtes très attaché, n'est-ce pas, à cette chère Hortense?

— On ne saurait davantage, répondit Philippe en ébauchant un sourire.

— Elle m'a parlé de vous dans les meilleurs termes. J'avais même pensé un instant...

— Quoi donc? demanda le jeune homme.

— Que... son choix était tombé sur vous.

— Je puis vous garantir que non, mademoiselle, madame Salcédo ne songe pas plus à moi que je ne songe à elle. Oh! mais ce n'est plus ça du tout, votre physionomie n'est plus la même... Ce serait un autre portrait.

— Et vous ne voudriez pas avoir à recommencer.

— Surtout pour vous faire moins bien que vous n'êtes ; ce qui arriverait si vous conserviez longtemps ce maintien sévère.

Mademoiselle d'Alméïda essaya de réprimer l'indignation que lui inspirait l'astuce supposée de son interlocuteur.

— Est-ce mieux comme cela ?

— Oui, répondit Philippe ; mais les traits n'ont pas encore tout à fait repris leur sérénité. C'est un un nuage, ajouta-t-il en souriant ; laissons-le passer.

— Cependant, dit Carmen en renouant l'entretien, si, d'une part, mon amie est charmante, ce que vous reconnaissez vous-même...

— Il faudrait que je fusse aveugle pour oser soutenir le contraire.

— Si, d'autre part, le parti est superbe, il me semble que, pour le cas où madame Salcédo vous aurait distingué, vous ne seriez pas trop à plaindre.

— Mon Dieu, mademoiselle, vous saurez peut-être cela un jour, l'amour est un despote.

— Je le sais déjà, pensa la créole.

— Il commande, mais n'obéit pas : le plus souvent même, il tourne le dos à la raison. Et puis, ajouta tristement le jeune homme, voulez-vous que je vous dise : ce sont précisément ces « partis superbes » qui paralysent toute initiative ; ils vous clouent l'aveu sur les lèvres ; on est soupçonné d'aimer la dot, non la femme.

— Et c'est là ce qui vous arrête ?

— Ah ! si *elle* était pauvre !

— Madame Salcédo? demanda Carmen.

— Mademoiselle, j'ai déjà eu l'honneur de vous dire que, en ce qui me concerne, il ne saurait être question de madame Salcédo... Il s'agit d'une autre.

— Qui est riche aussi?

— Oui, mademoiselle, beaucoup trop pour moi.

— Et, alors, vous imposez le silence à votre cœur?

— Le plus que je peux; mais souvent il parle malgré moi, et comme je ne veux pas qu'on l'entende...

— Vous me trouvez peut-être bien curieuse?

— Non, mademoiselle; les malades aiment à parler de leurs souffrances.

— Et cette souffrance, il y a longtemps que vous l'endurez?

— Il y a peu de temps encore, j'étais l'homme le plus libre et le plus insouciant de la terre... Mais il faut espérer que cela reviendra; le travail, la distraction, les voyages...

A moins de tomber à genoux et de se déclarer tout à fait, il était difficile d'en dire davantage. Carmen le comprenait bien ainsi; par instant, ces douces mélodies d'amour la rendaient heureuse. Puis tout à coup, elle se ressouvenait, et des tempêtes s'élevaient en elle. Mais, pour confondre « l'infâme », pour qu'il fût bien pris et garrotté dans son mensonge même, pour qu'il ne pût se dégager par une fausse sortie, elle voulait une épreuve plus décisive encore.

Ensuite, M. de Lucenay avait l'air si franc, si sincère, que par intervalles elle se prenait à douter. Ce bai-

ser... avait-elle bien vu? il y a des mirages si bizarres.
Ne faudrait-il pas être un « affreux scélérat » pour,
en aimant une autre, tromper une pauvre jeune
fille? Il est vrai que Philippe annonçait le projet de
quitter les Palmiers, et qu'il déclarait vouloir se taire.
Mais alors, pourquoi parlait-il? Car toutes ses allusions étaient d'une transparence à laquelle il était
impossible de se méprendre.

Hélas! que de tourments et d'incertitudes! que de
oui et que de non! que de décisions prises et repous-
sées tour à tour.

— Vous parliez de partir, reprit Carmen; ce que
m'a dit M. Sandalem serait-il donc vrai? Vous iriez à
Cuzco?

— Peut-être.

— Vous savez que c'est bien loin?

— Jamais assez! ce serait la distance qui me déci-
derait.

— Mais en s'éloignant d'ici et de Lima, pensa la
créole, il s'éloigne également d'Hortense... c'est à n'y
plus rien comprendre. J'ai bien mal posé aujourd'hui,
monsieur, ajouta-t-elle; je vous en demande pardon.

A son insu, sa voix était si douce, son regard si tendre, si aimanté, que le comte fit un pas vers elle et
lui prit la main; il allait parler, mais il se retint.

— Pas encore, se dit-il; plus tard, ce soir peut-
être... sur la terrasse... dans l'obscurité... je serai
plus hardi.

Le mouvement de Philippe semblait annoncer qu'il
avait quelque chose à dire.

— Eh bien? demanda Carmen, après avoir attendu
pendant quelques secondes.

— Rien, reprit le jeune homme.

Et il laissa lentement retomber cette main, qui ne demandait qu'à rendre pression pour pression... Car il faut être juste, avec la meilleure volonté du monde, elle ne pouvait pas commencer.

Lorsque mademoiselle d'Alméïda sortit de l'atelier improvisé, plus perplexe que quand elle y était entrée, elle se trouva face à face avec don José, lequel avait assez bien l'air d'avoir collé à la serrure un œil indiscret.

— Que faisiez-vous donc là? demanda Carmen.

— Je montais la garde, répondit don José d'un air castillan, comme eût pu le faire le Cid en personne; je veillais sur vous.

La créole le toisa avec dédain; puis, haussant les épaules, elle le laissa là sans daigner répondre.

XIII

Madame Salcédo et Charles Aubry s'aimaient doucement, sans secousses, en se le disant quelquefois tout
bas, en attendant le moment prochain où ils pourraient se le dire tout haut.

Carmen et Philippe s'aimaient sans se l'avouer,
avec accompagnement de bourrasques et en doutant
l'un de l'autre.

Cora aimait don José, qui ne l'aimait pas.

Ce dernier aimait mademoiselle d'Alméïda, qui n'y
faisait même pas attention.

De l'amour partout dans ce château — comme ailleurs, du reste — et nous avouons que, sans cet assai-
sonnement divin qui relève toutes choses, la vie y eût
été bien monotone.

Mise au courant par le naturaliste, Hortense avait
confessé Cora — toutes les femmes aiment à soulever
ces questions de cœur, même lorsque ce n'est pas
pour leur compte — et elle n'avait pas eu de peine
à lire couramment dans cette âme candide.

Marier les autres : quel plus doux passe-temps

pour les femmes, quand elles ne peuvent pas encore se marier elles-mêmes ! On est censé se dévouer, on va de l'un à l'autre, on est de tiers dans un secret ; d'un côté, on souffle sur l'étincelle, qui a besoin de ce stimulant ; de l'autre, on modère la flamme qui projette un éclat trop vif. On est le trait d'union, le confident des joies et des peines, le personnage le plus important et le moins muet de la pièce qui se joue. Dieu lui-même n'est pas toujours aussi ardemment invoqué, choyé, supplié, qu'il n'arrive de l'être au confident en certains moments.

Madame Salcédo s'était donc imposé l'aimable tâche de faire ce qu'elle appelait « deux heureux », sans trop savoir si, tout le bonheur étant jusqu'alors pour l'un, il en resterait quelques miettes pour l'autre.

Ajoutez que, si elle réussissait, elle débarrassait du même coup son frère de la concurrence de José ; or, avec les femmes, on ne peut jamais savoir : si inférieur que soit un rival, si bafoué, si dédaigné, si distancé qu'il ait été la veille, rien ne prouve que, demain, reprenant la corde, il n'arrivera pas premier.

Madame Salcédo avait donc réclamé le bras du planteur, pour faire un tour de jardin, où nous les trouvons tête à tête.

Cette préférence affectée était déjà un coup d'adresse en ce sens qu'elle devait flatter le jeune homme et le préparer à s'épanouir avec plus de facilité.

Madame Salcédo ouvrit le feu en ces termes, une simple escarmouche d'avant-garde :

— Dites-moi donc, monsieur Sandalem, pourquoi vous allez si peu à Lima ?

— Mon Dieu, madame, mes goûts, mes habitudes...
le monde me fait peur.

— Fi! l'égoïste! mais vous ne faites pas peur au
monde, vous, au contraire... j'ai très souvent entendu
regretter ce détachement de toutes choses, l'oubli
dans lequel vous laissez vos anciens amis...

— Madame est bien bonne.

— Je ne suis pas pas bonne du tout, je suis vraie...
Tenez, voulez-vous que je vous dise toute ma pensée?

José fit signe que oui.

— Je ne puis pas souffrir les fats, les avantageux,
les hommes sûrs d'eux-mêmes et qui se figurent n'a-
voir qu'à paraître pour dompter les cœurs les moins
accessibles... Pourtant, l'excès contraire ne vaut rien
non plus...

— L'excès en tout est un défaut, dit le planteur,
heureux de trouver à placer ce méchant proverbe.

— Ainsi, vous ne vous rendez pas justice, vous
êtes trop modeste, reprit Hortense. Et puis, je crois
que vous ne regardez pas assez autour de vous.

— Cependant...

— Il y a ici la plus charmante jeune fille que l'on
puisse rêver, un ange, une perle enfouie...

— Je le sais bien, soupira José.

— Savez-vous aussi que vous troublez son repos!

— Moi?

— Et que vous lui avez inspiré les sentiments les
plus... je n'ose dire le mot.

— Dites toujours, madame, je vous en supplie,
s'écria José fou de joie.

— Pourvu que vous ayez deviné, cela me suffit.

— Je crains bien que vous ne vous trompiez.

— Mais cela saute aux yeux, mon cher don José; il faut vraiment que vous soyez aveugle; d'ailleurs, j'ai voulu en avoir le cœur net, je l'ai interrogée adroitement...

— Eh bien?

— Eh bien! j'avais deviné juste.

— Je l'ai pourtant trouvée toujours très-indifférente à mon égard.

— Voyons, soyez de bon compte: son rôle à elle est d'attendre; du moment que vous ne lui manifestiez vous-même aucune préférence...

— Je ne faisais que cela.

— Elle ne s'en est pas aperçue.

— Est-ce bien possible! s'écria José, glorieux, transporté, grandi de cinq pouces. Ah! madame, vous venez de m'opérer de la cataracte! quel gré je vous en sais! Mais vienne l'occasion, et je vous jure bien... Justement, la voilà, et je vais tout de suite...

Carmen traversait une allée, à l'autre bout du jardin; le planteur se mit à courir dans cette direction.

— Don José! don José! s'écriait Hortense, vous vous trompez, ce n'est pas cela.

Mais l'Espagnol était hors de lui; il n'écoutait pas et courait toujours en répétant: « Ah! elle ne s'en est pas aperçue! Eh! bien, pour le coup, elle va s'en apercevoir. »

— Bon! pensait madame Salcédo, voilà que j'ai mis le feu aux poudres que je voulais éteindre.

José se jeta au devant de mademoiselle d'Alméïda, et tomba à ses genoux en disant:

— Carmen, je vous aime! je vous aime! je vous aime! je sais que vous n'attendiez que mon aveu.

— Pourquoi faire? demanda Carmen ébahie.

— Pour m'aimer aussi.

A ces mots, mademoiselle d'Alméïda eut un de ces rires nerveux, spasmodiques, qui ne finissent que pour recommencer de plus belle.

Le fait est que, la bouche ouverte, les yeux écarquillés, les deux bras arrondis dans la direction du cœur, comme s'il allait le prendre et l'offrir, José était aussi ridicule que possible.

— Miguel, cria la créole à un jardinier qui arrosait des plates-bandes à quelques pas de là; venez donc administrer une douche à M. Sandalem, qui s'avise de devenir fou!

Puis, elle s'en alla, et comme le planteur faisait mine de vouloir la suivre, elle le cloua à sa place d'un geste impératif.

José retourna vers Hortense.

Celle-ci avait suivi de loin la scène qui venait de se passer, et de son côté ne pouvait s'empêcher de rire.

— Ah! dit le planteur d'un ton navré, sous lequel perçait le reproche, vous venez de me faire commettre une grande maladresse.

— Mon cher monsieur Sandalem, reprit la jeune femme, je vous en demande mille pardons.

Je vous ai rappelé, mais vous ne m'écoutiez pas... Il ne s'agissait pas de Carmen.

— De qui donc? demanda José.

— De Cora... Il me semblait bien vous l'avoir nommée.

L'Espagnol était au comble de l'étonnement.

— De Cora, madame ! mais je n'y ai jamais songé.

— En ce cas, vous avez eu tort, car c'est précisément la femme qu'il vous faut.

José secoua énergiquement la tête comme pour repousser bien loin cette proposition.

— N'est-elle pas charmante? demanda Salcédo.

— Oui... je crois... je ne l'ai jamais très bien regardée.

— Elle est d'une douceur angélique; la bonté rayonne sur ses traits, jamais caractère ne fut plus égal.

— Je ne dis pas non.

— A moins que vous ne teniez à la fortune?

Mais je crois que vous êtes assez riche pour deux.

José garda le silence sur cette question délicate.

— Je vous ai promis d'être franche, poursuivi, madame Salcédo, eh bien! comparons un peu: non pas que je veuille déprécier Carmen, je l'aime trop pour cela! mais ses qualités sont précisément l'antipode des vôtres : elle est le mouvement et vous êtes le repos, elle est la témérité et vous êtes la prudence; quel joli amalgame cela ferait! Il faut que l'homme commande: or, vous ne seriez là que pour lui obéir. N'avez-vous jamais songé à ces anomalies?

— Quelquefois, mais...

— Oui, je sais que la passion est aveugle; c'est même pour cela qu'un guide lui est utile. Je vous contrarie peut-être en accaparant cet emploi, sans en être priée?

— Du tout, madame, au contraire, répondit le timide jeune homme.

— Ensuite, poursuivit Hortense, — pardonnez-moi

si je touche trop brutalement à une blessure intime,
— mais vous m'accorderez bien que pour s'unir à jamais dans des conditions de bonheur durable, il ne faut pas que toute l'affection soit d'un seul côté ; l'amour ne vit que de réciprocité. Or, d'après l'expérience que vous venez de faire à l'instant même...

— Elle ne m'avait jamais traité comme cela, dit José.

— Avouez aussi que vous n'aviez jamais été si explicite.

— C'est ce peintre maudit qui l'a ensorcelée.

— Que ce soit lui ou une autre personne, toujours est-il que ce matin vous étiez encore en droit de douter, d'espérer, tandis que maintenant... Que voulez-vous ! il y a des cœurs qui ne s'entendent pas... tel qui plaît à tout le monde, ajouta diplomatiquement madame Salcédo, échouera précisément dans la seule conquête qu'il poursuit. Dans le cas présent, cela se conçoit. Songez donc que les qualités qui éclatent en vous sont comme la critique vivante de celles que Carmen n'a pas et que peut-être, en sa qualité de femme, elle devrait avoir.

Don José entrait forcément dans un ordre d'idées qu'il n'avait jamais songé à approfondir ; en sa qualité de cire toujours molle, il commençait à subir une nouvelle empreinte.

— N'êtes-vous pas vous-même un exemple de ce dos-à-dos en amour dont je vous parlais tout à l'heure ? poursuivit madame Salcédo ; ainsi, cette pauvre Cora vous aime et vous ne l'aimez pas.

— Elle ne m'inspire aucune sympathie, dit don José.

— La belle avance pour elle ! et comme c'est flat-

11

teur! Du reste, mon cher monsieur Sandalem, vous pensez bien que je n'ai aucun intérêt à tout cela. Cette jeune fille est un trésor. Il m'a semblé que vous laissiez la proie pour l'ombre : j'ai voulu vous le signaler, voilà tout! Seulement, quand vous verrez Cora, faites-moi le plaisir de l'honorer de quelque attention.

Sur ce ils se séparèrent : madame Salcédo pour aller raconter à son frère la déconvenue du planteur; celui-ci pour aller se promener aux alentours de la maisonnette du lac.

XIV

A partir d'ici, les événements se succèdent avec rapidité ; la parole est aux faits plutôt qu'aux discours et aux combinaisons.

D'abord en passant sur la terrasse, nous y trouvons un nègre chargé de consolider cette balustrade enguirlandée de sassafras-lianes sur laquelle nous avons vu s'accouder M. de Lucenay au deuxième chapitre de ce récit, et dont M. Sandalem lui a obligeamment signalé la dangereuse vétusté.

Le nègre a oublié un outil essentiel ; il se contente d'examiner le travail à faire ; il ébranle vigoureusement les pilastres afin de ne pas être venu pour rien et de n'avoir plus, en quelque sorte, qu'à les toucher du doigt pour les faire tomber ; puis il remet au lendemain la tâche commandée, en sorte que, d'une part, le péril se trouve être plus grand que jamais, et que, de l'autre, les commensaux des Palmiers peuvent se figurer qu'il a disparu.

Madame Salcédo a une sérieuse entrevue avec son frère ; elle lui déclare très positivement que la situa-

tion ne peut se prolonger, qu'elle lui donne jusqu'au
lendemain pour sortir de l'embarras où il s'est mis,
et que ce délai passé, elle s'en expliquera elle-même
avec Carmen, s'il ne l'a pas fait.

M. de Lucenay reconnaît son imprudence et la jus-
tesse des observations de sa sœur.

Cette entrevue a eu lieu au jardin, sous l'épaisse
charmille que nous connaissons. Hortense et Philippe
se croient seuls, mais ils comptent sans don José que
nous avons laissé à la recherche de Cora, qui les a
vus venir, et qui, en raison des circonstances, vou-
drait bien pouvoir dire à Carmen : « Voilà le mystère
cherché. »

— Oui, ma sœur, dit le comte à madame Salcédo,
tu es la sagesse et la prudence mêmes; aussi, je t'aime,
vois-tu, je t'aime à rendre Charles jaloux. Dès ce
soir tu seras satisfaite, tout sera dit et avoué; on me
mettra peut-être à la porte, mais je l'ai mérité.

José avait pu saisir ces dernières paroles à travers
le feuillage épais... Quelle victoire et quelle découverte! Courir au château, chercher, demander Carmen, il n'y avait plus que cela à faire.

Mais mademoiselle d'Alméïda ne recevait pas; elle
était enfermée chez elle.

— Cependant, José ne pouvait attendre; son secret
l'étouffait; il se décida à écrire le billet suivant, en
manière de télégramme, et le glissa sous la porte
qu'il lui était interdit de franchir.

« Mercredi, trois heures.

» Entendu le peintre dire à votre amie : Je t'aime!
oh! oui, je t'aime à rendre Charles jaloux; dès ce
soir tu seras satisfaite; tout sera dit, avoué; on me

mettra peut-être à la porte, mais je l'ai mérité. »

Et, satisfait de cette belle besogne, le planteur se remit aux aguets dans le petit boudoir dont l'unique fenêtre faisait face à l'allée par laquelle Hortense et Philippe rentreraient sans doute à l'habitation.

Cette habile tactique fut couronnée d'un nouveau succès.

A trois heures, deuxième télégramme, expédié à son adresse par la même voie que le premier :

« Je viens de les voir s'embrasser en se quittant; ils se sont serré la main. »

Lorsque ces fatales nouvelles parvinrent à mademoiselle d'Alméïda, elle acheva de s'habiller pour paraître à table.

Dire sa colère, sa douleur aiguë, ses larmes refoulées, son orgueil meurtri, ses anathèmes à l'adresse d'Hortense et du peintre... on le devinera mieux que nous ne saurions l'exprimer.

— Je ne m'étais donc pas trompée, se disait-elle; oh! pourquoi cet homme est-il venu troubler mon repos! Il l'aime à rendre Charles jaloux... Quel est ce Charles? N'est-ce pas le nom de ce savant dont le naufrage rime si mal avec celui que m'a raconté Philippe? Mais alors il serait donc lui aussi l'amant de cette femme? C'est impossible, et pourtant cela doit être. Quelle ignominie! quel abominable tissu de dépravation et d'audace! Oser venir à moi, souriante et la main tendue, me présenter ces deux hommes, m'intéresser à eux, les introduire ici, dans la maison! Mais pourquoi? pourquoi? Qu'est-ce qui l'empêchait de rester à Lima? Peut-être s'y était-elle compromise; tout cela est absurde... je crois que je deviens folle... oh! le monde! le monde! Est-ce que je les appelais, moi! Est-ce qu'ils ne pouvaient pas me laisser dans mon isolement? Ils me nomment la *Tigresse*... oh! s'ils savaient! Enfin, « ce soir tout doit être dit et avoué. » Attendons ce soir, et tâchons de nous contenir jusque-là.

Le dîner fut triste et guindé. Chacun avait sa crainte, sa préoccupation, sa douleur à garder pour soi.

Au sortir de table, madame Salcédo échangea avec son frère un dernier signe de tête que, pour mettre le comble à son indignation, mademoiselle d'Alméïda a surpris au passage.

Ce double signe qui voulait dire d'une part :

— Souviens-toi de ta promesse; de l'autre :

— Sois tranquille, je vais la tenir.

Philippe offrit son bras à la créole : celle-ci pouvait sentir battre contre sa main le cœur du jeune homme.

Ils se dirigèrent lentement vers la terrasse; l'endroit le plus obscur était précisément celui où la balustrade ébranlée se dissimulait sous les sassafras et sous les lianes.

Le moment était venu.

Philippe se laissa glisser à genoux.

— Carmen, dit-il simplement, en voulant porter à ses lèvres la main de la jeune fille, vous le saviez déjà, mais il est de mon devoir de vous le dire... je vous aime!

— Répétez-moi cela, dit Carmen d'une voix étouffée par la rage et par l'émotion.

— Je vous aime, reprit le jeune homme. L'existence me serait désormais impossible sans vous.

— Continuez.

— Chaque battement de mon cœur est comme une syllabe de votre nom...

— Encore! encore!

— Je voulais me taire et partir... je n'en ai pas eu la force.

— Ah! traître! s'écria la créole en se dégageant.

Et, le repoussant d'une main vigoureuse, elle le menaçait de son poignard de l'autre, lorsque Philippe disparut soudain, tombant dans le lac avec un grand fracas de pilastres et de pierres qui l'entraînait dans leur chute.

Le premier moment fut à la joie du triomphe et de la vengeance satisfaite... mais la réaction est presque immédiate... le sang lui reflue au cœur, un nuage obscurcit ses yeux, elle crie, elle appelle.

Hortense accourut la première.

— Qu'y a-t-il donc? et Philippe? demanda-t-elle en cherchant en vain son frère qu'elle savait là.

— Je l'ai frappé parce qu'il me trompait, parce qu'il vous aime, répond la créole.

— Malheureuse! Philippe est mon frère!

Indignée, éperdue, repoussant Carmen, madame Salcédo appelle au secours, ouvre toutes les portes, frappe sur tous les timbres. Le vacarme attire tout le monde; Charles Aubry et don José sont dans la galerie où ils fumaient un cigare.

A ces mots : « Philippe est mon frère! » mademoiselle d'Alméïda est tombée sur le parquet, comme frappée de la foudre.

— Mais où est-il donc? Qu'en avez-vous fait? demanda madame Salcédo en secouant rudement la

vindicative créole; il s'agit bien de vous trouver mal!
Où est mon frère? Je veux mon frère; qu'avez-vous
fait de mon frère?

— Là! là! dans le lac, répond Carmen, et, retrou-
vant soudain toute son énergie :

— Vite! des torches! vingt esclaves à l'eau! Que
l'on fouille partout!

Puis elle court elle-même à travers l'appartement,
et bientôt on la voit reparaître sur la rivière dans
une nacelle que dirige Diégo, accompagné de quelques nègres.

Seuls Charles Aubry et le planteur n'ont pas bougé.

Etendue sur un divan, madame Salcédo fond en
larmes et se tord dans les convulsions du désespoir.

— Mais qu'y a-t-il donc, demanda tranquillement
le naturaliste; est-ce que le feu est à la maison?

— Oui, qu'y a-t-il? répéta don José.

— Mais vous ne comprenez donc rien? dit Hortense,
éclatant en reproches; mais allez donc! courez donc!
mon frère se noie! Carmen l'a peut-être tué.

— Philippe! s'écrie Charles Aubry; monsieur Sandalem, je vous confie madame, ne la quittez pas...
vous me répondez d'elle!

Et, sans hésiter, le brave savant se jeta dans le
lac.

— Madame, demande don José à Hortense, vous
avez dit : « Mon frère se noie », de quel frère voulez-
vous parler?

— Eh! monsieur, que vous importe! Quelqu'un
est en danger de mort, cela doit suffire pour qu'un
homme de cœur vole à son secours.

— Certainement, madame, je le voudrais, j'y serais

déjà... mais M. Aubry m'a fait promettre... je
ne puis vous laisser seule dans l'état où vous êtes.

Le lac offre un aspect bizarre et sinistre; de légères
pirogues le traversent en tous sens; chacun semble
retenir son souffle, on n'entend que le sourd clapo-
tement des pagaies qui sondent l'abîme; des têtes
glissent comme des ombres à la surface de l'eau. Les
torches secouent sur tout cela leurs reflets rouges et
lugubres.

De minute en minute, madame Salcédo se traîne
vers la balustrade; elle interroge, elle écoute... personne ne répond.

Don José obéit à la consigne : il ne la perd pas un
instant de vue.

— Son frère! se répète-t-il, je n'y comprends plus
rien!

Une heure s'est ainsi passée, une heure dont chaque
seconde a pesé le poids d'un long siècle.

Le lac a été sondé, exploré en tous sens... on n'a
rien retrouvé.

Diégo explique que les conduits souterrains vont
alimenter les jardins, et que le corps de M. de Lucenay
s'y sera sans doute engagé. Il faudrait plusieurs jours
pour les fouiller, pour les démolir... N'importe, on le
fera; à défaut du vivant, on aura toujours le cadavre.

D'ailleurs, l'eût-on retrouvé tout de suite, le pauvre
Philippe, mademoiselle d'Alméïda ne sait-elle pas que
la lame de son poignard est empoisonnée, et que si
le lac avait rendu sa proie, la blessure l'eût reven-
diquée?

Ah! que ce salon, naguère si animé, est maintenant
sombre et triste! Hortense est retombée à genoux;

elle s'est abîmée dans sa douleur; le front dans les mains, elle prie pour l'âme du défunt.

Charles se promène de long en large, la tête penchée sur la poitrine et les bras croisés; il laisse derrière lui une traînée d'eau qui dégoutte de ses vêtements traversés, mais personne n'y fait attention, et lui moins que personne.

Carmen est dans un état de prostration complète; de temps en temps elle se soulève et regarde autour d'elle, comme si elle cherchait quelqu'un.

Don José a nécessairement subi le contre-coup de l'émotion générale; mais il conserve à peu près intacte la légère dose de présence d'esprit dont la nature l'a doué. Quoique très bon au fond, il a quelque peine à démêler le genre d'impression que lui cause la mort de Philippe.

D'abord, il n'y est pour rien, et sous ce rapport, sa conscience est nette. Ensuite, si d'un côté il perd l'excellent régisseur qu'il se promettait pour l'avenir, de l'autre il y gagne d'être débarrassé du seul rival qu'il se fût jamais connu. Et c'est bien quelque chose, car les arguments de madame Salcédo en faveur de Cora ne l'ont que très superficiellement convaincu.

La question étant tranchée, il n'y a plus à revenir dessus ; mais si elle avait pu lui être soumise d'avance, et laissée à sa décision, il aurait hésité à tuer ou à ne pas tuer le mandarin.

Quelques sanglots mal étouffés interrompaient seuls le silence, lorque tout à coup Carmen se leva et courut vers la balustrade effondrée, avec l'intention évidente de se jeter dans le lac et d'y rejoindre celui à qui elle ne pouvait plus être unie que dans la mort.

Aubry et don José n'eurent que le temps de la retenir par sa robe.

— Laissez-moi ! criait-elle, il m'appelle ! je l'entends, j'ai bien aussi le droit de mourir, peut-être !

Et, pour se dégager, elle reprenait de furieux élans, que les deux hommes réunis pouvaient à peine réprimer.

C'était du délire, de la rage, de la frénésie.

— Son frère ! reprenait-elle, son frère ! mais pourquoi me l'avoir caché ! Ah ! ce baiser mortel... c'est ce baiser qui est cause de tout. Et encore non, je l'avais presque oublié ; je n'y croyais plus... C'est ce traître de don José... oui, monsieur, c'est vous, fulmina Carmen, en se dressant menaçante devant le planteur, c'est vous qui, par vos dénonciations, avez poussé à son comble ma folle jalousie... je vous maudis ! je vous maudis ! Hortense ! ma sœur ! je l'aimais tant ! si vous saviez ! Mais non, vous ne me pardonnerez jamais... vous ne pouvez pas me pardonner... ah ! je me fais horreur ! avoir la félicité là, tout près de son cœur, et la détruire soi-même ! Je vous dis que je veux mourir... Laissez-moi ! laissez-moi !

On dut l'enlever de vive force et la transporter chez elle, où elle fut gardée à vue durant toute la nuit.

Sans qu'il y parût, et sous les dehors d'un calme excessif, Charles Aubry était un homme très raide, très carré, ne marchandant jamais avec ce qu'il croyait être le devoir, allant droit au but qu'il s'était fixé.

— Monsieur, dit-il à don José, après l'avoir attiré dans une pièce voisine, ne pouvant m'en prendre à une femme, c'est vous que je fais responsable de la mort de mon ami.

— Monsieur, balbutia le jeune Espagnol, que l'objurgation de Carmen avait profondément affecté, je ne sais pas... je ne comprends pas... mais je vous jure bien que je donnerais ma vie pour racheter celle de M. de Lucenay.

— C'est ce que nous allons voir, monsieur. Et encore, malheureusement, la vôtre ne rachètera pas la sienne. Vous avez entendu les paroles de mademoiselle d'Alméïda ; elle vous a positivement accusé d'être la cause de l'irréparable malheur qui vient d'arriver.

— Il est vrai, monsieur, que j'ai fait part à mademoiselle d'Alméïda de quelques circonstances qu'il était de son intérêt de connaitre ; mais je n'y ai mis aucune intention mauvaise, et croyez bien que, si j'avais pu prévoir...

— Je ne vous demande pas d'explications, reprit Charles ; il se peut que vous ayez eu des motifs pour agir comme vous l'avez fait ; moi, j'en ai pour venger Philippe. Il y a ici des pistolets ; j'en ai vu dans une panoplie. Demain matin, à six heures, nous viderons cette affaire dans le premier bois d'oliviers que nous rencontrerons hors du château.

— Mais, monsieur...

— Il n'y a pas de monsieur qui tienne ; c'est vu et entendu. A demain matin ; j'ai l'honneur de vous souhaiter le bonsoir.

L'Espagnol était atterré. Du jour au lendemain, les colères chaudes peuvent s'évaporer. Mais ce diable de savant était trop calme, trop froid, trop implacablement décidé, pourqu'il fût possible de le ramener à des intentions moins barbares.

— Me battre ! se disait le pauvre planteur ; pour

qui ? pour quoi ? Je fais tout ce que je peux pour fuir
le bruit, les querelles, et la fatalité m'y ramène sans
cesse! Voilà deux maudits billets, sept ou huit lignes
en tout, qui vont me coûter cher!

Madame Salcédo était toujours dans le grand salon,
muette, prosternée, priant, étrangère à tout ce qui
se passait autour d'elle.

Charles Aubry n'osait lui parler, il craignait de provoquer une nouvelle explosion de larmes. Cependant,
elle ne pouvait rester là toute la nuit.

Il cherchait ce qu'il pourrait bien lui dire, lorsque apparut soudain, entre deux draperies, la jolie
tête de Cora.

— Chut ! fit la jeune fille, en posant l'index sur ses
lèvres; vous êtes seuls ici ?

— Oui, dit Aubry.

— Bien sûr ? pas d'oreille curieuse ni de bouche
perfide ?

A cette voix bien connue, argentine et fraîche,
madame Salcédo s'était retournée. Cora fut à elle
doucement, sur la pointe des pieds, et l'entoura de ses
bras.

— Votre frère est vivant, reprit-elle, mais il m'a
bien recommandé de ne le dire qu'à vous, et à monsieur que voilà.

XV

Nous avons vu Philippe disparaître dans le lac, au moment où Carmen, furieuse, affolée, ivre de vengeance et de jalousie, venait de lever sur lui son arme homicide.

La coïncidence du mouvement et de la chute, le trouble, l'épouvante bien naturels en un pareil moment tout avait contribué à persuader Carmen que son crime était accompli.

M. de Lucenay, quoique assez grièvement blessé à l'épaule par un éclat de pierre, avait pu nager jusqu'à l'autre bord. Là, il avait trouvé la *petite Fée du lac*, tristement assise sur le gazon et cherchant sans doute à deviner de loin, à la lueur des lampes, la silhouette de don José.

Philippe avait donc été tout de suite recueilli dans la maisonnette, où, les premiers soins une fois reçus, l'idée lui était venue de donner à Carmen une de ces terribles leçons qui ne s'oublient pas.

Cela se pouvait d'autant mieux que personne ne pénétrait jamais chez Cora où le mohane, qui n'avait pas encore quitté le pays, et auquel le pansement des plaies était familier, viendrait soigner le jeune homme ; il était également facile de se procurer des vivres dans les cases, ou même à l'office. Par tous ces motifs, M. de Lucenay, quoique séquestré, ne serait pas trop à plaindre.

La nuit, Cora continuerait à partager l'appartement de madame Salcédo, comme elle en avait pris l'habitude.

De plus, dans cette thébaïde, dégagé de toute influence immédiate, préservé de ces beaux grands yeux noirs qui ne pouvaient manquer de gagner leur cause, fût-elle détestable, Philippe allait pouvoir se recueillir et s'interroger. Aimait-il sérieusement mademoiselle d'Alméïda ? L'eût-il choisie entre toutes, ou seulement entre plusieurs ? N'était-elle pas victorieuse par cette raison naïve qu'elle était toute seule ! Qu'il eût fait sa conquête, lui, il n'y avait pas à en douter ; l'attentat dont elle venait de se rendre coupable en était une preuve décisive... Mais, bon pour une fois ! ces preuves-là ne sont pas de mise dans la vie commune ; on en préfère de plus tièdes, de moins dangereuses et de plus durables. Quelles que fussent les séductions de mademoiselle d'Améïda, son originalité, son rang, sa fortune, la question était donc de savoir si elle méritait réellement qu'un homme raisonnable en fît sa compagne.

C'est ce dont sa conduite ultérieure, son expiation, ses remords allaient décider.

Mais, en aucun cas, il ne fallait prolonger la douleur d'Hortense et celle de Charles Aubry ; et voilà pourquoi la petite fée leur était apparue, le soir même, apportant dans son joli bec, comme la colombe de l'arche, le rameau vert de l'espérance et de la consolation.

. . . .

Le lendemain de ce jour si fertile en événements, un silence de mort régnait dans le château.

Carmen était plus que résolue à recourir à toutes les extrémités ; elle attendait qu'on la laissât libre un instant pour en finir avec la vie d'une façon quelconque. Madame Salcédo restait chez elle, dans la crainte de trahir le secret de son frère et de ne pas afficher un deuil suffisant. Il n'est pas donné à tout le monde de pleurer des morts qui se portent bien.

Quant à don José, la peur lui avait réellement donné la fièvre, il n'avait pas pu se lever ; il avait fait présenter ses excuses à M. Aubry, et, dans l'accès de belle humeur où le mettait la résurrection de son ami, le naturaliste ne demandait pas mieux que de les accepter.

Pendant ce temps, le lac était mis à sec ; on démolissait, à grands coup de pioche, les tuyaux de conduite et d'irrigation.

Charles regardait faire en se promenant philosophiquement sur la berge ; il souriait dans sa barbe, et, par inadvertance, sifflait un air favori. De midi à deux heures, sous le soleil torride, et pendant que dormaient les nègres, il avait même trouvé le moyen de se glisser dans la maisonnette de Cora, où le défunt accueillait son ami avec tous les égards dus au bain désagréable et forcé qu'il lui avait imposé la veille.

Une scène d'un autre genre se passait dans l'habitation.

Mademoiselle d'Alméïda avait fait supplier Hortense de lui accorder un instant d'entretien, et celle-ci n'avait pas cru devoir rester sourde à cet appel.

— Madame, dit Carmen, je vous demande pardon d'être encore vivante, mais ce n'est pas ma faute, M. Sandalem m'a fait proposer tout à l'heure un refuge dans son domaine du Cuzco ; j'ai refusé... J'appelle, au contraire, sur ma tête toutes les sévérités de la justice, et vous devez à la mémoire de votre frère de les provoquer. Si vous ne le faites pas, et que l'on s'obstine ici à m'imposer le fardeau d'une existence devenue impossible, je me dénoncerai moi-même à la magistrature de Lima...

Madame Salcédo était fort embarrassée ; il lui fallait tenir un juste milieu entre l'indulgence trop facile et les reproches trop amers.

— Carmen, répondit-elle, les natures comme la vôtre se punissent toutes seules, sans que d'autres s'en mêlent. Mon pauvre Philippe a eu le premier tort : il vous a trompée, il a voulu se faire pauvre et malheureux, afin que vous l'aimassiez pour lui-même et non pour la position brillante que le hasard lui avait faite...

— Ce n'était pas un tort, cela, madame, dit avec humilité la jeune fille ; c'était un témoignage de délicatesse que je n'ai pas su deviner et que j'ai rémunéré par un crime... Me voilà comme Macbeth : je vois du sang sur mes mains... oh ! les lourds cauchemars, les rêves effrayants, réveils terribles que je me suis préparés !

— Carmen, mon enfant, je vous en prie... calmez-vous !

12

— Et c'est vous qui me prodiguez des consolations ! s'écria mademoiselle d'Alméïda ; vous ! Où trouvez-vous donc ce courage, cette abnégation, cette clémence suprême ?

Elle s'était inclinée jusqu'à terre, et, n'osant baiser la main de la sœur de Philippe, elle baisait le bas de sa robe.

— Carmen ! je ne veux pas ! êtes-vous folle ? Venez dans mes bras, sur mon cœur.

— Ah ! dit la jeune fille en se relevant soulagée, j'attendais un mot de pitié, pour pouvoir pleurer... Et vous ne savez pas tout : je vous insultais, je vous détestais, je vous attribuais un rôle outrageant...

Hortense souffrait cruellement de laisser ainsi s'accuser et sangloter la pauvre Carmen.

— Que voulez-vous ? reprit-elle ; les apparences étaient contre nous ; il y a eu de grands torts des deux côtés... Mais tout espoir n'est peut-être pas perdu, ajouta Hortense, sans trop réfléchir à ce qu'elle disait ; les fouilles ne sont pas finies...

— Songez donc : depuis hier ! Ah ! dans quel état on va nous le rendre !

— Rien ne prouve encore qu'il ne soit pas parvenu à se sauver tout seul.

— Mais, alors, il se serait montré, nous l'eussions revu...

— C'est vrai, répondit madame Salcédo, qui allait se trahir.

— Et ce coup de poignard...

— Etes-vous donc bien sûre de l'avoir atteint ?

— Le sais-je ?... Cependant, je crois que oui... j'étais hors de moi !...

— La bonté de Dieu est si grande, dit doucement Hortense, que je ne puis m'empêcher d'espérer encore.

Carmen secoua tristement la tête.

— Si vous daignez y consentir, reprit-elle, nous ne nous quitterons plus... A ce prix je vivrai... je vivrai pour souffrir, pour expier, pour me souvenir... Nous le pleurerons ensemble... Je serai comme sa veuve... Je fonderai un hospice qui portera son nom...

Madame Salcédo était émue jusqu'au fond de l'âme, car la jeune créole ne savait pas feindre, et ce qu'elle disait, elle le pensait.

— Si mon original de frère pouvait l'entendre, se disait Hortense, il trouverait sans doute que l'épreuve n'a déjà que trop duré.

Carmen s'était remise à pleurer.

— Et cet excellent M. Aubry, dit-elle, comment supporter sa trop juste indignation. Je ne vais plus oser me trouver en face de lui.

— M. Aubry est comme moi, il vous pardonnera ; il vous a peut-être déjà pardonné... Tenez, je l'entends, qui monte l'escalier... Voulez-vous que je l'appelle ?

Et madame Salcédo appela le naturaliste.

Pour ne pas affronter les premiers regards de ce terrible juge, avant qu'à l'aide de quelque bonnes paroles Hortense l'eût préparé à la miséricorde, Carmen se cachait le front dans les mains.

— N'est-ce pas, mon ami, demanda la jeune veuve, que vous ne maudirez pas toute la vie cette pauvre et inconsolable mademoiselle d'Alméïda ?

— Moi ! répondit le savant, maudire mademoiselle

d'Alméïda, et pourquoi donc, je vous prie? Une femme qui a chez elle de pareils trésors d'entomologie. C'est-à-dire que, si nous étions en France, je lui élèverais plutôt une statue.   -

Carmen dut être satisfaite de cette indulgence; mais elle la trouva peut-être un peu exagérée.

XVI

— Vous êtes l'homme le plus dangereux que je connaisse, dit madame Salcédo à Charles Aubry, lorsqu'ils furent seuls.

— Moi, chère madame, s'écria le jeune homme avec une humilité comique, car il se croyait accusé d'un excès de galanterie.

— Oh! il ne s'agit pas de votre amabilité, dit Hortense en souriant malgré elle ; sous ce rapport-là, vous ne péchez pas par l'excès, au contraire.

— Alors, je ne comprends plus.

— Comment! j'intercède auprès de vous pour que vous n'accabliez pas Carmen de trop de reproches, et, au lieu de la miséricordieuse sévérité que vous indiquait la situation, vous lui adressez des compliments ; vous parlez de lui élever une statue .. Philippe peut se vanter d'avoir en vous un auxiliaire bien utile...

— Ah! mon Dieu, c'est vrai ; il est censément mort. Je l'avais tout à fait oublié, reprit le naturaliste en se dirigeant vers la porte.

— Où allez-vous donc?

— Je cours réparer ma maladresse...

— Ah! mademoiselle d'Alméïda, vous avez tué mon ami. Je vais vous fulminer un réquisitoire qui vous fera rentrer sous terre.

— C'est-à-dire que, au lieu de réparer votre maladresse, vous allez en commettre une seconde; je vous reconnais bien là.

— Mais, alors, que faire?

— Absolument rien : c'est la seule fonction qui soit à la hauteur de vos talents diplomatiques.

— Est-ce ma faute si je suis distrait? Je ne pense qu'à vous.

— Oh! à moi? En seconde ligne, c'est possible : après vos *hexapodes* et vos *névroptères*.

— Ah! madame... Après tout, s'il ne faut que cela pour vous plaire, dit le savant avec une résignation touchante, je vais tâcher de devenir un écervelé... Quel dommage que vous me connaissiez si bien. Je vous raconterais des aventures inimaginables dont j'aurais été le héros; je me ferais même passer pour mort, afin de vous intéresser davantage.

— Comme Philippe, dit en riant madame Salcédo.

— Malheureusement, ces ressources m'échappent.

— Grand enfant. Eh bien, non, mon ami, j'aime encore mieux que vous restiez comme vous êtes.

— Vrai? je ne vous déplais pas trop comme cela?

— Vous savez bien que non, monsieur le curieux.

— Et je puis continuer à faire la chasse aux petites bêtes?

— Tant que vous voudrez.

— Du reste, mes recherches, mes travaux, mes études, tout cela se rapporte à vous. Quand viendra le grand jour...

— Quel grand jour, monsieur?

— Celui où vous ne vous appellerez plus madame Salcédo.

— Ah! Et comment donc m'appellerais-je?

— Dame! le nom sera bien modeste.

— Et si je ne voulais pas en changer? demanda en souriant la jeune femme.

— Si vous ne vouliez pas en changer, c'est que vous retireriez la parole donnée.

— Vous êtes sûr que je l'ai donnée?

— Très sûr... Tenez, voulez-vous que je vous rappelle à quel moment et dans quelle circonstance?

— Non, c'est inutile... Hélas! s'il en est ainsi, il faudra bien que je la tienne.

Tout savant qu'il était, Charles avait des moments d'une adorable tendresse; son âme était alors si transparente, qu'on y lisait à loisir; il avait la naïve sensibilité d'un enfant.

Il prit la main de madame Salcédo, et ses lèvres y mirent un baiser en même temps que ses yeux y mettaient deux larmes.

— Brave cœur! Mais que vouliez-vous dire tout à l'heure? Quand je ne serai plus madame Salcédo...

— Oui, ma chère Hortense, lorsque tout sera devenu commun entre nous, je prétends qu'aucune femme au monde ne puisse se vanter...

— D'être aussi heureuse que je le serai?

— Oui, cela d'abord... et ensuite, d'avoir une aussi belle collection d'entomologie que sera le vôtre.

— Vais-je faire des jalouses, dit en riant madame Salcédo.

Carmen songeait à élever un mausolée à sa victime; elle avait écrit à un architecte de Lima de lui préparer des plans. Cependant, on ne retrouvait pas le corps de Philippe, ce qui s'expliquait parfaitement pour Hortense et Charles, mais ce qui paraissait étonnant à ceux qui n'avaient pas le mot de l'énigme. Si encore il y avait eu là des carpes voraces comme à Fontainebleau, on aurait pu, à la rigueur, leur attribuer cette disparition... Toutefois, la bonde d'un grand tuyau de décharge avait disparu, et ce tuyau, établi peut-être depuis des siècles, devait s'étendre au loin, dans la campagne, à une distance dont on ne s'était jamais rendu compte.

Il s'agissait donc d'entreprendre des fouilles gigantesques. Sachant à quel point elles seraient inutiles, les complices de Philippe eussent bien voulu s'y opposer, mais ils ne le pouvaient pas, sous peine de voir leur indifférence flétrie des épithètes les plus odieuses.

Le sort poursuivait madame Salcédo et son ami Charles; ils ne sortaient d'un mensonge que pour entrer dans l'autre.

Le soir du second jour après la catastrophe, vers minuit, au moment où la jeune veuve faisait sa toilette nocturne, on frappa discrètement à sa porte. C'était Philippe, que Cora avait consenti à amener par les escaliers les plus sombres et les couloirs les plus dérobés. M. de Lucenay voulait absolument voir sa sœur et

tenir d'elle des renseignements détaillés sur la manière
dont Carmen supportait le poids de ses remords.

La blessure qu'il avait à l'épaule était assez grave,
il portait le bras gauche en écharpe ; mais ce n'était
pas là ce qui l'inquiétait.

— Ah ! le grand fou, dit Hortense, en embrassant
son frère ; le grand fou, qui nous crée tant d'inquiétude et tant d'embarras !

— Bah ! chère sœur, un peu d'imprévu et de fantastique dans la vie, cela ne gâte rien.

— Imprudent !... Et si elle t'avait atteint de ce
poignard, qui fait des blessures dont on ne guérit
pas ?

— Eh bien, je serais mort au champ d'amour, voilà
tout.

— Voilà tout ! Ne dirait-on pas que ce n'eût été
rien ?

— Un fou de moins, comme tu dis... Vous m'auriez pleuré pour de vrai, au lieu de me pleurer pour
de rire. Quelle plus sûre preuve de tendresse que
ce coup de stylet dont je recueille tous les avantages
sans en avoir les désagréments. Car elle m'aime, n'est-
ce pas ?

— Elle se considère comme ta veuve, elle t'érige
une tombe, elle fonde un hospice qui portera ton nom,
elle a horreur d'elle-même, elle voit du sang sur ses
mains, elle voulait qu'on la dénonçât, elle renonce au
monde, elle se voue éternellement aux larmes et aux
regrets...

— Chère Carmen ! Tu as beau dire, ma sœur, si
présomptueux que l'on soit, on doute toujours un
peu ; ces larmes, ces regrets qu'inspire notre mort,

nous n'en jugeons jamais par nous-même, tandis que
toi...

— Oui, grâce à ton invention, pour le moins baro-
que, tu écoutes ta première oraison funèbre... Mais
j'espère bien que cela va finir ; je m'oppose très énergiquement à ce que cette situation se prolonge ; il y
a bien assez de malheurs réels dans la vie sans en
imaginer de factices ; la douleur de cette pauvre enfant
me fait mal à voir ; sa santé aussi peut en souffrir.

— Je me suis dit tout cela comme toi, reprit le jeune
comte ; si c'était à recommencer, j'y regarderais à
deux fois. Mais, les choses étant à ce point, la folie
faite, je prétends en extraire tout le bien possible.
Songe que mon bonheur est désormais ici, que je me
prépare une campagne sérieuse, il est donc tout simple
que je veuille la dégager, autant que possible, des travers d'éducation et de nature qui gâtent ses bonnes
qualités. Ainsi, elle reçoit en ce moment une leçon,
qui lui ôtera, je l'espère, le goût des poignards. Restent des croyances superstitieuses, des faiblesses absurdes, dont il importe à notre félicité commune qu'elle
soit également corrigée. Jamais meilleure occasion ne
se présentera.

— Que prétends-tu faire ?

— La guérir par les semblables, comme font les
homœopathes ; elle croit aux miracles, à la seconde vue,
à la sorcellerie, aux apparitions. Eh bien, je vais la
faire vivre, pendant un jour ou deux — je ne te demande plus que cela — dans une atmosphère diabolique
dont elle sera la première à rire plus tard.

— Encore quelque folie.

— Ce sera la dernière, chère sœur.

— Et peut-on au moins savoir?

— Nous avons concerté cela le mohane et moi. Ce
digne homme a vu tout de suite que je ne donnais
pas dans le merveilleux, que je n'avais qu'une foi
médiocre dans ses bracelets sympathiques ; aussi a-t-il
fait bon marché de sa clairvoyance et de ses prédictions.
Quand je dis bon marché... A propos, ma chère Hortense, fais-moi donc le plaisir de te glisser à pas de
fantôme dans ma chambre, et d'y prendre le rouleau
de quadruples que tu trouveras dans l'un des coins
de ma valise.

— Comment ! tu veux... à pareille heure ?

— Je me serais bien adressé à Charles, mais il sait
si peu ce qu'il fait qu'il m'aurait peut-être apporté
mes rasoirs au lieu de monnaie, ce qui ne ferait pas
le compte du mohane .. En ma qualité de défunt, je
ne puis pas m'exposer à être rencontré un flambeau
à la main ; tandis que toi rien ne t'empêche de visiter
l'appartement de ton frère.

Tout en déclarant qu'elle ne s'associerait pas plus
longtemps à ces extravagances, madame Salvédo, s'en
alla, et revint bientôt avec le rouleau de quadruples.

— Tiens-toi prête à tout, et ne t'étonne de rien, dit
M. de Lucenay en prenant congé de sa sœur.

— Voilà toutes les explications que tu me donnes?
demanda la jeune femme.

— Je serais fort embarrassé de t'en offrir d'autres,
car les circonstances doivent nous inspirer et c'est,
d'ailleurs, le mohane qui se charge de la mise en
scène.

Comme, nourrie dans les détours du château, la

petite fée du lac reconduisait Philippe par des couloirs de dégagement, ils se trouvèrent, au tournant d'un escalier, en face d'une lumière qui brillait à quelque distance.

En ce moment retentit un bruit de flambeau tombant à terre, et la lumière s'éteignit.

Cora et Philippe hâtèrent leur fuite, sans s'enquérir des causes de cet événement.

Quelques minutes après, M. de Lucenay rentrait à la maisonnette sans nouvelle rencontre.

XVII

Le lendemain, au déjeuner, M. Sandalem était excessivement pâle ; il ne touchait à rien, lui qui, d'habitude, faisait de tous les mets une étude sérieuse. Il tressaillait au moindre bruit, et quand une porte s'ouvrait, il retournait précipitamment la tête.

— Je gagerais que don José a mal dormi, dit madame Salcédo.

— Quoi, madame, répondit le planteur d'une voix presque éteinte, vous savez ?...

— Je ne sais rien, je présume... c'est votre air défait qui vous accuse.

— La vérité est que, pour tout l'or du Pérou, je ne voudrais pas recommencer la nuit dernière.

— Que vous est-il donc arrivé ?

— Si je vous le dis, en votre qualité de Française et d'esprit fort, vous allez vous moquer de moi.

— Mais je ne suis pas du tout un esprit fort, monsieur Sandalem, je suis tout simplement une faible femme, un peu curieuse, et qui ne demande qu'à savoir.

— Eh bien, je crois que l'ombre de M. votre frère m'est apparue.

A ces mots mademoiselle d'Alméïda devint plus pâle que José.

— Notez que je dis « je crois », reprit le planteur.

— Ce qui, en d'autres termes, signifie que vous n'en êtes pas sûr, ajouta Charles Aubry, et comment est-il, ce pauvre cher trépassé?

— Mais, comme une personne naturelle.

— Vous disiez tout à l'heure que c'était une ombre.

— Mon Dieu, une ombre, une personne... Vous comprenez... dans le trouble où j'étais.. à une heure aussi indue... à minuit.

— Alors, cela devient grave, très grave même, reprit le naturaliste d'un ton sérieux... Et le fantôme, l'esprit, l'ombre, l'apparition, la forme immatérielle de notre pauvre ami vous a-t-elle parlé ?

— Non, elle n'a fait que paraître et disparaître... Je crois même qu'elle n'était pas seule.

— Philippe aura déjà fait une connaissance dans l'autre monde, dit le naturaliste, oubliant son rôle d'ami désolé.

— Áh ! monsieur Aubry, reprit Hortense d'un ton de reproche, comment pouvez-vous plaisanter sur un pareil sujet ?

— Mais, madame, je ne plaisante pas ; M. Sandalem dit qu'ils étaient deux ; or, comme ce n'était pas vous qui l'accompagniez, je suppose, ni mademoiselle, ni moi, ni personne d'ici, je cherche à expliquer, rien de plus. Il est seulement fâcheux que, l'esprit se taisant, M. Sandalem n'ait pas songé à prendre l'initiative et à l'interroger.

— Je n'aurais pas pu, avoua le planteur; je suis resté sans voix, sans force, sans mouvement.

— Et probablement sans lumière, ajouta le savant.

— J'avais un flambeau, mais il s'était éteint en m'échappant des mains.

Carmen suivait cet entretien avec une anxiété visible et dans un silence profond.

— Don José a dû bien voir, dit-elle tout à coup.

— Quel motif avez-vous pour le supposer, mademoiselle? demanda le naturaliste.

— Parce que, à cette heure-là même, étant à ma fenêtre, j'ai vu, moi aussi, s'éclairer la chambre qu'occupait M. de Lucenay, et une ombre la traverser.

— Cela se complique, dit le savant.

Madame Salcédo fut sur le point d'expliquer comme quoi c'était elle-même qui était allé chez son frère; mais, pensant que cette circonstance mystérieuse aiderait un plan tramé par Philippe, elle se résigna une fois encore à garder le silence.

On en était là de cette conversation, lorsque Diégo, livide, chancelant, se tenant aux meubles, vint tomber à genoux et les mains jointes, aux pieds de mademoiselle d'Alméïda.

— Maîtresse, dit-il à travers ses sanglots, cette nuit, une ombre a frappé à ma fenêtre et m'a réveillé en sursaut.

— Il y a décidément beaucoup d'ombres dans ce château, interrompit le naturaliste.

L'intendant reprit:

— Diégo, m'a commandé une voix de l'autre monde, qui m'a paru être celle de M. de Lucenay,

Diégo, pas plus tard que demain, devant tous les hôtes du château réunis, tu t'accuseras d'être un serviteur dur, cruel, menteur et peu scrupuleux. Tu ajouteras que jamais les troupeaux de la Hermosa, pas plus que d'autres, n'ont dévasté les terres des Palmiers, que tu les en as accusés pour satisfaire ton animosité personnelle contre l'intendant de l'habitation voisine et provoquer ainsi mademoiselle d'Alméïda à d'injustes représailles qui devaient en faire un objet d'épouvante dans toute la contrée. Ce sont les propres paroles de l'ombre, ajouta en tremblant Diégo ; je les ai écrites, parce qu'il m'a été signifié que l'oubli d'une seule syllabe me vaudrait les peines éternelles.

— Et tous ces méfaits sont-ils réels ? demanda la jeune fille ?

L'intendant se tut, mais il frappa trois fois le parquet de son front prosterné, ce qui était plus que répondre.

— Retirez-vous, j'aviserai, dit sèchement Carmen qui, dans la disposition d'esprit où elle était, ne songeait ni à gronder ni à punir.

Personne ne soufflait mot ; une expression de terreur affectée ou réelle était peinte sur tous les visages. José, pour plus de sûreté, avait rapproché sa chaise de celle du naturaliste ; il fouillait les coins du regard, dans la crainte d'y voir surgir quelque apparition fantastique ; il interrogeait les murailles, dans la pensée qu'une main invisible allait y tracer une menace, comme chez Balthazar, le dernier roi de Babylone.

— Eh bien, monsieur Aubry, êtes-vous toujours

incrédule ? demanda Carmen, sortant enfin de ses réflexions.

— Mon Dieu, mademoiselle, Mesmer, Paracelse, Boehm, Agrippa, tous les grands chercheurs de causes occultes, ont eu leurs partisans. Hume en a eu encore quelques-uns ; les Davenport n'en ont plus du tout... Cagliostro vous faisait souper avec d'illustres morts...

— Il apparaît à don José, reprit la jeune fille ; il apparaît à cet infâme Diégo ; il m'est aussi apparu... un peu... mais de loin... nous étions séparés par toute la largeur de la cour... Ah ! poursuivit Carmen, s'exaltant à la pensée d'une évocation, si je pouvais seulement l'entrevoir, échanger un mot avec son âme, implorer son pardon !... Mais, j'y pense, le mohane...

Le vieux prêtre indien fut mandé sur l'heure.

Quelque peu spirite, autrefois, pour passer le temps, Philippe avait fait la leçon au vieillard.

Rhamsès débita beaucoup de phrases d'une obscurité mystique ; il parla de métempsycose et de magnétisme animal ; il exposa comme quoi le fluide pouvait se transmettre d'un vivant à un mort, d'une âme à une autre âme, par le contact, par le simple attouchement « ou même par l'effet d'une volonté ferme. » Il cita certaines personnes qui, dans certaines chambres obscures, allaient causer, toutes les semaines, pendant une heure ou deux, avec de chers défunts qui, en échange de nouvelles de ce monde-ci, leur donnaient des nouvelles de l'autre.

— Ah! s'écria Carmen, s'il ne s'agit que d'une volonté ferme... Mais où? quand? comment?

— Les ténèbres sont généralement plus favorables à ces entrevues que le grand jour, répondit le mo-

hane ; il faut s'y préparer par la méditation, par l
jeûne qui élucide le cerveau, et par l'idée fixe... At
tendre, espérer, vouloir, ce sont là trois opération
de l'esprit qui, lorsqu'elles tendent au même but,
manquent rarement de l'atteindre.

M. Aubry regardait le charlatan de travers ; sa
raison et sa science se révoltaient; il étouffait d'ar
guments renfermés qui ne demandaient qu'à sortir
Un regard de madame Salcédo vint, heureusement,
le rappeler à la situation et l'empêcher de souffler sur
les impudentes muscades du mohane.

— Si j'écoute de nouveau, sans rien dire, de pareilles sornettes, murmura-t-il à l'oreille d'Hortense
en sortant de table, je consens à n'être jamais pro-
fesseur d'histoire naturelle au Collège de France.

Carmen s'en alla errer dans les endroits solitaires
et « se préparer.. »

José n'osait ni remonter chez lui, ni rester nulle
part. Pour se l'attacher, il venait de proposer au naturaliste une partie de billard, mais celui-ci l'avait
refusée. Il s'était alors rabattu vers Hortense, pour
causer un peu, et sous prétexte de lettres à écrire, la
jeune veuve s'en était débarrassée par une profonde
révérence.

Tout à coup, en s'aventurant avec précaution
dans la galerie dont on se rappelle que Philippe avait
fait son atelier provisoire, M. Sandalem poussa un
cri d'effroi, et prit la fuite.

Mademoiselle d'Alméïda revenait mélancoliquement
de sa chasse à l'ombre. Hélas! pas le moindre esprit,
pas d'âme errante, pas de fantôme. Elle marchait d'un
pas fatal et lugubre comme la triste Aricie lors-

qu'elle redemandait Hippolyte aux échos de Trézène.

Dans la rapidité de sa course, José faillit renverser la jeune fille.

— Venez, mademoiselle, venez, s'écria l'Espagnol avec cette espèce d'autorité que donne la peur.

Et il l'entraîna jusqu'à la galerie, devant son portrait.

— Vous ne voyez donc pas, mademoiselle, ces deux mains... Hier encore, il n'y en avait qu'une.

— Peut-être bien... Etes-vous sûr ?

— Tellement sûr que, en passant ici et en contemplant cette toile, je me suis dit : « Quel dommage que le peintre soit mort avant d'avoir achevé ces mains ! »

— C'est là le seul regret que vous avez donné a M. de Lucenay ?

— Celui-là et d'autres... Car, s'il vivait encore, je suppose que ses mânes me laisseraient tranquille.

— Mais attendez, reprit Carmen au comble de l'étonnement ; le visage aussi, les cheveux, la robe, tout cela est bien plus achevé que nous ne l'avons laissé à la première séance.

Philippe s'était fait clandestinement apporter par Cora le portrait en question, et, grâce à une photographie de Carmen trouvée dans la maisonnette, il avait promptement ajouté quelques coups de brosse.

Toutefois, au diapason ou se trouvait déjà la superstitieuse créole, son exaltation et sa foi au merveilleux ne pouvaient que s'en augmenter.

Charles Aubry lisait, en latin, dans un coin du salon, la *Philosophia botanica* de Linnée.

— Pensez-vous que les esprits puissent peindre ?
lui demanda Carmen.

— Je ne sais pas trop, mademoiselle, répondit le naturaliste ; il faut demander cela au mohane. A la bonne
heure, voilà un vrai savant qui sait tout... et même
autre chose.

Pour se rapprocher le plus elle-même de l'immaté-
rialité des esprits et se rendre digne d'entrer en communication avec eux, mademoiselle d'Alméïda avait
déclaré, selon les prescriptions du mohane, qu'elle ne
prendrait plus aucune nourriture.

Ce serait, disait-elle, le jugement de Dieu ; si Philippe se manifestait à elle d'une façon quelconque,
c'est qu'il lui aurait pardonné, et alors elle vivrait
pour se consacrer au culte du souvenir. Dans le cas
contraire, l'expiation lui était toute tracée : elle n'at-
tenterait pas à ses jours, mais elle se laisserait mourir de faim.

La situation devenait grave, si grave même qu'il
était impossible pour de simples esprits, sains et vivants comme Hortense et Charles, de la tolérer plus
longtemps.

Dans la matinée du jour suivant, madame Salcédo
fit remettre à son frère, par l'intermédiaire de Cora,
le billet que voici :

« Cher insensé,

» Sous le prétexte de corriger de quelques légers
travers la future compagne de ta vie, tu es en train
de la rendre folle. Le remède est pire que le mal.

» Ton ami Charles commence à craindre que tu ne

deviennes fou toi-même : nous différons d'opinion,
en ce que, selon moi, tu le serais depuis longtemps.

» Arrange-toi comme tu l'entendras, mais pour le
cas où tu serais toujours mort, je te ressusciterai
ce soir à neuf heures précises.   H... »

Tant s'en fallait que Philippe voulût être le bourreau de personne au monde, et de sa chère Carmen
moins que de tout autre.

Ce jour-là, le temps s'annonçait brumeux ; selon
toute apparence, à la tombée de la nuit, les abords du
lac seraient enveloppés de vapeurs comme d'une gaze
légère. Jamais ombre ne se serait trouvée à plus belle
fête ; jamais fantasmagorie ne serait jouée sur une
scène plus favorablement machinée.

Donc, le soir, mademoiselle d'Alméïda était assise
sur la terrasse, pendant que ses hôtes achevaient de
dîner... Ils avaient assez peu de cœur pour cela...
José mangeait même comme quatre et buvait comme
deux, afin de se donner du courage pour le cas où
Philippe le favoriserait d'une nouvelle rencontre.

Carmen, triste, hallucinée, nerveuse, toute au jeune
comte, dont elle se retraçait les traits, la voix, l'attitude, par la puissance du souvenir, Carmen promenait
dans la pénombre des regards avides. Chaque arbre
lui semblait tour à tour étendre ses bras vers elle,
comme des bras vivants ; chaque souffle de l'air lui
paraissait un soupir... Puis elle reconnaissait bientôt
son erreur, et son attention se portait d'un autre côté.

Caché derrière un massif, sur l'autre rive du lac,
Philippe la suivait des yeux ; il s'attendrissait à la

vue de cette femme si forte et si faible, à la pensée de cette douleur crédule dont il se savait l'heureux et cruel objet.

Soudain, il se dégagea du massif, et se mit à marcher lentement le long de la berge. Soudain aussi Carmen se leva, et, le bras tendu vers lui, mais sans avoir la force de parler, elle le suivait pas à pas, dans la direction parallèle... Mue en quelque sorte par la même volonté, par la même impulsion, quand il s'arrêtait, elle s'arrêtait ; son regard tenait de l'extase.

Dans le brouillard même, et à force de les regarder obstinément, les objets finissent par se dessiner peu à peu. Philippe n'était apparu d'abord que comme une forme vague, mais vivante; puis il était devenu prouvé que c'était un homme... mais quel homme? Don José n'était pas aussi grand, aussi élancé que cela, M. Aubry non plus; et d'ailleurs, ils étaient à table ; elle pouvait distinguer leur voix. Diégo était plus petit, plus gros. Jamais aucun nègre n'aurait osé s'introduire dans cette partie des jardins. Il ne restait plus que Philippe; or, à mesure que le regard de Carmen s'acclimatait à l'obscurité, elle reconnaissait le costume, la taille, la tournure.

A un moment donné, ne pouvant plus douter, elle tomba à genoux et joignit les mains.

— Philippe ! cria-t-elle.

Ce fut le seul mot que son émotion lui permit de proférer.

Mais Philippe traversait déjà le lac dans une pirogue préparée à l'avance; il escaladait la terrasse, relevait Carmen, et, la couvrant de baisers, l'appelant

des noms les plus tendres il l'emportait sur le divan
du salon.

C'était peut-être un peu bien vif pour un pur esprit,
et l'idéalisme de Kant s'en fût offensé; mais il y a de
ces quarts d'heure de douleur ou de ravissement suprême — quand on revient de l'autre monde, par
exemple — où il doit être permis de sauter à pieds
joints sur les convenances.

A cette tempête humaine qui faisait irruption dans
l'appartement, les trois convives, Hortense, Charles
et don José étaient accourus. Seulement, le planteur
n'avait fait que paraître et disparaître, tant l'aspect
du jeune comte avait communiqué à ses jambes de
vitesse subite.

Mademoiselle d'Alméïda, un instant évanouie, venait de rouvrir les yeux. Ses petites mains pâles et
tremblantes palpaient le buste de Philippe, comme
pour s'assurer que ce n'était pas l'âme toute seule,
dans une enveloppe apparente que le moindre souffle
allait faire évaporer.

— Ah! ne vous en allez pas, disait-elle; restez!
restez! ou bien emmenez-moi! Quel que soit le séjour
où vous devez retourner, je veux vous y suivre.

— Mais, si vous voulez bien le permettre, je ne re-
tourne nulle part, dit gaiement Philippe.

— Quoi! il serait vrai? votre talisman...

— Je n'en ai jamais eu, chère Carmen, par cette
simple raison qu'il n'y en a pas. Seulement, j'ai eu
foi dans la Providence, et la Providence n'abandonne
jamais ceux qui comptent sur elle.

Aubry était venu à son ami sans le moindre étonnement.

— Et tout le monde va bien là-bas? demanda-t-il malicieusement en lui serrant la main.

Quant à madame Salcédo, en voyant fuir don José, elle avait été prise d'un tel accès de rire qu'elle ne paraissait même pas faire attention à la présence de son frère.

Cet accueil simple et sans façon semblait étrange à mademoiselle d'Alméïda ; un échappé de la tombe avait droit à plus de caresses, à plus de transports.

— Qu'est-ce que tout cela signifie? demanda-t-elle en entraînant Philippe sous la clarté des lampes; c'est pourtant bien vous !

— Chère et adorée Carmen, reprit le comte, cela signifie que, n'étant pas mort, je n'ai pas eu la peine de ressusciter. Rassurez-vous, vous ne m'avez jamais tué, mais seulement fait tomber dans le lac.

Et sa retraite chez Cora, son projet de l'arracher aux folles croyances qui hantaient son imagination, l'achèvement du portrait, la lumière chez lui, l'apparition à don José et à Diégo, le concours du Mohane, la discrète complicité de Charles et de sa sœur, il expliqua tout en quelques mots. A mesure que parlait Philippe, la jeune fille sortait du monde des esprits pour rentrer dans le monde réel.

Quelques jours plus tôt, la fière et ombrageuse créole se serait certainement fâchée; mais le bonheur et l'amour poussent à l'indulgence ; d'ailleurs, sa violence était cause de tout, et, plus que personne, elle avait besoin de pardon.

Il n'y avait là ni grands parents ni respectables chaperons pour traiter diplomatiquement de l'union de deux cœurs poussés l'un vers l'autre et qui ne dépendaient que d'eux-mêmes.

Le stage, bien que court au point de vue civilisé, avait été dur ; aussi le jeune comte ne se sentait-il aucune envie de le prolonger.

— Et maintenant, mademoiselle d'Alméïda, demanda-t-il, veut-elle me faire l'honneur de m'accorder sa main ?

— La voilà, répondit Carmen sans hésitation.

— Et moi ? demanda le naturaliste à Hortense.

— Allons, répondit gaiement madame Salcédo, puisque vous tenez absolument à me mettre dans votre collection... Mais rappelez-vous bien que je veux être seule de mon espèce.

En ce moment, la petit fée du lac ramenait M. Sandalem, qu'elle cherchait à rassurer en lui dévoilant le mot de l'énigme.

— Don José, lui dit à brûle-pourpoint madame Salcédo, tout le monde se marie ici. Est-ce que vous n'allez pas faire comme tout le monde ?

Le planteur ouvrait de grands yeux interrogateurs.

— Moi j'épouse M. Aubry, un des sept sages de France, poursuivit la jeune veuve ; Carmen épouse mon frère, un des originaux les plus remarquables dont se puisse enorgueillir ma patrie. Il vous reste la *petite fée*.

— Madame, permettez...

— Qu'en dis-tu, Cora ? interrompit Carmen, à qui Hortense avait révélé la tendre inclination de sa protégée.

Cora rougissant, pâlissait et ne savait plus où se cacher.

Le Mohane avait été un des premiers à accourir, lors de la résurrection de Philippe ; il était là depuis une heure, dans un coin du salon, presque inaperçu, assistant aux fiançailles et ne soufflant mot, comme un simple vieux bonhomme qui n'épouse personne, lorsque, aux derniers mots concernant Cora, il s'approcha de Carmen, et lui remettant un grand pli cacheté :

— Mademoiselle, dit-il, vous allez vous marier : ceci est une lettre à laquelle M. d'Alméïda, votre père, a confié l'expression de ses dernières volontés. Il me l'a remise à son lit de mort, avec l'ordre exprès d'en rester le dépositaire jusqu'au jour où vous confieriez à quelqu'un *qui doit tout savoir*, le soin de votre bonheur et de votre avenir.

Carmen, émue, tremblante, redoutant un obstacle, avait déjà rompu le cachet, et parcourait du regard ce papier de Pandore, d'où allait peut-être sortir la perte de ses plus chères espérances, lorsque tout à coup, rayonnante de joie et se jetant au cou de Cora :

— Ma sœur ! cria-t-elle, tu es ma sœur ! Mon père sollicite les bontés de sa fille légitime pour la petite Française... c'était bien inutile.

— Oui, reprit le vieux prêtre indien, c'était inutile, parce que vous avez un cœur d'or ; mais il fallait tout prévoir : vous pouviez détester, chasser Cora... Aussi, a-t-elle une dot de mille quadruples chez un banquier de Lima.

— Moi, j'y ajoute les Palmiers, reprit la créole, car je pense bien que le désir de mon futur seigneur est que nous allions nous fixer en France.

Cora riait et pleurait à la fois.

Comme l'héliotrope qu'attire le soleil, le planteur tournait peu à peu vers la petite fée des yeux attendris.

Madame Salcédo s'était glissée derrière le jeune homme.

— Voilà le moment venu, dit-elle.

— Vous... vous croyez.

— Une ravissante compagne et une superbe dot; vous habitez les Palmiers, qui est un château-fort, et d'où les nègres marrons ne vous mettront pas à la porte.

Cette dernière considération était sans doute péremptoire, car, se redressant comme un hidalgo du temps de Sanchez le *Fort*, roi de Léon et de Castille, la jambe en arrêt, la main sur le cœur :

— Si mademoiselle Cora le veut bien, dit-il, et si mademoiselle d'Alméïda n'y voit pas d'obstacle, il y aura trois noces au lieu de deux.

Il y en eut trois, en effet, quelques semaines après, le même jour et à la même heure, dans la cathédrale de Lima... A la même heure, pas précisément, car madame Salcédo dut attendre son fiancé, lequel s'était attardé sous les arcades du temple à la poursuite d'un papillon rose dont le cabinet d'entomologie du Jardin des Plantes rêve la possession depuis plusieurs lustres.

Moins d'une année après les événements que nous venons de raconter, un jeune homme et une jeune femme se promenaient au bois de Boulogne.

La jeune femme était nonchalamment étendue dans un landau découvert.

Le jeune homme l'escortait sur un cheval qui poussait des pointes formidables.

— Philippe, disait tendrement la jeune femme, vous devriez bien me faire un sacrifice.

— Lequel, chère Carmen ?

— Ce serait de vous défaire de Roland, qui me cause des frayeurs mortelles.

— A toi ! tu connais donc la peur, à présent?

— Oui, mon ami, depuis que je suis en France, j'ai toutes les faiblesses de la femme.

— Et aussi toutes les grâces, repartit amoureusement M. de Lucenay.

— Ce n'est pas seulement pour mon mari que je crains, reprit la créole.

— Pour qui donc, encore?

— Approchez, monsieur, que je vous le dise tout bas.

Philippe se pencha vers Carmen... Et ce qu'elle lui confia, il ne faut pas être bien fin pour le deviner.

FIN DES VIVACITÉS DE CARMEN

LE CLOS-BÉNI

LE CLOS-BÉNI

I

La campagne de Crimée venait de finir.

Un matin du mois d'avril 1856, quelques semaines après le traité de paix, signé le 13 mars au congrès de Paris, un officier du génie, attaché à l'état-major de l'armée d'Orient et actuellement en congé, arpentait, le cigare aux lèvres, le Champ-de-Bataille, à Toulon.

Comme on le sait, Toulon est le pittoresque faubourg de nos colonies, et ce qu'on appelle le Champ-de-Bataille est tout simplement une place pacifique, entourée d'arbres séculaires dont le sang n'a jamais fécondé les profondes racines.

Du reste, avec l'ancienne cathédrale, le fort Joubert et l'arsenal de la marine, cette promenade est l'une des curiosités de la ville.

Ce jeune officier s'appelle Albéric d'Hauterive.

Il a trente-deux ans, il est de famille noble; et, pour le dire en passant — bien qu'il n'y ait plus aujourd'hui, au département de la guerre, comme

jusqu'en 1786, un commissaire du roi chargé de cer-
tifier à Sa Majesté la noblesse de ses sous-lieutenants,
— l'aristocratie de la naissance ne fait jamais mal,
car on continue tout au moins à en avancer plus vite,
ne fût-ce que dans le cœur des femmes et dans les
salons.

Qu'attendait M. d'Hauterive? Nous n'en savons
rien ; peut-être même n'attendait-il que l'appétit et le
moment de déjeuner. Toujours est-il que, depuis une
demi-heure, il allait et venait de l'hôtel de la préfec-
ture au mur de l'arsenal, puis à la fontaine envi-
ronnée d'arbustes qui orne un des angles de la place,
lorsque, soudain, son attention fut sollicitée par la
marche rapide et heurtée d'un jeune homme qui se
dirigeait de son côté.

Ce nouveau promeneur s'épuisait en signes télégra-
phiques, desquels il était permis de conclure qu'il
priait l'officier de venir à sa rencontre ou de l'attendre au passage.

Dès qu'ils furent à portée de la voix, le dernier venu
s'écria :

— Enfin! je te trouve! il y a deux heures que je
cours de l'hôtel du *Lion-d'Or* à l'hôtel de la *Croix-de-
Malte* et que je te demande à tous les échos! Ma
parole d'honneur, ce n'est pas assez d'une jambe
pour cette gymnastique.

Surpris d'être interpellé avec tant de sans-gêne, le
jeune homme fit un haut-le-corps significatif et regarda d'un air visiblement surpris l'individu qui ac-
courait à sa rencontre.

Puis, voyant qu'il avait affaire à un officier comme
lui :

— Monsieur, dit-il, en soulevant légèrement son képi, je suppose que vous vous trompez.

— Quoi ! suis-je donc changé à ce point, mon cher Albéric?... Maudite amputation ! Ce n'est pas assez de trébucher sur tous les chemins, il faut encore que je sois arrêté à la porte de tous les cœurs !

Ce disant, le jeune invalide effleurait d'un léger coup de canne l'extrémité de sa jambe gauche.

— Qui diable est-ce? pensait Albéric en cherchant dans ses souvenirs.

— Une, deux : ça y est-il ?

Et comme Albéric secouait négativement la tête :

— Allons, je vois bien qu'il faut que je me nomme ; Pierre Lambert.

— Toi ! s'écria l'officier du génie en tendant les bras à son ami, lequel répondait à cette étreinte sans témoigner la moindre rancune ; toi ! ah ! mon pauvre Pierre, mon bon Pierre ! Où avais-je donc les yeux et la mémoire? Si encore tu étais changé, je serais excusable ! Mais nou, c'est toujours la même bonne figure ouverte et loyale.

— Ouverte et loyale, je ne dis pas, mon brave Albéric ; une fois que l'expression y est, elle ne change plus ; mais, quant au reste, le soleil de Blidah, un crâne soleil celui-là, m'a assez bronzé la peau pour que je ne me reconnaisse plus moi-même, si je venais à me rencontrer, ce qui est improbable... Et puis, huit années d'Afrique, qui en valent seize, vous détériorent joliment un homme, sans compter les accidents.

— Hélas ! oui, déjà huit années depuis notre sortie

14

de Polytechnique ! Aussi, que de choses nous devons
avoir à nous dire ! As-tu déjeuné?

— Je m'en serais bien gardé, puisque je te cher-
chais.

— En ce cas, je t'emmène. Et cette pauvre jambe?
Mais tu me raconteras cela tout à l'heure. Veux-tu
prendre mon bras ?

— Merci mon cher Albéric, il faut bien que je
m'habitue à marcher tout seul, comme un grand
garçon.

Quelques minutes après, les deux jeunes gens
étaient assis, en face l'un de l'autre, dans un petit
salon que le maître du *Café de la place d'Armes*
réserve à la fleur de sa clientèle.

Le premier quart d'heure fut tout aux souvenirs:
l'école, les professeurs, les concours, les dîners chez
Champeaux, les carambolages illuminés de punch au
café Hollandais du Palais-Royal; les gardes montées
sur le trottoir des marchandes de modes, sous le grand
manteau bleu, avec les pans rejetés sur l'épaule à
l'instar des conspirateurs, puis les chapitres variés de
ce roman sans fin qui s'appelle le hasard: celle-ci
qui était brune, celle-là qui était blonde; la troisième
dont on ne savait plus au juste ni la couleur ni le
nom. Les serments de s'aimer toujours... qui duraient
un mois... puis la promotion, l'épaulette neuve, les
adieux.

Ah ! le bon temps des rêves, des chimères, des espérances folles, des élans sincères, des ivresses charmantes, des chagrins d'un jour... Et, par là-dessus,
dix années de garnison, de guerre, de réalité !

— Te rappelles-tu? disait l'un.

— Te souviens-tu? reprenait l'autre.

Et ils se rappelaient, et ils se souvenaient, et tout le passé défilait, un peu confus d'abord, puis plus net, plus précis, comme ces régiments qui s'en vont à la débandade, le long des chemins, l'arme à la volonté, la chanson aux lèvres, et qui, tout à l'heure, à l'en trée de la ville, vont marquer le pas et se réunir en colonnes serrées.

— Hélas! conclut Pierre Lambert en se passant la main sur le front, comme pour écarter de sombres pensées, pour moi, c'est fini de rire, les amours m'ont dit adieu.

— Pourquoi donc?

Pierre, d'un geste mélancolique, montra la jambe postiche par laquelle on avait, autant que possible, remplacé celle qu'il n'avait plus.

— Bah! reprit Albéric, ce n'est pas là que siége le cœur, j'imagine.

— Non, mais cela supprime la grâce, la désin volture; cela vous empêche de danser, de grimper à une fenêtre, de courir après une belle enfant et de l'attraper. Si bien que votre cœur, fût-il jeune et tendre, on vous le laisse parfaitement pour compte.

— Permets-moi de croire que tu exagères, dit Al béric en tendant la main à l'invalide. C'est sans doute en Afrique que tu as laissé cette malheureuse jambe?

— Non, mon ami; les Arabes ont le droit de pré sumer que mon sang est rouge, mais ils n'en savent absolument rien. J'ai fait la deuxième campagne de Kabylie, j'étais au siége de Zaatcha, à la reddition de Nasab, et, cela, sans attraper une égratignure... C'est aux Russes que je dois cette dragée fatale.

— Aux Russes ? Tu es donc allé en Crimée ?

— Avec le 4e régiment de chasseurs d'Afrique.

— Il me semblait pourtant que, à la sortie de l'école, tu étais entré au 2e hussards.

— En effet ; seulement, après quelques mois de végétation stérile à Valenciennes et à Bordeaux, il m'a semblé que je n'étais pas uniquement fait pour avaler de la théorie et de la bière au cercle militaire, pour jouer mes consommations aux dominos, pour feuilleter l'Annuaire et discuter sur les promotions. Bref, je voulais me battre et tâter de la guerre.

— Si bien que tu as permuté avec un officier d'Afrique.

— Justement, mon cher Albéric.

— Mais, de là à Sébastopold...

— Nous allons y arriver. Le maréchal Pélissier, alors général de division, commandait le gouvernement d'Oran ; je l'ai suivi aux quatre coins de l'Algérie, dans toutes ses campagnes, et je venais de gagner ma seconde épaulette à la prise de Laghouat, lorsque mon régiment fut appelé à faire partie de l'armé d'Orient... Voilà... mon cher ami, par quelle filière ma jambe est restée sur les plateaux de Balaclava.

— Mon pauvre Pierre ! répéta M. d'Hauterive avec une douloureuse sympathie.

— Bah ! je n'y pense plus, reprit le jeune officier avec une gaieté trop bruyante pour être réelle ; on ne peut pas tout avoir : l'ordre du jour a pansé la blessure, et je porte maintenant ma jambe à la boutonnière, sous les apparences d'une rosette.

— Oui, je vois que tu es officier de la Légion d'honneur ; c'est toujours cela, mais l'un ne compense pas l'autre.

— Que veux-tu, à défaut de mieux ?

— Le malheur est que ton avenir en est entravé.

— Tu peux dire brisé ; je ne me fais, à cet égard, aucune illusion. Il était écrit là-haut, dans le grand-livre des destinées humaines, que je n'échapperais pas à la mélancolique quiétude de la vie de province ; m'y voilà condamné à perpétuité. On m'envoie rallier le port d'une petite ville du littoral.

— J'ai quelque crédit au ministère de la guerre, reprit affectueusement Albéric, et si le poste assigné ne te convient pas...

— Merci, mon ami, merci, interrompit Pierre, d'une voix émue. C'est déjà une amélioration à mon sort que ton offre ; les vrais camarades se comptent et quand ni le temps, ni la séparation, ni la différence de rang et de fortune n'entament l'affection, c'est qu'elle est solide.

— Que parles-tu de rang et de fortune ! Ne sommes-nous pas officiers tous deux, c'est-à-dire parfaitement égaux ? Et, quant à la fortune, si je suis, sous ce rapport, mieux partagé que toi, n'est-ce pas l'effet du hasard ?

— Tu es commandant, pas moins.

— Soit, j'ai un grade de plus dans l'armée., mais j'en ai un de moins dans l'ordre de la Légion d'honneur, car je ne suis que simple chevalier

— De ce côté, cher ami, tu auras bien vite fait de me rattraper ; tandis que moi... ne parlons plus de cela... J'ai eu de tes nouvelles par les journaux, mon gaillard, je sais que tu as fait miracle à Inker-mann, où tu dirigeais les travaux d'attaque ; pas plus

tard que ce matin, le *Moniteur* te cite comme un de
nos meilleurs officiers du génie.

— Le *Moniteur* est bien bon.

— Ce doit être une grande joie pour ta famille.

— Hélas! mon ami, je n'ai plus de famille : ma naissance a été mon premier malheur, car elle a coûté
la vie à ma mère ; quant à mon père, il ne m'a connu
que lieutenant ; je l'ai perdu peu de temps après
ma sortie de l'école.

— Maladroit que je suis!... Et moi qui réveille ces
tristes souvenirs !

— Ils se réveillent bien tout seuls, mon pauvre
Lambert ; c'est une souffrance qui a sa douceur...
Voyons, parlons franc et net, que-puis je faire pour
toi au ministère ?

— Absolument rien pour le moment, cher ami.

— Où vas-tu ?

— A Cette, en qualité de capitaine du port. Or,
avant d'user de ton crédit, c'est bien le moins que je
sache d'abord comment j'y serai. Quel bonheur pourtant que j'aime maintenant à m'asseoir et à causer :
les seules voluptés qui me soient désormais permises !

— Que veux-tu dire?

— Je veux dire que, ce matin, en passant dans la
rue de l'Arsenal, je me suis offert une chaise dans le
salon d'un coiffeur : je tenais le *Moniteur*, il tenait le
Toulonnais ; si bien que nous avons fini par faire un
échange, et que, après avoir lu, dans l'un, ta belle
conduite à Inkermann, j'ai appris dans l'autre que
tu venais de débarquer à Toulon. De là, mes fouilles par la ville ; sans cette heureuse circonstance,
nous ne nous serions peut-être pas rencontrés.

— En ce cas, vive le hasard ! répondit Albéric. Dire que nous venons de faire la même campagne, et que je ne m'en doutais même pas ! Sans cela, nous eussions au moins pu nous chercher, nous voir... Mais comment deviner que le lieutenant de hussards était devenu capitaine aux chasseurs d'Afrique.

— Ajoute que les contingents n'arrivaient que par morcellements, et que l'armée a été longtemps à s'agglomérer. Ainsi, ma division a suivi de près le maréchal Saint-Arnaud ! elle était donc à Gallipoli bien avant la tienne.

Après avoir parlé de Gallipoli, la première ville turque qui devait enchanter leurs yeux, — un abominable cloaque où tous les spécimens de la race humaine semblaient s'être donné rendez-vous, — de Constantinople à l'inextricable fouillis de ruelles immondes, — du Bosphore, sillonné de longues barques pointues, rasant l'eau comme des flèches — de Varna aux maisons enguirlandées de vigne vierge, le capitaine s'écria :

— Ah ! j'ai passé de cruels moments dans cette dernière ville : un de mes meilleurs amis, que j'aime comme un frère, a failli y mourir.

— Pendant le choléra ?

— Non, lors du terrible incendie qui a dévoré, en quelques heures, le quartier marchand. Sans le dévouement d'un Bulgare, qui l'a transporté aux tentes-hôpitaux du camp de Franka, mon pauvre Jacques était un homme perdu.

— Jacques ? répéta le commandant, n'est-ce pas un officier supérieur du 6e de ligne ?

— Non, c'est un simple lieutenant de chasseurs

d'Afrique, un pays à moi, l'unique héritier d'un vieux nom très respecté en Bretagne : Penhoël de Mazerolles.

— Très respecté partout, ajouta Albéric.

— Ah ! tu connais l'héroïque conduite du général de ce nom, qui s'est fait tuer en 1793, dans la lande de la Papinière ?

— Certainement, mon ami, me prends-tu pour un Huron ? La Rochejaquelein, Cathelineau, Bonchamps, Penhoël de Mazerolles, sont des noms qui appartiennent à l'histoire, et qu'il n'est pas permis d'ignorer.

— Eh bien ! le descendant de ce héros est ici en ce moment, à Saint-Mandrier.

— A l'hôpital militaire ?

— Hélas ! oui, à l'hôpital.

— Blessé ?

— Pire que cela. On revient d'une blessure, j'en suis une preuve, mais on ne revient pas de la phthisie.

— Ah ! le pauvre garçon !

— Et de la phthisie à sa dernière période, continua Lambert. Les médecins l'avaient envoyé dans la presqu'île du cap Sépet, où l'air est très pur ; il va déjà mieux ; qui sait ? avec le temps, une réaction salutaire s'opérerait peut-être. Mais le voilà persuadé que s'il doit guérir, ce ne sera que soigné par sa mère.

— Rien de plus naturel ; pourquoi sa mère ne viendrait-elle pas le rejoindre ?

— D'abord, parce que, tout en sachant son fils malade, elle ne se le figure pas dans une situation aussi désespérée ; ensuite, parce que Jacques ne veut pas seulement revoir sa mère, mais la Bretagne... je vais chaque jour passer quelques heures auprès de lui ; je m'évertue à lui inspirer la patience, la résignation...

mais je prêche dans le désert... Justement, ajouta
le capitaine en tirant sa montre, voilà l'heure habi-
tuelle de ma visite... Mon cher d'Hauterive, il faut
que je te quitte... J'espère que nous nous reverrons ?

— Es-tu encore à Toulon pour quelques jours ?

— Je dois être à mon poste dans trente-huit heures.
Et toi ?

— Moi, répondit le commandant, je suis en congé,
et, comme je te le disais, j'ai le malheur de n'être
attendu nulle part bien impatiemment. Je vais à
Paris ; c'est toujours là que l'on va d'abord : mais
rien ne me presse, et j'attendrai ton départ pour
partir moi-même. Si cela peut te faire plaisir, je t'ac-
compagnerai même jusqu'à ta nouvelle destination,
afin que nous restions plus longtemps ensemble.

— Quoi ! mon bon Albéric, tu serais capable de
cela ?

— Parfaitement capable. J'assisterai ainsi à ton
installation, dont nous verrions le fort et le faible.

Le capitaine était devenu rêveur.

— Qu'en penses-tu ? demanda d'Hauterive.

— Je pense que tu es un excellent cœur.

— Et tu acceptes ?

— Je refuse.

— Ah ! fit Albéric d'un ton sous lequel perçait le
désappointement.

— Je refuse, répéta Lambert, mais pour te demander davantage encore.

— Quoi donc ?

— Redis-moi, d'abord, que tu n'as aucun projet
de formellement arrêté.

— Aucun, je t'assure, je suis libre comme l'air.

— Et tu irais aussi bien à Nantes qu'ailleurs ?

— A Nantes ! et pourquoi faire, je te prie ?

— Ah ! voilà justement ce qui est difficile à dire.

— Quel enfantillage ! de la gêne entre toi et moi ! S'il s'agit de te rendre service, je m'engage d'avance.

— Ne t'engage pas, mon ami, je ne veux pas te prendre en traître ; il s'agit en effet d'un service à rendre, non pas à moi, mais à un camarade.

— Au lieutenant Penhoël, sans doute ?

Pierre fit signe que oui.

— Parle donc, grand enfant.

— Ton intention est d'aller à Paris, n'est-ce pas ? demanda le capitaine, tournant autour de la question, qu'il n'osait aborder de front. Ah ! le devoir ! Si j'étais libre, je profiterais de cette bonne occasion pour accompagner mon pauvre ami Jacques, ne fût-ce que jusqu'à Tours.

— Mais tu ne l'es pas, et moi je le suis, répondit Albéric en souriant. C'est là que tu veux en venir. n'est-il pas vrai ? Allons, tranquillise-toi ; voilà qui est dit... Je me charge de conduire ton ami, non à Tours ou à Nantes, mais jusqu'au seuil même de la maison de sa mère.

— Tu ferais cela ! s'écria Lambert en serrant la main d'Albéric.

Le jeune et brave commandant se mit à rire.

— La chose est toute simple, dit-il.

— Songe bien qu'il y a près de trois cents lieues à faire, que Jacques est au plus mal, et que le voyage ne sera pas gai.

— Parbleu ! je m'en doute ; nous ne ferons pas de folies en route..., il ne faut souvent qu'un méchant

petit motif pour commettre une mauvaise action ;
voilà que j'ai trois excellentes raisons pour en faire
une bonne.

— Et ces trois raisons, cher Albéric ?

— La première est que ton ami souffre ; la seconde
est que tu l'aimes comme un frère, et qu'il n'en faut
pas davantage pour que je le considère un peu
comme le mien.

— Cher Albéric !...

— La troisième, enfin, est que M. Penhoël de Mazerolles descend d'un héros, à qui je suis très heureux
de donner, pour mon propre compte, ce témoignage
rétrospectif de ma respectueuse sympathie.

— Comment te remercier !

— En oubliant de le faire... Allons à Saint-Mandrier ; tu me présenteras à M. Jacques, et je me
mettrai à ses ordres pour partir quand il voudra.

— Bien entendu que tu es censé avoir des affaires
qui t'appellent dans l'Armorique.

— Je le crois bien, répondit Albéric en souriant, et
même des affaires qui ne souffrent pas de retard.

Le café pris, les cigares allumés, les deux jeunes
gens se dirigèrent vers la rade.

Pierre héla une barque, qui les transporta en quelques minutes au cap Sépet.

II

Après avoir, en passant, salué du regard le tombeau de l'amiral Latouche-Tréville, qui s'élève, en forme de pyramide, à quelques pas de la Croix-des-Signaux, Pierre et Albéric pénétrèrent dans l'immense cour, plantée d'ormes, de l'hôpital Saint-Mandrier.

Au moment où ils allaient s'engager dans la galerie, sur laquelle s'ouvrait de plain-pied la chambre de Jacques, un infirmier de la section, plus spécialement attaché au service du malade, accourut à leur rencontre, et, les arrêtant au passage :

— Plus personne, messieurs, dit-il en riant, M. Penhoël a envoyé promener les médecins ; il nous quitte ce soir même. Les malles sont faites.

— Tu plaisantes, j'imagine, mon vieil Arsène.

— Pas le moins du monde, capitaine ; vous allez bien le voir.

Ce disant, l'infirmier enfila la galerie et introduisit les deux officiers dans une chambre dont le désordre annonçait, en effet, des projets de départ.

— Ah çà! mais, où est-il donc allé, le gaillard?
demanda Pierre.

— A Toulon, mon capitaine.

— Tout seul?

— Oh! non avec Phanor.

— Un joli soutien pour un homme qui ne peut
qu'à grand'peine se tenir debout!

— Un chien, je suppose? demanda Albéric.

— Oui, mon commandant, et un fameux chien,
répliqua Arsène, un chien qui vaut bien deux hommes, sans vous offenser.

— Ça ne m'offense pas du tout, mon brave.

— Ah! quel chien! Je n'ai jamais vu son pareil.
Je serais sensiblement flatté si vous aviez la bonté,
capitaine, d'engager M. Penhoël à nous le laisser...

— Ne compte pas là-dessus, mon vieux marsouin;
Phanor n'est pas seulement au lieutenant; il appartient à toute la famille, et surtout à mademoiselle
Penhoël, sur les genoux de laquelle, il a, pour ainsi
dire, été élevé.

— Joli séjour pour un animal, reprit l'infirmier;
même qu'il y a des chrétiens qui s'en contente-
raient.

— N'en parle même pas à notre malade, insista
Lambert. Cela le chagrinerait. C'est un sacrifice qu'il
faut faire à la grâce et à la beauté.

— Heureux de la circonstance, mon officier; je
rengaîne ma demande. Prenez que je n'ai rien dit.

Et, après avoir fait le salut militaire, l'ancien soldat
pivota sur ses deux talons.

Les deux amis continuèrent de se promener dans la
galerie.

— De quelle race, cette bête précieuse? demanda
Albéric.

— Précieuse est le mot, cher ami, et tu ne crois
pas si bien dire. Quant à la race, je croirais volontiers
que M. de Buffon ne l'eût placée dans aucune...
Grand, bien râblé, large et haut sur ses pattes, sous
poil noir tacheté de blanc, ni dogue, ni chien de
chasse, ni terrier, mais tenant des trois : beaucoup
de flair et l'ami de l'homme au suprême degré : voilà
le signalement de Phanor.

— Il avait sans doute suivi son maître en Afrique ?

— Enrégimenté au 4e chasseurs, rien que cela.
Tour à tour sentinelle ou éclaireur, il a fait, en Crimée, des prodiges de ruse et d'adresse.

— Je comprends que son maître y tienne.

— Il y tient comme on tient à tout ce qu'on va
quitter.

— Il a donc conscience de son état ?

— Oui, bien que nous fassions tout au monde pour
lui donner le change. Déjà malade à notre départ
d'Afrique, le pauvre garçon fut obligé de s'aliter à
Gallipoli. Là, il reprit ses forces et vint nous rejoindre au camp de Tranka. Pendant quelque temps tout
alla assez bien; mais il lui aurait fallu de grands
ménagements; au lieu de cela, le désir d'obtenir de
l'avancement, de se signaler par quelque action d'é-
clat, lui faisait briguer les postes les plus dangereux,
les expéditions les plus fatigantes... Il voulait se faire
tuer ou revenir avec la croix, c'était son idée.

— J'en connais beaucoup qui avaient cette idée-
là.

— Le malheur est que Jacques n'était pas plus fai-

pour le métier des armes que moi pour filer une que-
nouille.

— Pas le manque de courage, cependant.

— Ah! bien oui; un vrai lion dans la bataille,
mais la vocation n'y était pas.

— Pourquoi donc alors s'est-il fait soldat?

— Parce qu'il ne pouvait pas se faire autre chose,
répondit le capitaine Lambert.

— Les carrières ne manquent pourtant pas.

— Non, mon ami, mais ce sont les ressources pour
y arriver. Il faut à l'avocat et au médecin de l'argent
en portefeuille pour attendre les clients, qui, parfois,
ne viennent pas du tout. Pas d'avoué ni de notaire
sans l'achat d'une étude qui coûte fort cher... Un
Penhoël ne peut pourtant pas vendre de la toile ou de
la cassonade.

— C'est juste, noblesse oblige.

— C'est juste jusqu'à un certain point, reprit avec
vivacité le jeune capitaine; il y a fort à dire. Le préjugé a cela d'absurde qu'il s'impose comme une loi.
Qu'un Penhoël ou un Rohan s'exagère les devoirs de
l'honneur, de la délicatesse, de la probité, rien de
mieux; mais que, sous prétexte de blason et de parti-
cule, on se bouche obstinément les oreilles pour ne
pas entendre la misère qui vous crie: « Travaille au
moins pour les tiens, si ce n'est pour toi! » je trouve
que c'est un orgueil absurde et féroce.

— Oh! féroce, l'épithète est peut-être un peu hardie;
dit Albéric en riant.

— Je maintiens le mot, surtout lorsqu'il ne s'agit
pas de soi seul, et qu'il en résulte une victime comme
mon ami Jacques.

— Victime de qui, de quoi?

— De l'entêtement de son père, ruiné par les guerres de la Vendée, frondant le gouvernement de Juillet, méprisant le progrès et l'industrie, blotti dans le passé d'où il ne voulait plus sortir, refusant tout essai même agricole, toute amélioration, tout emploi qui, selon lui, devaient porter atteinte à ce qu'il appelait sa dignité de gentilhomme: « Un Penhoël meurt et ne déroge pas, » disait-il en accommodant à son usage l'héroïque réponse de la vieille garde.

— Mais c'est très beau cela, dit le commandant.

— Très beau, mais fort triste: à telle enseigne que, lorsqu'il mourut, le domaine des Mazerolles fut mis en vente. Jacques avait vingt-quatre ans; il restait sans état, sans aucune instruction solide qu'il pût appliquer. Quel parti prendre? Il n'y en avait qu'un... abandonner à sa mère et à sa sœur la maigre part qui lui revenait de l'héritage paternel, puis endosser l'uniforme et s'en aller chercher en Afrique une épaulette ou la mort... C'est ce qu'il a fait.

— Et d'après ce que j'entends, dit Albéric, il a trouvé les deux.

— Mon Dieu! oui .. Et maintenant, mon cher ami, ne penses-tu pas que cet enragé gentilhomme eût mieux fait de se préoccuper un peu plus de son fils et un peu moins de ses aïeux?

— Je suis d'autant mieux de ton avis, mon bon Pierre, que la situation de madame Penhoël et de sa fille doit être fort précaire.

— Oui, surtout quand elles la comparent au passé... Cependant, il leur reste un petit domaine, honnêtement géré par un brave fermier, un ancien serviteur de la famille. Ce domaine s'appelle le *Clos-Béni*. Il rapporte bon an mal an environ quatre mille francs ; en Bretagne, et pour deux femmes seules, c'est presque l'aisance... Ah ! le voilà donc ! ajouta le capitaine qui, tout en causant, ne perdait pas de vue l'entrée de la cour.

Le commandant d'Hauterive se pencha sur la balustrade et aperçut un grand jeune homme blond, en petite tenue d'offfcier et suivi d'un chien qui ne pouvait être que Phanor.

Jacques Penhoël tenait à la main un gros bouquet de myrtes entremêlés de bruyères, fleurs charmantes qui abondent sur la colline de Sépet.

Il se traînait péniblement, courbé sur lui-même, les bras serrés au corps comme pour s'étayer, le regard vague, morne, indifférent, détaché des choses extérieures, comme l'ont ces jeunes malades, sans espoir, que la mort marque déjà du doigt.

Toutefois, en voyant venir à lui les deux officiers, il se redressa vivement, et ses traits abattus s'éclairèrent d'un sourire.

— Cher imprudent, dit le capitaine en serrant la main sèche et brûlante que lui tendait le jeune Breton, je devrais te gronder.... mais, en attendant, je te présente un de mes anciens camarades de l'école, M. le comte d'Hauterive, commandant du génie.

Jacques s'inclina.

— Pierre m'a bien souvent parlé de vous, monsieur, dit-il d'une voix faible et un peu haletante ; d'après tout ce qu'il m'en a dit, j'étais fort impatient de vous connaître. Mais avouez que je joue de malheur : le désir s'accomplit juste le jour de mon départ... Si

15

encore j'avais quelque espérance de revenir, ajouta mélancoliquement le jeune homme.

— Vous devez en avoir, monsieur, n'en doutez pas, répondit Albéric ; mais, si vous le voulez bien, cette connaissance ébauchée un peu à la hâte et en plein vent va pouvoir se consolider. Vous allez en Bretagne, n'est-ce pas ?

— Oui, mon commandant,

— Eh bien ! moi, je vais à Saumur, où m'attend, depuis longtemps, un vieil ami, capitaine instructeur à l'école de cavalerie.

— Et vous partez ?...

— Demain soir ; en sorte que, si vous vouliez retarder votre voyage d'un seul jour, nous pourrions le faire ensemble, ce dont je serais tout à fait charmé.

Soit qu'il fût seulement heureux de cette coïncidence favorable, soit qu'il soupçonnât la sollicitude dont il était l'objet, Jacques regarda tour à tour Albéric et le capitaine, une larme de reconnaissance humecta le coin de sa paupière, et la gerbe de fleurs lui échappa des mains qu'il tendit toutes deux, blanches et amaigries, avec une indicible effusion.

— Merci, commandant, dit-il, merci, mon cher Pierre... Je n'ajoute rien, le reste est dans le tremblement de ma voix.

— Le plaisir étant mutuel, reprit Albéric, les remerciements doivent l'être aussi.

— Oh ! je m'entends... Enfin, voilà le printemps, mes forces reviennent un peu, je suis allé cueillir ces fleurs au haut de la colline, sans trop de fatigue... J'espère vous donner le moins d'embarras possible.

Tout en parlant, Jacques humait, respirait avec une

avidité pleine d'ivresse la bruyère et le myrthe, dont la vague senteur le transportait par la pensée dans les landes de sa chère Bretagne.

Jacques fit de son mieux les honneurs de sa chambre de malade.

— Et toi ? demanda-t-il tout à coup à Lambert, toi ? auras-tu donc le courage de nous laisser partir seuls ?

— Il le faut bien, mon pauvre ami.

— Il le faut parce que tu le veux, il le faut parce que tu l'as fourré dans la tête de Breton, d'où rien ne déloge.

— En tant que Breton, mon cher Jacques, nous sommes à deux de jeu. Ainsi, tu respires ici l'air qui convient à ton état, mais il t'en faut un autre.

— Je veux, avant de mourir, revoir ma mère et mon pays, répondit Jacques. Si c'est là un entêtement, je pense qu'il est digne d'excuse... Commandant, venez-moi donc en aide, je vous prie.

— N'insiste pas, Jacques, interrompit le capitaine, visiblement contrarié, tu sais bien que c'est inutile.

— De quoi s'agit-il ? demanda Albéric.

— Il s'agit de faire renoncer cet ingrat à l'absurde détermination qu'il a prise de s'exiler à Cette.

— Jacques ! Jacques ! répéta le capitaine sur le ton du reproche.

— Eh bien ! quoi ? reprit le jeune lieutenant, surexcité par la joie d'un départ prochain, par la fatigue, par la fièvre, et que n'arrêtaient ni les prières de son ami, ni la contenance embarrassée d'Albéric, appelé à recevoir, malgré lui, une confidence délicate peut-être ; eh bien ! quoi ? Oui, je veux tout dire.

— Maudit bavard !

— Oh! maître Pierre, tu as donc des secrets pour moi ? demanda le commandant, qui voulait éteindre le débat dans une plaisanterie.

— Non seulement il ruine lui-même ses espérances les plus chères, reprit Jacques ; mais moi, ma mère, ma sœur, il nous désole tous de gaîté de cœur.

— Oh! de gaîté de cœur ! répéta tristement le capitaine.

— Voyons, Pierre, dit Albéric, si ce que prétend M. Penhoël est vrai, comme je n'en doute pas, et si tu as de sérieuses raisons pour t'obstiner dans ton refus, c'est bien le moins que tu les lui donnes.

— Il les connaît, dit Lambert avec impatience.

— Oui, je les connais, et c'est justement pour cela que je les déclare absurdes et inacceptables. Commandant, je vous en fais juge : avant son malheur, Pierre devait épouser ma sœur ; et voilà qu'aujourd'hui, par un sentiment de délicatesse exagéré, qui n'est qu'un mauvais orgueil, il repousse la main de Renée.

L'intrépide capitaine se prit à rougir comme un pensionnaire.

— Jacques, mon ami, objecta-t-il d'une voix émue, permets-moi de constater que mademoiselle Renée n'a jamais pris envers moi d'engagement formel. Si j'ai pu un instant entrevoir l'espérance de me faire aimer d'elle, il faut convenir que, pour l'invalide que je suis, ce serait une prétention étrange, presque ridicule... tout retour vers le passé est désormais impossible... Ne te donne pas la peine de me répondre, cela te fait mal et à moi aussi.

— Mais, malheureux ! s'écria Jacques avec emportement, tu oublies donc que ton malheur est mon ouvrage ? En te refusant à la seule consolation que je puisse t'offrir, ne comprends-tu pas que tu éternises mes remords ?

— Assez, mon ami, ou je m'en vais.

— Va-t'en, si tu veux ! repliqua le pauvre malade ; cache-toi, dissimule ta générosité, ton héroïsme avec le même soin que s'il s'agissait d'enfouir une action honteuse... Oui, commandant, c'est à ce cruel sauveur que je dois le peu de jours qui me restent à vivre·

Voyant que Jacques était résolu à parler et que toute tentative pour lui imposer silence serait peine perdue, le capitaine s'en fut à la fenêtre, où il tambourina une marche sur les vitres.

— C'était à Balaclava, reprit M. Penhoël, lors de cette terrible attaque qui allait écraser la brigade Cardigan, si notre régiment, le 4e chasseurs d'Afrique, n'avait volé à son secours. On se battait corps à corps, entraîné par mon cheval dans un carré de Russes, j'allais être frappé de mille coups, lorsque ce brutal, ce sauvage de Pierre, s'élance dans la mêlée, me fait un rempart de son corps, et par un miracle d'agilité et de sang-froid, me ramène dans les rangs... Hélas ! moi j'étais sain et sauf... mais lui !...

Ici, Jacques dut s'arrêter ; il était devenu très pâle, de grosses larmes roulaient le long de ses joues ; la voix lui manquait.

Albéric, prenant à deux mains la main du jeune homme, essayait de le calmer.

Pierre, lui-même, faisait de vains efforts pour cacher son attendrissement.

— Voyons, dit-il, est-ce assez comme cela ? Est-ce que nous allons faire l'enfant ? Ne dirait-on pas que c'est toi qui avais placé là, tout exprès, un Cosaque pour me démonter ? Est-ce ta faute si j'ai eu la jambe broyée sous les pieds des chevaux ? Encore une fois, n'en parlons plus.

— J'en parlerai toujours, reprit vivement Jacques ; je le crierai partout ! Nous verrons un peu si tu ne finiras pas par comprendre que tu n'as pas le droit de te dérober à la reconnaissance de ma mère, à la tendre affection de ma sœur.

— Jusqu'à plus ample informé, dit le commandant, il me semble que si j'étais appelé à décider la question, ce serait en faveur de M. Penhoël.

Pierre lança à Albéric un regard qui signifiait clairement :

— Mais, pour l'amour de Dieu, fais-moi le plaisir de te taire !

Puis, se voyant compris par le comte, qui se garda bien de rien ajouter :

— Allons soit, reprit le capitaine, puisque vous êtes tous contre moi... Mais vous avouerez que cela demande réflexion...

— Cher bon Pierre ! s'écria le crédule malade, je savais bien, moi, que tu finirais par céder ! Réfléchis tant que tu voudras ; les résolutions justes et sages ne peuvent qu'y gagner.

— Voilà qui est dit. Une fois installé à Cette, ce qui est indispensable, tu le sais aussi bien que moi, je demande un congé, et je cours en Bretagne implorer mon pardon.

— Lequel est accordé d'avance..

— Eh bien ! maître despote, es-tu satisfait ? demanda
le capitaine.

— Si satisfait qu'il me semble que je vais vivre...
longtemps.

Le pauvre garçon était si épuisé de forces, si à
bout de souffle, qu'il ne parlait plus qu'avec peine.

— Maintenant, dit Lambert, il s'agit d'être d'aplomb
demain soir, et de te reposer jusque-là.

On se serra une dernière fois les mains, et les
deux visiteurs regagnèrent leur barque.

III

Le premier soin d'Albéric, en arrivant à Toulon, fut de se mettre en quête d'une voiture bien suspendue, dans laquelle on pût, au besoin, installer une espèce de lit.

Justement une grande berline dormait sous la remise de l'hôtel de la *Croix de Malte*, où il était descendu. Elle appartenait à une famille russe, pour le moment en Italie, qui l'avait laissée là en passant, pour la reprendre au retour.

Cette voiture réunissait toutes les conditions désirables ; le commandant offrit de la louer pour aller seulement de Toulon à Marseille. L'hôtelier hésita ; la berline n'était pas à lui, on pouvait venir la réclamer à l'improviste, et alors... D'un autre côté, il s'agissait d'un brave officier malade ; c'était presque un devoir d'humanité... Baste ! l'humanité avant tout ! Seulement, en raison des circonstances, on la loua un peu plus cher.

A Marseille, on prendrait le chemin de fer jusqu'à Bordeaux, par Tarascon et Montpellier ; de Bordeaux on gagnerait Tours, puis Nantes, à petites journées, selon l'état du malade. Une fois là, il n'y aurait plus que sept lieues à faire pour atteindre Clisson, où se trouvait, sur les bords de la Sèvre, le dernier petit manoir de la famille Penhoël.

A peine réunis, déjà sur le point de se quitter, les deux amis passèrent ensemble la fin de la journée et la matinée du lendemain.

Le capitaine était bouleversé ; l'espèce de scène qu'il venait d'avoir avec Jacques, ou, pour être plus exact, le généreux débat qui s'était élevé entre eux, ravivait le mal dont souffrait son cœur.

— Cette promesse que tu viens de faire à Penhoël, de le rejoindre en Bretagne, as-tu l'intention de la tenir ? demanda Albéric.

— Non, répondit tristement Pierre ; il lui fallait une espérance pour le rendre heureux, je la lui ai donnée... je ne remettrai jamais les pieds à Clisson... à moins que mademoiselle Penhoël ne se marie, ce qui couperait court à toute discussion.

Le pauvre capitaine, à qui ce genre d'épanchement était rarement permis, s'en donnait à pleins souvenirs. Oui, il y avait eu entre Renée et lui des projets d'avenir ; oui, il l'avait aimée avec passion, et, pour son martyre, il l'aimerait toujours... mais la vie était la vie : c'est-à-dire un affreux dédale d'où on se tirait comme on peut. Il fallait rester ferme et savoir se vaincre : que de lendemains qui tuent les projets de la veille ! Pouvait-il, dans l'état où l'avaient mis les Russes, allier sa vieillesse précoce à la verdeur d'une jeune fille ? Hélas ! oui, sa vieillesse est plus morale encore que physique : une jambe de moins, c'est le fauteuil, l'immobilité, la vie casanière, le détachement des bals, des longues excursions, de la vie active; on devient grave et morne, malgré soi. Il est bon, dans la vie à deux, que l'homme puisse marcher du même pas que la femme. Sans cela, de deux choses l'une : ou que l'époux dise à l'épouse : « Va, cours, prends avec d'autres les plaisirs que je ne puis partager, » et alors il souffre de l'isolement où on le laisse, sans compter les périls plus graves que peut courir son bonheur; ou qu'elle se fasse sa sœur de charité, sa garde-malade, qu'elle renonce à être jeune elle-même, qu'elle réprime ses aspirations, et il souffre plus encore de la savoir là parquée près de lui, attachée à sa chaîne, malheureuse par lui...

Il y avait beaucoup de vrai dans cette longue série d'objections, ce qui n'empêchait pas le commandant d'en combattre quelques-unes.

— Le tout est de s'aimer, disait-il; l'amour est comme le soleil : il éclaire tout, il vivifie tout; qu'il luise, et le paysage le plus sombre s'égaie tout à coup. Que mademoiselle Penhoël ait pour toi les sentiments que lui prête son frère, et chacun de ces sacrifices que tu énumères sera pour elle un élément de bonheur.

— Pour quelques jours, c'est possible, et encore! l'humanité n'est pas si parfaite; les meilleures natures ont leurs défaillances. Si mon infirmité était de celles auxquelles on ne peut attribuer aucune cause directe, si le choix de Renée fût resté libre, je pourrais peut-être y avoir confiance... mais songe donc que c'est une dette qu'elle paie! Ce n'est plus son cœur, c'est sa conscience qui est engagée! « La pitié n'est pas de

l'amour » dit une vieille romance; ne pouvant plus
inspirer l'un, il m'est pénible d'inspirer l'autre.

— Cependant, tu l'aimes, toi?

— C'est précisément pour cela ; c'est parce que je
l'aime plus encore pour elle que pour moi... je lui
ai écrit ce matin : j'annonce l'arrivée de Jacques et
la tienne, j'en fixe même à peu près le jour. Ecoute,
Albéric, pendant que tu es en train d'être serviable
et bon, tu le seras jusqu'au bout; tu la dégageras de
toute reconnaissance envers moi. Tu lui démontreras
que ce que j'ai fait pour son frère, tout le monde
l'eût fait; que l'histoire de l'armée fourmille de ces
dévouements, lesquels ne sont, après tout, qu'une
assurance mutuelle, un prêté rendu, l'acquit d'un
service semblable reçu la veille ou à recevoir le lendemain. Puis-je compter sur toi ?

— Si ton parti est pris...

— Irrévocablement.

Pauvre Pierre! héroïque garçon ! Il s'infligeait là,
volontairement, une amputation morale bien autrement douloureuse que celle qu'il avait subie sur le
champ de bataille!

A l'heure dite, la berline était installée et attelée.

Le capitaine Lambert accompagnait les deux amis
jusqu'à Marseille, d'où il devait bifurquer sur Cette,
sa destination.

Cette première partie du voyage s'effectua sans
accident presque sans fatigue ; ils étaient quatre
mains pour étreindre celles du malade, et deux cœurs
pour le consoler ; le temps était doux et propice, les
arbres bourgeonnaient; les oiseaux frileux revenaient
des pays lointains ; la campagne se couvrait de fleurs,

et Jacques se disait que Dieu ne le ferait peut-être pas mourir, alors que tout renaissait.

Mais le cap terrible à doubler était Marseille; c'était là qu'il fallait se séparer. Pierre réussissait mal à cacher sa douleur profonde, car il savait bien qu'il ne reverrait plus son ami...

Ah! le dernier, le cruel adieu! Savoir que, dans quelques secondes, tout sera fini, que cette voix ne vous parlera plus, et se dire : Au revoir, à bientôt! former des projets, étouffer ses larmes, mentir à son cœur! qu'est-ce que le courage devant l'ennemi, en comparaison de ce courage-là?

— Je t'attends! tu viendras, tu me l'as promis! disait Jacques.

— Oui, répondait Pierre, en détournant les yeux.

Et, bien certainement, ce mensonge devait lui compter comme une bonne action.

— Je vais t'annoncer à ma mère et à Renée. Quel beau jour pour elles que celui où elles te reverront! Songe que, moi aussi, je voudrais être de la fête... Ne tarde pas trop... Mais non, je guérirai, je vivrai; tu me verras peut-être accourir au-devant de toi...

— Oui! oui! oui!

Pierre répondait à tout par cette seule syllabe, sourde, étouffée, honteuse.

Dès leur enfance, en famille et au régiment, en Bretagne, en Afrique, en Crimée, les deux amis avaient presque toujours vécu ensemble.

Pierre était certainement le plus malheureux; comme à la porte de l'enfer du Dante, il laissait là jusqu'à l'espérance; les souvenirs accumulés dans le

passé lui revenaient en foule, Et l'image de Renée
dominait le tout.

Les braves ne connaissent pas la sensibilité d'épi-
derme et de convenance ; ils n'ont ni cris follets, ni
trépidations nerveuses, ni hochements de tête à la
mode. Quand ils sont émus, leur émotion est profonde,
réelle ; ils ont, plus que personne, le droit de pleurer.
Aussi, lorsque, sur le quai de l'embarcadère, à la
portière du coupé retenu par Albéric, les deux amis se
donnèrent une dernière étreinte, leur moustache
était-elle mouillée.

Pierre s'arracha de là violemment et se perdit dans
la foule, suivi un instant par Phanor, qui poussait un
gémissement sourd.

Jusque-là, tout aux soins matériels, aux précautions extérieures, le comte d'Hauterive avait eu le
bon goût de s'effacer devant le capitaine, dont l'amitié
était plus vieille, les droits plus anciens, mieux acquis,
et pour qui la séparation allait être naturellement
plus pénible, en même temps que plus immédiate.
Mais, à partir de ce moment, désormais seul avec
Jacques, ce fut comme une mère attentive, prévenant
les désirs, entretenant le courage, calmant les tristesses
de son enfant malade.

La confiance en naquit bien vite. Le cœur des
mourants se dilate volontiers : ils éprouvent le besoin
de repasser mentalement par les chemins déjà par-
courus, d'avoir un ami de plus, d'affirmer leur vie.
Jacques raconta donc la simple et touchante histoire
de sa jeunesse inactive, condamnée à ne rien faire
par le préjugé paternel, et pourtant avide de travail.
Il fit, en quelque sorte, assister Albéric, jour par

jour, à cette longue décadence des patrimoines dont
la première pierre se détache. Il parla de sa mère, de
sa sœur, et le comte Albéric, déjà conquis aux Penhoël par le peu que Lambert lui avait dit, s'y intéressait davantage encore.

En arrivant à Tours, le commandant pouvait très
bien se figurer que les habitants du « Clos Béni » —
on se rappelle que la petite propriété restée aux
Mazerolles s'appelait ainsi — étaient d'anciens amis
qu'il allait revoir après une longue absence. Jacques,
dans ses descriptions expansives, ne lui avait pas fait
grâce d'un brin d'herbe, en sorte que le comte connaissait l'habitation et même la ferme dans leurs moin-
dres détails.

Quant au personnel, il aurait pu le dessiner de
mémoire.

Madame Penhoël, ni petite ni grande, de com-
plexion délicate, les traits fins, les yeux usés par les
larmes, la vue très basse, la voix douce comme une
caresse, pieuse et bonne, résignée aux décrets de la
Providence, adorée des paysans, qui l'appelaient la
Sainte.

Mademoiselle Renée, grande, mince, élancée, blonde
avec des yeux noirs, méditative, réservée, sérieuse
comme le deviennent les jeunes filles qui vivent loin
du monde et des plaisirs de leur âge.

Le père Sulpice, ancien garde-chasse, lequel n'avait
plus rien à garder, mais trop attaché à la famille
Mazerolles pour se mettre jamais au service d'une
autre; trapu, les jambes un peu arquées, solide encore,
quoique vieux, les cheveux longs, le feutre à larges
bords, la veste ronde, les guêtres fauves, la face bala-

frée par une ancienne blessure qu'accusait encore une longue couture rouge. Sulpice n'avait jamais manqué un lièvre de sa vie; les bonnes gens n'étaient pas éloignées de croire qu'il avait des balles enchantées. C'était lui qui avait fait tirer à Jacques son premier coup de fusil.

— Hélas! les temps sont bien changés! ajoutait le malade; selon toute apparence, je ne ferai plus de mal au gibier.

Restait Yvonne, une vieille servante, née au château, infatigable, et sachant tout faire. Longue, sèche, hâlée, desséchée, gravée de petite vérole, dure à elle-même et sensible aux autres, le cœur aussi beau que le reste était laid, la mémoire bourrée de recettes infaillibles pour une foule de maux... Yvonne avait été autrefois la providence de Jacques, qui ne dédaignait pas les friandises, et pour lequel elle en inventait... Elle allait sans doute le redevenir.

Indépendamment de l'hanor, qu'on ramenait au gîte, il y avait encore un chat nommé Suret, une perruche qu'on appelait Cocotte, et à la cuisine, pour tenir compagnie à Yvonne, un sansonnet qui s'appelait Bavard.

Les portraits d'aïeux : le général, l'évêque, le président à mortier, le conseiller au Parlement, étaient à telle ou telle place.

Cette longue-vue sous verre, là, sur une console, entre les deux fenêtres du salon, avait appartenu au vice-amiral Hugues-Savinien-Pierre Penhoël de Mazerolles, lequel commandait une division de l'armée navale envoyée aux Etats-Unis pendant la guerre de l'Indépendance.

Renée, à ses moments perdus, peignait l'aquarelle.

Mamemoiselle Penhoël brodait comme une fée ; les plus belles aubes du curé, les plus beaux devants d'autel de la paroisse, sortaient de ses mains; mais déjà, au départ de Jacques, sa vue s'était considérablement affaiblie, et le médecin de Clisson lui interdisait toute occupation de ce genre.

Le jeune Breton revenait bien un peu souvent sur le même sujet ; il dépeignait les mêmes choses et les mêmes personnes; mais c'était une des immunités de sa maladie ; et, d'ailleurs Albéric savait écouter, ce qui est plus rare qu'on ne croit.

Cependant, le lieutenant Penhoël s'éteignait à vue d'œil ; de temps en temps, un éclair, un jet de flamme, puis des heures entières de prostration, d'anéantissement.

A Tours, le commandant voulait absolument que le malade se reposât. Celui-ci ne voulait pas; il se sentait fort, disait-il, il irait jusqu'au bout du monde... On consulta le docteur Bretonneau, une des célébrités médicales de Touraine et de France, que la mort devait enlever à la science quelques années plus tard. Le docteur ordonna, par commisération, une potion qu'il savait ne devoir produire aucun résultat.

— Ne lui refusez plus rien, dit-il à M. d'Hauterive, qui le reconduisait; ce serait une cruauté inutile.

En arrivant à Nantes, Jacques était mourant. Comme il persistait à vouloir gagner Clisson, puis le *Clos-Béni*, situé sur les bords de la Sèvre, à dix minutes de cette dernière ville, Albéric loua une voiture fermée qui devait les conduire au pas : l'affaire de quelques lieues et de quelques heures.

Etait-ce « l'air du pays? » était-ce l'espérance d'arriver à temps, de revoir les siens? Toujours est-il que, pendant ce dernier trajet, Jacques se redressait comme une plante flétrie qu'on arrose et que vivifie le soleil. L'orgueil du clocher lui revenait au cœur, il se trouvait la force de faire remarquer à son compagnon les beautés du paysage, et cette chaîne de ponts jetés sur la Loire, qualifiée d'*admirable* par Napoléon Ier, lors de son entrée à Nantes, en 1808.

Albéric admirait aussi; mais par complaisance et bien autrement occupé de cette surabondance de vie, de fièvre, pour mieux dire, qui se manifestait tout à coup chez le jeune Breton, et qui tranquillisait moins le commandant qu'elle ne l'effrayait.

— Plus doucement? criait-il au cocher, à chaque cahot qui faisait bondir la voiture sur cette route mal pavée.

— Plus vite, au contraire! disait Jacques; chaque tour de roue me rapproche de ma mère, de ma sœur, de la guérison!

Déjà les ruines du château de Clisson se dessinaient à peu de distance; on était sur le point d'arriver. En traversant le pont de la Moine, le malade se souleva et mit la tête à la portière.

— Le *Clos-Béni!* murmura-t-il avec un rayonnement de céleste joie; là-bas, derrière les peupliers... Cette maison blanche... Ah! mon ami, que vous êtes bon de m'avoir amené jusqu'ici ! ma mère! Renée!...

Mais l'émotion était trop forte, Jacques se rejeta en arrière et tomba sans mouvement dans les bras d'Albéric.

16

IV

Au *Clos-Béni*, tout était en mouvement depuis deux jours. Il était onze heures du matin. Les rayons déjà chauds du soleil d'avril baignaient d'une joyeuse lumière le parterre de fleurs qui entourait la maison. Madame Penhoël était assise près du seuil, dans un grand fauteuil, sous un dôme de lilas qui commençaient à s'ouvrir et à sentir bon.

Elle écoutait, en souriant, les minutieux détails que lui donnait sa fille sur les préparatifs de réception occasionnés par l'arrivée prochaine de Jacques et de son ami. Ces messieurs habiteraient à eux deux les trois chambres du premier étage, les plus confortables de la maison, Renée avait été jusqu'à dépouiller la sienne pour mieux orner l'appartement particulier de M. d'Hauterive. Un commandant du génie, un Parisien noble et riche, devait être habitué à toutes les élégances de la vie ; or, il ne fallait pas que le compagnon de son frère eût trop à souffrir de l'humble hospitalité du *Clos-Béni*.

Tout était prêt; les meubles étincelaient de propreté, cette fraîcheur des vieilles choses.

Yvonne, sous le bonnet de gala et le casaquin des dimanches, méditait les menus les plus remarquables. Sulpice avait décroché son fusil et battait les genêts d'alentour.

Il ne restait plus qu'à garnir de fleurs les jardinières du salon et les vases de la salle à manger. Renée, que ce soin regardait, avait naturellement attendu le dernier moment; elle était allée, à l'autre extrémité du jardin, faire son odorante moisson de seringats, de lilas et de giroflées. Le moindre bruit, sur la route de Nantes, lui paraissait un roulement de voiture. Elle prêtait l'oreille, elle retenait sa respiration... et le bruit s'éteignait, ou peut-être n'avait-il existé que dans sa pensée.

A quelques pas de là, une porte de service s'ouvrait sur la chaussée. Mademoiselle Penhoël sortit pour mieux voir, pour mieux écouter; elle ne vit rien, elle n'entendit rien... si ce n'est un craquement de papier sous sa main dans la poche de son tablier.

C'était la lettre que Pierre lui avait adressée de Toulon pour lui annoncer le retour de son frère; un banc était là, Renée s'y assit et se reprit à lire, pour la troisième fois, cette lettre qui lui avait déjà fait verser des larmes de regrets et d'attendrissement.

Mademoiselle Penhoël aimait-elle le capitaine Lambert? Jusqu'au fatal événement de Balaclava, les soins du jeune officier l'avaient plutôt flattée que troublée; mais son cœur n'était que très légèrement engagé dans la question. Or, voilà qu'il y mettait maintenant une abnégation si touchante, la passion

et la douleur se trahissaient si bien sous ses refus
sans qu'il s'en doutât, que la jeune fille se sentait in-
sensiblement amenée à l'affection par la reconnaissance et par la pitié.

Il se trouvait donc que l'événement que Pierre
considérait comme la mort de ses espérances en était
la résurrection. Mais comment s'en douter? Ensuite
le cœur des femmes s'élance volontiers; toute gran-
deur d'âme les émeut, toute belle action les attire...
Qu'importe une jambe ou un bras de moins!... à distance, elles estiment certainement que c'est une
beauté de plus; oui, mais de près, et une fois reve-
nues de leur enthousiasme... La question est si délicate qu'il est impossible de la résoudre.

Toutefois, le capitaine avait bien jugé Renée. Sa
famille avait contracté une dette pour ainsi dire
sacrée; généreuse et fière, ce que la jeune Bretonne
démêlait de plus clair en elle, pour le moment, c'est
qu'il fallait acquitter cette dette; or, comme il n'y
avait qu'elle pour cela, la conclusion était facile.

Aussi, avait-elle répondu sur-le-champ à Pierre
que ses scrupules n'avaient pas le sens commun;
qu'il était attendu, *désiré* en Bretagne, et que, bien
certainement, *on* l'y aimait plus, de toutes les façons,
que depuis qu'il en était parti... Ce qui était vrai.

Cette lettre avait comblé de joie le pauvre Lambert,
mais elle n'avait rien changé à ses résolutions.

Renée fut de nouveau tirée de sa rêverie par un
roulement sourd, puis plus distinct, auquel il devint
bientôt impossible de se tromper.

Non seulement c'était une voiture, mais elle venait
de s'engager dans le sentier qui menait au *Clos-Béni*.

Mademoiselle Penhoël n'était pas coquette. La coquetterie naît de la lutte, du désir de vaincre ; or, elle n'avait jamais eu à disputer une conquête à qui que ce fût. L'attente d'un jeune étranger ne lui avait donc pas fait passer à sa toilette une seconde de plus, mais elle avait le respect d'elle-même et des convenances. Un rapide regard à sa modeste robe de jaconas blanc, rayée de lilas, un tour de doigt à ses belles nattes blondes, un peu saccagées au contact des massifs d'arbustes, et ce fut tout.

Puis elle fit quelques pas sur le chemin.

Tout à coup un chien de haute taille, qui précédait la voiture, s'élança au-devant de la jeune fille, tournoyant autour d'elle, jappant, regardant, flairant comme pour mieux fixer un souvenir à demi effacé.

— Phanor ! dit Renée, Phanor !

Et, à ce nom, qu'il attendait peut-être, le chien se roula à ses pieds dans des convulsions de joie.

Pendant ce temps, Albéric était descendu de la la voiture, qui le suivait avec une lenteur extrême.

Le comte était très pâle, très ému.

Evidemment, cette jeune personne, élégante et distinguée, si follement choyée par Phanor, devait être la sœur de Jacques.

Tous deux marchaient l'un vers l'autre.

— Mademoiselle Penhoël, sans doute? demanda le comte, en saluant avec un profond respect.

Ce dernier avait l'air si mortellement triste et embarrassé que Renée eut le pressentiment d'un malheur.

— Oui, monsieur, répondit-elle vivement, et ce doit être au comte d'Hauterive que j'ai l'honneur de parler. Mais mon frère, est-ce que Jacques n'est pas avec vous?

— Si, mademoiselle, si...

Et comme la jeune fille s'élançait vers la chaise de poste :

— Je vous en supplie, n'allez pas! reprit Albéric en la retenant avec une sorte d'autorité pleine de déférence.

— Qu'y a-t-il donc! s'écria Renée; serait-il plus malade encore qu'on ne nous l'avait annoncé?

Le commandant ne s'était jamais trouvé dans une situation plus poignante.

— Voyons, monsieur, laissez-moi au moins le voir; je suis courageuse.

Albéric ne pouvait plus contenir son émotion, il étouffait; les larmes lui jaillissaient des yeux.

— Il est mort! il est mort! s'écria Renée.

Le comte se tut, ce qui était répondre.

Soudain, mademoiselle Penhoël lui échappa; elle courut à la voiture, ouvrit la portière, se jeta sur le corps inanimé de Jacques, l'étreignit avec frénésie et l'inonda d'un déluge de larmes.

Albéric l'avait suivie et la laissait faire. Il le fallait bien! mieux valait encore cette explosion qu'une sombre douleur.

Cependant, il s'agissait de prendre un parti.

Si le malheureux Jacques fût mort en route, ou seulement à Nantes, ou même à Clisson, le comte aurait pu ne pas annoncer tout de suite cet affreux malheur, il y aurait mis du temps et des ménagements.

Mais, là, sur une route, à quelques pas de la maison

paternelle, à l'ombre même .de ces peupliers que le malheureux jeune homme avait appelés le port du salut !

Retourner sur ses pas, rentrer à Clisson avec ce mort... Albéric y avait songé ; il allait même le faire, lorsque la précipitation de Phanor et la présence soudaine de Renée étaient venues y mettre obstacle.

Au bout de quelques minutes, le comte se rapprocha de la voiture ; Renée était toujours là, étendue sur le cadavre de son frère, l'appelant des noms les plus tendres.

— Mademoiselle, dit Albéric en l'attirant doucement à lui, mademoiselle ! vous m'avez dit que vous étiez courageuse.

Renée se dégagea lentement, et s'agenouillant devant Jacques, elle pria, le front dans les mains.

C'était une vaillante fille, éprouvée déjà par une longue série de désastres ; elle avait charge d'âme et prenait pour elle, autant que possible, les mauvais côtés de la vie, laissant à madame Penhoël les meilleurs et les plus riants.

— Monsieur .le comte, dit-elle en se redressant et d'une voix presque ferme, ma mère, qui relève à peine d'une . grande maladie, est là dans le jardin ; elle attend, confiante et tranquille. Cette foudroyante nouvelle va la tuer aussi.

— Parlez, mademoiselle, je suis à vos ordres... Que dois-je faire ? Voulez-vous que je ramène à Clisson le triste convoi ?

— Non, monsieur, je vous remercie... La tombe de Jacques doit être ici... Il faut que nous puissions y prier chaque jour... Mais, si vous le voulez bien,

nous allons momentanément transporter le corps à la
ferme... Dieu nous inspirera ! La santé de ma pauvre
mère est encore si chancelante, elle exige de si grands
ménagements, que je ne sais comment nous ferons...
La première chose est de gagner du temps... Par un
autre malheur, qui se trouve presque en ce moment une faveur du ciel, ma mère est aveugle depuis deux ans, et, peut-être sera-t-il possible...

— Aveugle ! interrompit Albéric.

— Hélas ! oui, monsieur ; nous avions caché à
mon frère l'étendue de nos peines, de même qu'il
nous avait caché, lui, les rapides progrès de son
mal.

Sur les indications de Renée, le postillon engagea
la voiture dans un chemin de ronde qui côtoyait la
propriété, et allait aboutir à l'entrée de la ferme.

La fermière était seule ; c'était l'heure où tout le
monde travaillait aux champs ; elle comprit, elle
pleura, elle disposa bien vite une chambre à l'écart,
où le postillon et Albéric transportèrent le corps du
défunt.

— Ne vous inquiétez de rien, ma bonne demoiselle,
dit la vieille Bretonne à Renée ; je vais vitement chercher deux cierges à l'église... miséricorde du bon
Dieu ! les morts, ça me connaît. En ai-je assez ense-
veli, et de beaux, et de braves, et de jeunes, qui auraient dû m'enterrer... Mais il faut se soumettre et
vouloir ce que veut le bon Dieu. Allez vers notre
brave dame qui doit être inquiète... le secret sera
bien gardé... Je ferai moi même la veillée auprès de
not' jeune maître.

Il fut convenu entre Renée et Albéric que Jacques,

fatigué d'une aussi longue traite, passerait pour être
resté à Tours, sous la garde de son ami Pierre, et
que M. d'Hauterive aurait, en apparence, pris les
devants pour tirer d'inquiétude madame Penhoël et
sa fille. Les deux jeunes gens reprirent la route déjà
parcourue, ils entrèrent dans le jardin du *Clos-Béni*,
par la petite porte restée ouverte ; mais ils avaient
compté sans Phanor, qui, à sa manière et dans son
langage de chien, avait déjà annoncé le retour de
son maître.

Guidée par le trop intelligent animal, la pauvre
aveugle s'était aventurée à la rencontre de Jacques.

En entendant la voix de sa fille et des accents plus
mâles dont elle crut reconnaître l'intonation chérie,
elle se dirigea du côté où résonnait, sur le sable, la
marche de deux personnes.

— J'ai reconnu ta voix, mon Jacques bien-aimé, dit-
elle en tendant les bras ; mais, hélas ! mes pauvres
yeux te cherchent en vain.

Albéric s'était arrêté, n'osant ni faire un mouvement,
ni dire une parole.

— Mon Jacques, c'est bien toi pourtant, reprit madame Penhoël.

Comme personne ne lui répondait, elle fit un pas
de plus, toucha le bras d'Albéric, l'attira brusquement à elle et tomba sur sa poitrine.

— Mon fils ! mon enfant chéri ! disait-elle en san-
glotant.

Albéric, stupefait, n'osait se dégager ; il regardait
Renée, qui, défaillante, foudroyée par cette étrange
méprise, les mains jointes, les yeux suppliants, sem-

blait dire : « Elle est aveugle, affaiblie d'esprit et de corps, ne la détrompez pas encore. »

Alors Albéric, déjà si bien préparé à des sentiments de bonté et d'affection, attendri par le doux visage de madame Penhoël que sa triste infirmité rendait si touchante, par l'éloquent appel de la sœur de Jacques, rendit baisers pour baisers, entrecoupant ses filiales caresses de ce mot qui devait décider de tout : Ma mère.

Quant à Renée, effrayée du rôle que, dans une suprême épouvante, elle venait d'imposer au comte d'Hauterive elle restait immobile, silencieuse et en quelque sorte atterrée. Du reste, qu'aurait-elle pu faire ? Et puis, si aveugle que fût madame Penhoël, comment serait-on parvenu à lui faire jamais croire que Phanor, cette brave et intelligente bête, qui avait suivi son maître en Afrique, et jusque sur les champs de bataille, l'eût abandonné malade à l'hôtel, dans une ville quelconque ?

Phanor au *Clos-Béni*, c'était la présence ou la mort de Jacques.

Aussi, comme elle est heureuse, la pauvre femme ! Comme elle remercie Dieu de lui avoir rendu son fils ! Comme elle dévore Albéric de ses yeux éteints ! Comme elle s'abandonne et noue ses mains tremblantes au bras du jeune homme ! Comme elle le palpe et le presse de questions ! Comme elle se félicite de lui trouver les joues fraîches et toutes les apparences de la santé... Il n'y a que la voix qui est devenue plus mâle ; mais, à cet âge, après sept années de séparation, quoi de plus naturel ?

Quand une douleur nouvelle est ajoutée à d'autres,

elle fait moins souffrir ; on est acclimaté, on la subit
mieux, le temps l'adoucit, l'atténue et l'efface. Ainsi,
Jacques était malade depuis longtemps, il aurait pu
mourir en Crimée, à Toulon ou ailleurs ; on l'aurait
annoncé à sa mère... C'eût été un coup terrible, mais
elle n'y eût peut-être pas succombé... Quant à le lui
dire au moment où, radieuse et reconnaissante, elle
croyait tenir, toucher, embrasser ce fils, c'était impossible.

Jusque-là, Albéric n'avait osé répondre que par
monosyllabes ; mais la tranquille confiance de madame Penhoël le gagnait peu à peu. Le premier moment donné à l'expansion et au bonheur, — quel
bonheur, hélas ! — la vieille dame avait voulu se promener un peu, appuyée sur son cher enfant. C'était
le quart d'heure des souvenirs, des projets, des intérêts de famille.

Heureusement que les longues et minutieuses confidences de Jacques avaient mis Albéric au courant
de tout.

Aux questions adressées sur l'absence de Pierre
Lambert, et surtout sur celle du comte d'Hauterive
attendu et annoncé, celui-ci répondit qu'il avait
laissé le commandant à Saumur, chez un de ses anciens camarades... que peut-être il viendrait plus
tard.

Quant à Pierre, madame Penhoël n'ignorait pas les
raisons de délicatesse qui retenaient le capitaine loin
de son pays ; on se réserva de les discuter à loisir.

Albéric reconnaissait tout, le clos, le pigeonnier, la
tonnelle ; il s'informait de Furet et de Cocotte. Il
demandait si les portraits étaient toujours à leur

même place ; celui-ci en face de la cheminée, celui-là dans l'angle, au-dessus du piano... et la longue-vue du vice-amiral, et les aquarelles de Renée... Pauvre bonne chère mère ! elle ne pouvait plus broder de belles choses pour le curé et pour l'église... le temps devait lui paraître bien long !... mais elle ne s'ennuierait plus : il lui raconterait ses campagnes, il lui ferait la lecture.

La jeune fille croyait rêver ; elle les suivait lentement, pensive, silencieuse, essuyant, de temps à autre, une larme qui se faisait jour malgré elle.

Au détour d'un sentier, madame Penhoël se retourna vivement, et, tendant la main à sa fille :

— Tu ne dis rien, vilaine chérie, lui dit-elle. Est-ce que quelque chose manque à ton bonheur ? Tu m'as dérobé les premiers baisers de Jacques ; sans Phanor, qui a eu le bon esprit de m'avertir, vous seriez peut-être encore à jaser là-bas... C'est mon tour, à présent.

Au moment où l'aveugle prononçait le nom de Phanor, un gémissement lugubre, lamentable, presque humain, traversa l'air.

Le chien s'élançait par bonds furieux sur la porte refermée ; il sentait son maître, il voulait aller le rejoindre.

— Oh ! mon Dieu ! s'écria madame Penhoël toute pâle et tremblante, voilà une bête qui hurle la mort... Si je ne te sentais pas là, près de moi, mon bon Jacques, mon bien cher enfant, si je n'avais pas ta main dans la mienne, quel affreux présage j'en tirerais !

Albéric et Renée échangèrent un éloquent regard.

Comme ils rentraient dans la maison, ils se trouvèrent en face de l'ancien garde, qui, arrivant de la chasse, venait d'accrocher son fusil au râtelier, dans le vestibule.

Renée allait lui faire un signe d'intelligence, mais le comte ne lui en laissa pas le temps.

— Eh bien, mon vieux Sulpice, dit-il en allant de lui-même au-devant du garde, les deux mains tendues, on jurerait que tu ne me reconnais pas... Suis-je donc si changé ? Ah ! vois-tu, sept années de campagne !... Ce n'est pas comme toi... toujours le même !... Et cette glorieuse blessure, rapportée du Trocadéro en 1823 !... Toujours la terreur du gibier, à ce que je vois...

Sulpice était là, bouche béante, les yeux grands ouverts, cherchant à déchiffrer son maître sous cet élégant jeune homme droit, solide, bien portant, qui ne répondait à aucun de ses souvenirs.

Cependant, à la grande et nouvelle stupéfaction de Renée, il répondit, sans trop sourciller, mais en balbutiant un peu, et par phrases coupées :

— Très bien, not' monsieur, et vous ? C'est me faire honneur, mais oui, toujours le même... et vous aussi, grâce à Dieu ?...

Madame Penhoël et Renée venaient d'entrer dans le salon, et le comte Albéric allait les y suivre, lorsque le vieux garde, l'arrêtant par le bras :

— Madame n'est plus là, monsieur, reprit-il en essuyant de sa manche une larme furtive, vous pouvez me dire la vérité, à moi ; comment donc est mort notre pauvre Jacques ?

V

Les deux jours qui précédèrent les funérailles de Jacques, et ce jour-là surtout, furent pour Renée et pour Albéric un supplice de tous les instants.

Il fallait vaquer à ces tristes préparatifs, veiller à ce qu'aucune parole imprudente échappée à eux-mêmes, aucune visite indiscrète ne trahissent leur secret; il fallait encore, et c'était le plus difficile, que cette tâche désolante fût, pour ainsi dire, accomplie avec des apparences de gaieté.

Le caveau de famille des anciens seigneurs de Mazerolles était situé dans le cimetière de la petite ville de Nort, à quelques lieues de Clisson. Cette circonstance qui, au premier coup d'œil, semblait multiplier les difficultés, avait cependant cela de bon qu'elle écartait toute cérémonie locale, tel que le tintement des cloches, par exemple, et que les chances de sécurité de madame Penhoël en étaient accrues.

Toutefois, cette simple chose, de dissimuler un mort, était hérissée d'obstacles; non pas eu égard à la pauvre aveugle qu'il était relativement aisé de tromper, mais par rapport aux habitants de Clisson. Quoique la ville fût située à une demi-lieue du *Clos-Béni*, il y avait à craindre les bavardages des fournisseurs, des amis, qui, sous forme de condoléances, ne manqueraient pas de révéler le pieux mensonge.

La déclaration au maire était indispensable ; mais il était permis de compter sur lui, ainsi que sur Yvonne, sur Sulpice, et sur les gens de la ferme, qui, tous, se seraient jetés au feu ou à l'eau pour éviter à madame Penhoël, déjà si éprouvée, un nouveau malheur.

Le soir même, Sulpice fut expédié à Nort, porteur d'une lettre pour le curé ; dans cette lettre, Renée expliquait tout ce qui venait d'arriver, et priait le pasteur de vouloir bien expédier à la ferme, dans la nuit du lendemain, deux hommes de confiance chargés d'ensevelir le corps du défunt et de l'enlever.

Les obsèques auraient lieu dans l'église de Nort, le surlendemain.

On avait bien vu, la veille, une chaise de poste traverser Clisson ; mais il y vient tant d'étrangers visiter le vieux château et les garennes que cet incident n'avait pas de portée.

Le difficile était de trouver un prétexte pour s'absenter pendant quelques heures et assister à la cérémonie. C'était là un lugubre et dernier devoir auquel, pour rien au monde, Albéric et Renée n'eussent voulu manquer.

Ce fut encore Sulpice qui se chargea d'aplanir cette difficulté.

Nous avons dit que le vieux domaine de Mazerolles

avait été mis en vente ; les terres arables avaient trouvé
des acquéreurs ; mais le parc bien que déboisé et di-
visé en petits lots pour en rendre l'acquisition plus
facile, était encore sous le séquestre. Le château lui-
même, tombé aux mains d'une espèce de bande noire,
était en quelque sorte abandonné et n'attendait plus
que le pic des démolisseurs.

Le garde argua de ces circonstances pour faire une
proposition.

— Je peux avoir les clefs du manoir, dit-il à
madame Penhoël, le nouveau gardien ne les refusera
pas ; m'est avis que cela ferait plaisir à notre jeune
monsieur de revoir la maison où il est né.

Renée déclara qu'elle accompagnerait volontiers
son frère. Madame Penhoël n'y vit pas d'inconvénients, et voilà comment les deux jeunes gens purent
disposer de la matinée du lendemain pour accompagner à leur dernière demeure les dépouilles de Jacques.

Cependant, cette visite projetée à Mazerolles, il
fallait trouver le temps de la faire après la cérémonie ; car, au retour, madame Penhoël ne manquerait
pas d'accabler Albéric de questions, de réminiscences,
et il s'agissait d'y répondre.

Ce fut bien la journée des morts, car le château,
lui aussi, n'était plus que les ruines du passé.

En entendant la grande clef grincer dans le pène
rouillé, Renée eut un instant de défaillance, et dut
s'appuyer sur le bras du comte.

Quand la lourde porte eut roulé sur ses gonds et
que les premiers pas retentirent sous le vestibule,
une nuée d'oiseaux de nuit sortit des murailles crou-

lantes et prit la fuite avec de grands battements
d'ailes.

Rien de tristes et de dévasté comme ce qui s'offrait
à leur vue : la cour, quoique pavée, était couverte
d'une espèce de gazon sauvage ; sur les assises dégra-
dées croissaient à loisir tous les rejetons de l'immense
famille des pariétaires ; les toits étaient à jour, les
persiennes, décrochées, pendaient le long des fenêtres,
sans vitres ; au fond d'une remise était encore accroché
le licol éraillé d'un petit cheval que la jeune fille avait
aimé et monté pendant son enfance. Chaque pierre
avait son histoire ; chaque chambre lui rappelait une
habitude ou un événement... Là, elle était née ; Jacques aussi... Ici, ils avaient épelé leur premier livre et
récité leurs premières leçons. Dans ce grand désert
humide, effondré, désolé, rongé, elle revoyait par in-
tuition tout ce qui s'y trouvait autrefois. Là, à cette
place, et bien jeune encore, Jacques était tombé sur
l'angle de ce pilastre ; avait-il pleuré et saigné, mon
Dieu ! il en était résulté une cicatrice qu'il venait
d'emporter dans la tombe... la vieille mère n'avait
pas songé à la retrouver sur le front d'Albéric ?... Ce
jardinet était à Jacques ; lui seul le cultivait, il en
avait planté les bordures de buis, passées aujour-
d'hui à l'état de massifs... Plus de nacelle sur cette
pièce d'eau verdâtre, jadis si limpide, où l'adolescent
s'embarquait, disait-il, pour faire le tour du monde ;
il avait fait plus d'une fois naufrage sur cet océan en
miniature, au grand effroi de sa mère.

Tout cela était à retenir.

Le père Sulpice, lui, remontait plus haut dans les
annales de la famille, il racontait la mort du général

17

de Mazerolles, écrasé avec quarante mille Vendéen
dans la lande de la Papinière, par l'armée de Mayence
il rappelait, presque jour par jour, la farouche fierté
la ruine successive, la lente agonie du dernier se
gneur.

C'était une nouvelle moisson de souvenirs que l
comte gravait dans sa tête; il ne disait rien, il écou
tait. Il suivait de la pensée et du regard cette bell
jeune fille, triste et résignée, parcourant ces ruine
comme la dame noire des légendes bretonnes.

De pareilles situations cimentent bien vite l'amitié
on ne se connaît que depuis un jour, et il semble qu
l'on s'est vu toute la vie. L'usage, les convenances
les gradations lentes, la familiarité conquise peu à peu
on saute sur tout cela en face des grandes douleur
et des grands désastres.

Albéric avait profité de son premier moment d
liberté pour écrire à Cette; après avoir informé
Pierre de tout ce qui s'était passé, il terminait ainsi

« Me voilà aux arrêts forcés, je ne m'en plains pas
j'éprouve même une sorte de satisfaction, triste e
douce à la fois, à remplir de mon mieux ce rôle pro-
videntiel que les circonstances m'ont imposé; mais tu
comprends qu'il ne peut se prolonger bien long
temps. La mort de Jacques a changé la face des cho
ses. Ce que tu pouvais, à la rigueur considérei
comme facultatif, est maintenant un devoir pour toi
Tes refus prolongés tourneraient à l'ingratitude, à la
cruauté; on t'aime ici, et on t'y attend. Je viens de
voir mademoiselle Penhoël aux prises avec la plus
horrible situation qui se puisse rêver: c'est une noble
et sérieuse jeune fille; devant un tel caractère doivent

s'évanouir toutes les craintes que tu m'as manifestées ; vous êtes dignes l'un de l'autre.

» Tu aimes mademoiselle Renée, tu l'aimeras toujours... Ce sont tes propres paroles... D'accord avec ton cœur, le devoir te sera facile. Mais songe que, si tu n'éprouvais pour elle que de l'amitié, ta conduite te serait encore toute tracée, car ce n'est que le jour où on lui rendra un autre fils qu'il sera possible d'annoncer à madame Penhoël la perte qu'elle a faite. »

Pierre répondit un peu vaguement qu'il n'était pas libre, qu'il était accablé de soins, de besogne, que, à peine installé, on ne lui accorderait pas de congé ; qu'il avait aussi le plus vif désir de voir et de consoler ses bons amis de la Bretagne, mais qu'il fallait attendre, et qu'il profiterait certainement du premier joint pour s'échapper.

Quinze jours avaient déjà passé sur les événements que nous venons de raconter, et les choses n'en étaient ni plus ni moins avancées au *Clos-Béni ;* madame Penhoël ignorait toujours son malheur, elle portait, sans le savoir, le deuil de Jacques. Albéric s'identifiait si bien à ce nom qu'il se figurait n'en avoir plus d'autre.

Cependant, un nuage passait quelquefois sur le front de la vieille dame, et sa quiétude en était troublée. Elle trouvait Renée bien froide et bien cérémonieuse à l'égard de son prétendu frère ; tous deux, disait-elle, manquaient d'expansion, ce n'est pas ainsi qu'on devait se traiter dans la même famille. Y avait-il donc entre eux quelque motif d'éloignement, de mauvaise humeur ?

Moitié sérieuse, moitié riante, Renée alléguait que

Jacques était son aîné de sept ou huit ans, qu'il étai
le chef de la famille... et que ses moustaches lu
imposaient.

De son côté, tout en appelant la jeune fille « m;
sœur » ou tout simplement Renée, avec l'inflexioi
voulue, Albéric ne parvenait pas à arracher de se
lèvres le *tu* familier, qui n'eût pas manqué de fair
rougir et de bouleverser mademoiselle Penhoël.

Alors la bonne mère secouait la tête; elle réunissai
leurs mains dans les siennes; elle les attirait tous le
deux sur son cœur; elle voulait qu'ils fissent la pai
et qu'ils s'embrassassent devant elle.

Le comte n'avait pas prévu cette nécessité char
mante et cruelle. Il en était aussi troublé que Renée
elle-même.

Celle-ci suppliait du regard; elle tendait sa main
et, même aux oreilles les plus exercées, le baisei
pouvait passer pour être plus fraternellement appli-
qué qu'il ne l'était en réalité.

A part ces petites contrariétés, qui, fort heureusement, ne se renouvelaient pas tous les jours, il es
superflu de dire que les plus rigides convenance;
présidaient à cette vie en commun. Albéric avait loué
une chambre à la ferme, où il se retirait chaque soir
et lorsque, cédant aux désirs de madame Penhoël,
les deux jeunes gens allaient faire, au dehors, quelques excursions, c'était toujours sous l'escorte du
vieux garde-chasse, lequel connaissait mieux les
chemins que mademoiselle Renée.

Les soirées se passaient en commun, soit dans le
jardin, soit autour de la table ronde du salon, selon
la température.

La douairière aimait la musique et priait souvent sa fille de se mettre au piano. Dans la situation d'esprit où se trouvait la sœur de Jacques, elle n'en avait nulle envie; cependant elle obéissait, et, d'instinct, choisissait les morceaux les plus mélancoliques de son répertoire.

— On dirait que tu nous mènes à l'enterrement, disait alors madame Penhoël; fais-moi donc le plaisir de nous jouer quelque chose de plus gai.

De plus gai! Pauvre femme! il fallait obéir encore; et au milieu du deuil qui les environnait, cette gaieté factice, presque sacrilége, paraissait mille fois plus lugubre que ne l'eussent été les lamentations les plus déchirantes.

Le piano fut causé que le comte faillit un jour se trahir. C'était un matin, il traversait le salon, l'instrument était ouvert... Il s'y assit machinalement et promenait sur les touches ses doigts exercés, lorsque madame Penhoël, qui était dans une pièce voisine, demanda soudain:

— Est-ce toi, ma fille?

Renée n'étant pas là pour donner le change, force avait été à Albéric de répondre que c'était lui

— Quoi! tu es musicien! Depuis quand? Et tu ne le disais pas?

Le commandant expliqua comme quoi il avait employé ses loisirs de garnison à « tapoter » un peu et il dut, à partir de ce jour, « tapoter » tous les soirs.

Très souvent aussi madame Penhoël le mettait sur le chapitre de ses campagnes d'Afrique, qu'il n'avait pas faites, mais dont il s'était fait écrire et envoyer les principaux détails par un ami de Pierre.

Il avait encore, pour lui venir en aide, la correspondance de Jacques, précieusement conservée et que Renée avait mise à sa disposition.

Une chose étonnait et réjouissait au dernier point madame Penhoël. Ainsi, dans ces derniers temps, on lui avait toujours parlé de Jacques comme d'un être souffrant, maladif, astreint au régime le plus sévère, aux ménagements les plus grands. Or, voilà qu'il n'était plus question de médecins, de remèdes, et qu'il se portait comme un charme!

— Ce sont mes baisers, c'est l'air du pays, c'est la vie tranquille, c'est la cuisine d'Yvonne, disait triomphalement madame Penhoël.

Un jour que la bonne mère avait tristement hoché la tête en entendant les deux jeunes gens se dire *vous*, le commandant qui était un brave, se décida à prendre un parti. Il se dirigea vers le jardin et fit un signe d'intelligence à Renée, comme pour l'engager à venir le rejoindre.

— Mademoiselle, dit-il, lorsqu'ils furent seuls, ne trouvez-vous pas que, en se consolidant, la situation devient de plus en plus difficile?

— Mon Dieu, monsieur, je vous en demande bien pardon, répondit Renée avec quelque embarras; je comprends que pour vous, qui n'y êtes pas forcé...

— Ah! mademoiselle, ce n'est pas cela! Si je me plains de la situation, c'est surtout pour vous, pour les inconvénients qu'elle entraîne et dont vous souffrez. Je la trouve bonne quant à moi, et je ne suis nullement pressé de la voir changer.

— Cependant, monsieur...

— Oui, je comprends : vous allez me dire qu'elle

ne peut durer, et cela est vrai... Toutefois, pour
amoindrir vos scrupules, laissez-moi vous affirmer
que c'est une des haltes les plus douces que j'aie faites dans ma vie. Fils unique et orphelin dès mon enfance, je n'avais jamais connu les joies de la famille
et je les trouve ici.

— Ah! bien tristes et bien pâles!

— Bien tristes, je ne dis pas non; d'autant plus
que je les dois à un rôle usurpé.

— Usurpé! Ah! monsieur, retirez ce mot! Le dévouement, le sacrifice, l'oubli de soi-même ne seront
jamais une usurpation.

— Soit; mais ce que je tiens surtout à établir, c'est
que, en balançant votre reconnaissance par la mienne,
je vous suis encore redevable.

— Vous faites le compte à votre façon, reprit gracieusement Renée; mais si j'établissais le mien...

— Je vous en prie, ne réglons pas encore, reprit
Albéric sur le même ton... Si je me suis permis de
provoquer cet entretien, c'est pour y traiter un sujet
bien plus grave : j'ai écrit au capitaine Lambert que
je l'attendrai aussi longtemps que me le permettra
mon congé...

— Il est de trois mois, je pense? demanda timidement Renée.

— Oui, mademoiselle, mais le tiers en est écoulé.

— Déjà!

Cette exclamation avait échappé à la jeune fille,
qui ne put s'empêcher de rougir un peu lorsqu'elle
s'en fut rendu compte.

— Et s'il n'est pas arrivé, quand vous partirez? se
hâta-t-elle d'ajouter.

— Il le sera, mademoiselle ; j'en suis sûr. Dans tous les cas, votre volonté serait ma loi.

— Je ne puis pourtant abuser...

— Encore une fois ne parlons plus de cela... Ce que je voulais vous dire, chère mademoiselle, c'est que, tout en nous efforçant de faire à madame votre mère un bonheur factice, nous ne le complétons pas assez !

— Que voulez-vous dire ?

— Elle souffre de ce qu'elle appelle notre indifférence mutuelle : nous venons encore d'en avoir la preuve...

— Cependant, monsieur...

— Oui, je sais que c'est difficile ; il y a de ces modes de parler qui violentent les lèvres lorsqu'ils ne sortent pas du cœur, ou qu'une longue familiarité ne les a pas consacrés... Il ne s'agit pourtant que de deux pauvres petites lettres de plus ou de moins : *tu* au lieu de *vous*.

— Quoi ! monsieur, vous voulez... s'écria la jeune fille avec une charmante frayeur.

— Moi, mademoiselle, je ne veux rien ! Je suis, en tout ceci, votre esclave très humble, et rien au delà... Toutefois, j'ajoute que, par eux-mêmes, les mots ne sont rien ; ils n'ont que l'importance qu'on y attache : tout dépend de la manière de s'en servir ; un *tu* peut être plus respectueux que certains *vous*... il y a même quelques langues qui n'admettent qu'au pluriel cette façon de parler.

— C'est égal, vous m'avouerez...

— Dans la situation exceptionnelle qui nous est faite, le tout est de savoir si nous ne devons pas mettre la satisfaction de madame votre mère au-dessus de ces mesquines convenances.

— Vous avez peut-être raison, monsieur le comte, vous êtes meilleur que moi.

— Oh! non, pas meilleur, mademoiselle, mais plus pratique. Vous verrez que je m'y prendrai de telle façon que vous n'aurez pas à en souffrir; l'inflexion de ma voix vous demandera pardon de la liberté que je serai forcé de prendre.

— Si vous êtes sûr de cela... Et puis, il ne suffit pas toujours de vouloir.

— Non, mais c'est déjà quelque chose; c'est même l'essentiel; voulez-vous que nous essayions?

— Pas à présent, j'imagine?

— Non, mais lorsque nous serons en tiers avec madame Penhoël.

— Puisqu'il le faut. Mais ne trouvez-vous pas que M. Lambert tarde bien à venir?

— Je le trouve... pour vous. Quant à moi, je ne puis m'empêcher de songer que son retour va refaire de moi un déshérité de toute affection.

— Oh! jamais! répondit la jeune fille avec énergie, jamais; votre place y sera toujours réservée; votre présence y sera toujours bénie, nous n'oublions pas comme cela!

— Hélas! reprit Albéric, ne pas pouvoir oublier, c'est souvent le malheur.

Et comme Renée le regardait avec étonnement.

— Il me semble que je m'oublie... pensa le loyal jeune homme, ce ne doit pas être précisément pour cela que Pierre m'a envoyé ici... — Si le capitaine Lambert n'était pas impérieusement retenu à Cette par les de-

voirs de sa place, continua-t-il tout haut, il y a longtemps qu'il serait ici.

— Je commence à en douter, dit Renée.

— Pourquoi donc, mademoiselle?

— Il y a d'abord les raisons que vous savez : il
craint un sacrifice de ma part et veut s'y soustraire...
A moins que ce ne soit là le prétexte poli, et que je
ne réponde pas suffisamment à son idéal... Si cela
était, je me rends assez justice pour ne pas avoir le
droit de me plaindre.

Dans sa conscience, Albéric devait une réparation
à son ami.

— Ah! mademoiselle, s'écria-t-il avec la plus ar-
dente conviction, vous êtes injuste envers votre ami
d'enfance! Souffrez que je vous parle en son nom!...
Il m'a ouvert son cœur, il n'a jamais aimé que vous!
Et quand une fois on vous a vue... Non, ce n'est pas
cela que je veux dire... Si vous l'aviez entendu,
comme moi, fouiller, commenter, creuser cette situation d'un honnête homme qui doute de lui-même, et
repousse le bonheur offert, parce qu'il n'espère pas
le rendre! Après tout, cet effacement, cette humilité
ont quelque chose de grand, d'honorable, et peut-
être y persistera-t-il... En ce cas, je vous le déclare,
mademoiselle, il sera son propre bourreau, et en
souffrira toute sa vie... Mais non, poursuivit Albéric
avec la même véhémence, cela ne sera pas! Cela ne
se peut pas! Il ne sera pas dit qu'un malentendu
causera deux désastres!... S'il le faut, j'irai chercher
moi-même cet insensé, et je le ramènerai ici, à vos
pieds.

Ce fut au tour de la jeune fille de protester.

— J'ai mon amour-propre aussi, monsieur le comte, répondit-elle, et en aucun cas, je ne permettrais qu'on fît à M. Lambert une pareille violence.

— Mais alors il a donc raison, vous ne l'aimez pas? Vous offrez votre main comme l'acquit d'une obligation contractée sur le champ de bataille de Bala-clava !

Renée était devenue pourpre et baissait les yeux.

— Pardon, mademoiselle, reprit vivement Albéric, pardon! Je suis un indiscret, un brutal! L'habitude de passer pour votre frère... Je n'ai pas le droit de vous adresser de pareilles questions.

— Si vous ne l'avez pas, je vous le donne, répondit la jeune fille; ne sommes-nous pas, momentané-ment, les membres d'une même famille?... Ce n'est pas la question elle-même qui m'a troublée, mais je m'y attendais si peu.

— Alors, je puis la renouveler?

Renée fit signe que oüi.

— Ainsi, vous .. l'aimez? reprit Albéric en hésitant un peu malgré lui, comme si ce dernier mot lui écor-chait la bouche.

— Je « dois » l'aimer, dit Renée.

— Mais ce n'est pas là une réponse, mademoiselle; c'est précisément là ce qu'il redoute : que vous l'aimiez par devoir.

Mademoiselle Penhoël fit un généreux effort sur elle-même.

— Je puis ajouter, dit-elle, que le devoir ne m'est pas pénible. Si Pierre surmonte ce que vous appelez son « humilité », si la confiance lui revient, et qu'il me demande pour sa femme, cette confiance ne sera jamais trompée... Est-ce assez comme cela? ajouta la jeune fille avec un mélancolique sourire.

« C'est même trop pour moi, » pensa le jeune homme, en faisant à son tour signe que oui.

— Alors, monsieur mon frère, vous êtes content de moi? reprit Renée sur le ton mutin de la plaisanterie.

— Certainement... d'ailleurs, je n'ai pas le droit...

— Vous répétez toujours ce vilain mot... Le droit n'est rien, c'est la sympathie qui est tout... Et, du moment que vous nous portez un véritable intérêt, il faudrait que je fusse bien injuste pour m'offenser de votre opinion, par ce seul et frivole motif qu'elle ne s'accorderait pas avec la mienne... Chut! voilà maman...

En effet, madame Penhoël, appuyée sur le bras de Sulpice, venait occuper, comme d'habitude, après le déjeuner, son grand fauteuil de jardin.

Phanor frôlait sa jupe et lui servait de garde du corps.

— Vous êtes là, mes enfants? demanda-t-elle, guidée par les derniers mots de la conversation venus jusqu'à elle.

— Oui, mère, répondit Albéric.

— Il y a donc des mystères, que vous avez dit : « Chut! voilà maman? »

— Mon Dieu, non, répondit la jeune fille, nous parlions de Pierre, dont je sais que le retard te chagrine...

— Si encore il ne chagrinait que moi seule, ma mignonne aimée !

— Oh! moi, tu sais bien que je suis patiente.

— Je sais, du moins, que tu en as l'air.

— Bah ! dit imprudemment Sulpice avec le franc-parler qu'il devait à ses longs et fidèles services ; bah ! du moment que ses occupations le retiennent, ce jeune homme... rien ne presse si fort. .

Albéric et Renée se retournèrent avec vivacité vers le garde, comme poussés par un même ressort.

— Que voulez-vous dire par là, Sulpice ? demanda la douairière.

— Mon Dieu ! rien, not' dame, répondit le vieillard, un peu embarrassé et en regardant tour à tour les deux jeunes gens ; c'est une idée à moi, que j'ai comme ça .. J'ai eu la langue trop longue, voilà tout... prenez que je me suis tu...

Et il s'en alla en sifflant un air vendéen.

Soudain, Renée et Albéric parurent très sérieusement occupés : l'une cueillait des fleurs ; l'autre demandait « une patte » à Phanor, qui ne se hâtait pas de la donner.

C'était grave, et il y avait de quoi provoquer toute leur attention.

— C'est singulier, mon pauvre Jacques, fit observer madame Penhoël, Phanor paraît m'aimer plus que toi, il ne me quitte pas.

— C'est pour regagner le temps perdu, répondit Albéric ; qu'en penses-*tu*, ma sœur ?

— Je pense comme... comme *toi*, répondit Renée.

Dans son trouble, la jeune fille laissa tomber un petit bouquet qu'elle venait de faire... et que ramassa M. d'Hauterive.

— A la bonne heure ! s'écria joyeusement madame Penhoël, voilà que je retrouve mes enfants... Vous aviez l'air de deux étrangers, et cela me faisait de la peine! Venez m'embrasser... non, pas l'un après l'autre... tous les deux à la fois.

VI

D'Albéric d'Hauterive à Pierre Lambert.

« Le Clos-Béni, 30 mai 1856.

» Ah çà ! mon cher ami, est-ce que cela ne va pas bientôt finir ? Jusqu'ici, j'ai admis les atermoiements ; tu pouvais avoir raison de te défier, et je ne me sentais pas le droit de condamner absolument ta délicatesse.

» Aujourd'hui, c'est différent ; j'ai étudié mademoiselle Renée, je l'ai même interrogée avec ménagement, et il en est résulté les indices les plus favorables. Je dis les « indices » parce que, en pareil cas, il est certaines choses qu'une jeune personne chaste et bien élevée ne peut que laisser deviner. En somme, son cœur est d'accord avec sa reconnaissance. Qu'exiges-tu de plus ? Que mademoiselle Penhoël se jette inconsidérément à ta tête ? Mais c'est alors que tu aurais raison de te défier, et peut-être même de reculer.

» Sur mon honneur, mon brave capitaine, tu es un heureux coquin ; il y en a plus d'un qui payeraient volontiers d'une jambe le bonheur qui t'est réservé. Il est vrai que tu pouvais l'avoir à meilleur compte, et qu'il n'en eût été que mieux.

» Ta future est tout simplemement parfaite : rien de plus, mais rien de moins ; elle réunit les qualités les plus sérieuses aux grâces les plus attrayantes. Tu ne la connais que très imparfaitement ; elle a dû se développer depuis deux ou trois ans — peut-être plus — que tu ne l'as vue, et je te l'annonce comme irrésistible ; j'ajoute que c'est une sainte et noble fa-mille, dans laquelle il fait bon d'entrer.

» Songe aussi que le temps s'écoule. Je ne puis res-ter éternellement ici, et sous tous les rapports, il est convenable que tu me remplaces au plus tôt : non pas que ma tâche soit lourde, au contraire ; mais tu me donnes là une mère et une sœur, à moi qui n'en ai jamais eu ; or, si je m'habituais trop, je ne pourrai plus m'en passer.

» Allons, maître Pierre, vite, un congé d'urgence, et au diable le service pendant quelque temps !

« Poignées de main,

» ALBÉRIC. »

De Renée au capitaine Lambert.

« Le Clos-Béni, 30 mai 1856.

» Pierre, nous sommes dans des circonstances si exceptionnelles que les rôles en sont un peu renversés.

» Je viens faire un sérieux appel à votre sincérité et à votre honneur. Vos hésitations premières, dont j'ai pu admirer le mobile, tout en le trouvant exagéré, deviennent presque offensantes; j'ajoute que, dans le deuil où nous sommes elles sont peu généreuses.

» Tout vous impose de prendre une décision immédiate ; si ce n'est pas uniquement pour ma mère et pour moi, que ce soit au moins pour votre ami, à qui il serait indélicat d'infliger un dévouement prolongé. Il est temps que ce jeune homme reprenne sa liberté ; il reste avec beaucoup de bonne grâce, mais cette réclusion ne saurait durer plus longtemps.

» *Tout le monde*, ici, vous désire... vous attend, venez, je le veux ! puis, si ce n'est pas assez, je vous en prie!

» RENÉE. »

Ces deux lettres, arrivées par le même courrier, furent loin de convaincre Pierre.

18

Celle d'Albéric trahissait, selon lui, une admiration trop enthousiaste pour qu'elle ne fût pas, à son insu, l'écho d'un sentiment plus tendre que l'amitié.

Celle de Renée, presque comminatoire, si en désaccord avec son caractère, habituellement doux, timide et fier, lui parut l'appel désespéré d'un cœur en détresse.

Le jeune capitaine ne se trompait guère. Albéric et Renée ne se quittaient pas; madame Penhoël les confondait dans ses caresses; en présence de celle-ci, ils étaient obligés de vivre dans une intimité fraternelle, et ils s'aimaient sans se l'avouer à eux-mêmes. Toutefois, leur dernière entrevue au jardin les avait troublés plus que d'habitude : une sorte d'éclaircie s'était faite entre eux; ils avaient eu peur, et de là la lettre que, sans se concerter, ils s'étaient empressés d'écrire chacun de son côté.

Le capitaine Lambert avait pris le ferme parti de vaincre son cœur et de ne pas épouser Renée. Mais l'homme est ainsi fait que sa première impression n'en fut pas moins à la jalousie Il accusait un peu tout le monde ; il se trouvait stupide de s'être bénévolement donné un rival comme Albéric. Mademoiselle Penhoël n'usait-elle pas un peu bien vite de la liberté qui lui avait été rendue?

Puis, sans atténuer, pour cela, ses souffrances, la réflexion venait, et il était forcé de s'avouer que Renée n'acceptait même pas cette liberté, puisqu'elle l'appelait pour ainsi dire à son secours. Quant à Albéric, ne lui avait-il pas formellement déclaré qu'il ne serait jamais, lui Lambert, l'époux de mademoiselle Penhoël? Et, en ce cas, du moment que celle-ci était perdue pour lui, ne devait-il pas se féliciter de voir la sœur de Jacques échoir à un homme aussi riche et aussi distingué que le comte d'Hauterive? D'ailleurs, Albéric l'appelait aussi... Que pouvait-il donc raisonnablement leur reprocher?

Maintenant qu'il croyait avoir deviné ses aspirations secrètes, il devait plus que jamais refuser Renée... Il l'aurait comme sœur, elle lui conserverait une reconnaissante affection.

— Il faut bien en prendre son parti, s'avouait le pauvre garçon; je ne puis plus inspirer que cela.

Cependant, son imagination courait par monts et par vaux; les alternatives les plus cruelles lui troublaient l'esprit. Si Renée l'aimait réellement, comme le prétendait Albéric, n'allait-il pas faire, par une coupable ténacité, son malheur à elle et le sien?

Le plus sage était peut-être de voir et d'attendre. Mais pour cela il fallait chercher, inventer des prétextes, mentir encore et mentir toujours.

Il répondit que le lieutenant du port était malade; que tout le service retombait sur lui; qu'un congé, demandé en pareil moment, équivaudrait à offrir sa démission.

« Si la garnison était mauvaise, si elle te déplaisait, écrivait-il au commandant, j'irais te relever sur l'heure, et à tout prix; mais je vois avec plaisir que la vie de la famille ne te déplaît pas, tu peux d'ailleurs t'y habituer sans crainte; car, quoi qu'il arrive, tu seras toujours un peu le fils de madame Penhoël, le frère de Renée, et très certainement mon meilleur ami. »

La lettre adressée à Renée n'était pas plus explicite.

Après avoir fait valoir les mêmes excuses que dans l'autre, il terminait en disant qu'il était heureux des bonnes dispositions qu'elle lui conservait, et qu'il saurait bien lui en témoigner sa gratitude d'une façon qui serait à la fois digne d'elle et de lui.

En d'autres termes, la situation restait la même, c'est-à-dire aussi indécise que par le passé.

Albéric et Renée la subissaient en silence; ils auraient peut-être dû s'en plaindre, mais ils n'en avaient pas le courage; quant à s'en féliciter, ils ne l'osaient pas.

Cette bonne vie à trois continuait donc. Le temps amenait l'habitude, et l'habitude la sécurité; personne ne s'était trahi; la santé de madame Penhoël se raffermissait de jour en jour. Renée, attendrie, émerveillée, bénissait du fond de son cœur ce noble jeune homme, que tant de distractions appelaient à Paris, qui se sacrifiait par humanité au salut d'une pauvre femme, inconnue la veille, et qu'il appelait si tendrement : « ma mère, » qu'elle s'y était trompée.

Ah! pourquoi Pierre Lambert n'était-il pas venu à la place de M. d'Hauterive, ainsi que les convenances l'eussent voulu! Elle aurait pu alors faire son bonheur, sans trop en souffrir elle-même; tandis qu'aujourd'hui...

Ensuite, tout le monde aimait Albéric, et rien n'est dangereux comme l'exemple. Le vieux garde, qui accompagnait partout les deux jeunes gens, n'avait pas été bien longtemps sans s'apercevoir de la respectueuse inclination que sa jeune maîtresse inspirait au comte. C'était même à cela qu'un jour, au jardin, il s'était avisé de faire allusion. Sulpice

se frottait les mains ; il voyait d'un bon œil cette discrète tendresse ; il en concevait certaines espérances
qu'il accentuait par de mystérieux hochements de
tête.

Quand, dans la cuisine, il se frictionnait les rhuma-
tismes, au coin de la haute cheminée, il ne se gênait
pas pour dire à Yvonne :

— Le capitaine Lambert est un rude gars, un rude
ami et un guerrier fini, quoi ! On ne peut pas lui ôter
ça. Mais pas moins vrai qu'une Mazerolles pouvait
viser plus haut, et qu'une jambe de moins chez un
homme, c'est tout de même un déchet sensible.
Parlez-moi de celui-ci ! C'est de souche ancienne,
c'est complet, rien ne manque... Et puis dans le génie !
excusez du peu !

— Dans quel génie ?

— Le génie, Yvonne, c'est un corps d'élite, dont
auquel il est défendu de s'insinuer quand on n'est
qu'une bête.

Yvonne ne se gênait pas non plus pour rapporter
quelques-uns de ces propos à Renée, qui lui répondait : « Chut ! veux-tu bien te taire ! » mais qui, au
fond, ne s'en offensait que fort peu.

Ajoutons que le comte rémunérait largement les
petits plats d'Yvonne, et les grandes promenades
infligées à Sulpice au nom des convenances : ce qui
est toujours une voie très rapide pour s'insinuer
dans le cœur des gens.

Ce qui avait surtout conquis le vieux garde à
M. d'Hauterive, c'est l'incident que nous allons raconter.

Un matin qu'ils chassaient tous les deux aux envi-

rons du vieux château, le jeune homme lui avait dit :
Sulpice, tu es un ancien militaire, n'est-ce pas?

— Oui, mon commandant.

— Et quand on te donne une consigne sévère, tu
l'observes?

— Oui, mon commandant.

— Eh bien, nous allons causer; mais il faut que ça
reste mort.

— Enterré d'avance, mon commandant. On peut se
fier à ma parole. Le jour de mon arrivée, lorsque
vous êtes venu à moi la main tendue, sous les apparences de feu not'jeune maître, vous avez bien vu
que, devant madame, j'ai fait semblant de couper
dans le pont.

— Oui, j'ai vu cela, et voilà pourquoi j'ai résolu de
faire de toi mon complice.

— Un complice! s'écria le garde étonné.

— Oui, mon ami, reprit Albéric en souriant; il
s'agit d'un complot, d'une machination à nous
deux.

— Comment dites-vous ça...? une machin...

— Une machination! répéta le comte.

— Ah! j'y suis; quelque chose comme Georges
Cadoudal en manigançait sous l'usurpateur.

— Oui; seulement c'est moins grave et moins dangereux.

— J'aime autant ça, mon commandant; car, voyez-
vous, quand madame la duchesse de Berri est venue
dans nos contrées, après 1830, ça allait encore, j'étais
d'aplomb, je ne cédais ma part à personne: j'y suis
allé de ma peau comme n'importe qui, et je vous
promets que je mâchais plus de cartouches que de

rôti. Mais aujourd'hui, dame! que voulez-vous! on n'est pas toujours jeune, on se casse un brin.

— C'est trop juste, mon brave; mais sois tranquille, ce que j'ai à te proposer ne dépassera pas tes moyens. Combien penses-tu que vaille le château de Mazerolles?

— Le château est donc dans la machi... diable de mot! machination...

— Il est même appelé à remplir le rôle principal, dit Albéric.

— Ah! dame, vous savez, mon commandant, tel qu'il est, ça ne vaut pas grand'chose; ça s'en va en miettes comme vous avez vu, ça se démolit petit à petit tout seul, en attendant que viennent les démolisseurs... Pauvre bonne dame! heureusement qu'elle est aveugle et qu'elle ne les verra pas!... C'est ça qui serait un coup pour elle! En fait de dépendances, il n'y a plus que les jardins... Je crois bien que la mise à prix était de vingt-cinq mille francs, — et encore personne ne s'est présenté.

— Le cahier des charges doit être chez le notaire de Nort.

— Il y a apparence, mon commandant.

— Vingt-cinq mille francs, ce n'est pas la mort d'un homme!

— Faites excuse, mon commandant, c'est quelquefois la mort de plusieurs. Ce serait la mienne d'abord et celle de beaucoup d'autres que je connais... Mais vous voulez donc l'acheter, ce bon vieux manoir?

— Que penses-tu de l'idée?

— Je pense que le bon Dieu vous l'envoie, monsieur

le comte ; et du moment que vous . en avez les moyens...

— Seulement, je ne puis pas à moi tout seul, reprit Albéric ; il faut que tu me prêtes...

— Que je vous prête, mon commandant ! interrompit Sulpice en tapant sur son gousset, comme l'officier de la *Dame blanche ;* hélas ! si vous comptez sur moi...

— Que tu me prêtes ton nom, acheva le jeune homme.

— Ah ! pour ça, monsieur le comte, tant que vous voudrez, répondit le garde en poussant un large soupir de soulagement ; mais sans être trop curieux, mon commandant, vous n'êtes donc pas satisfait du vôtre ?

— Pas dans la circonstance, mon vieux brave ; ainsi je suis ici incognito, n'est-ce pas ?

— Incognito... comme qui dirait ni vu ni connu. Je comprends.

— Si j'achetais moi-même, poursuivit le comte, je devrais m'aboucher avec le notaire, décliner mon nom ; on ne tarderait pas à savoir que j'habite la ferme, que je vis au *Clos-Béni,* que j'y passe pour Jacques...

— Oui, et cela ferait des « embrouillamini » que toutes les langues des bavards en seraient affûtées.

— Tandis que si tu achètes, toi...

— Très bien ; mais les écus ?...

— Il va sans dire que je te remettrai la somme.

— Et de qui serai-je censé la tenir ?

— Tu peux avoir fait des économies.

— On sait bien que non.

— Ou un héritage... après tout, il n'est pas défendu d'avoir vingt-cinq mille francs; et du moment que personne ne les réclame...

— Au fait, c'est vrai... Je vas joliment me donner des gants; le village sera trop petit pour moi! Ainsi, la propriété sera censée à Sulpice Kerveyn?

— Oui, devant les hommes, mais devant Dieu...

— Oh! soyez tranquille; quand vous la voudrez, vous n'aurez qu'un signe à faire... Pardon, mon commandant, vous me permettez de parler, n'est-ce pas?

— Certainement, mon ami, tant que tu voudras.

— J'suis d'une nature comme ça; j'aime à y voir clair... Pourquoi donc que j'achète, ou pour mieux dire, que vous achetez le château?

— Pour plusieurs raisons, Sulpice : d'abord, pour qu'on ne le démolisse pas; ce qui, tu l'avoues toi-même, serait un grand crève-cœur pour ta bonne maîtresse.

— Et d'une! compta Sulpice; et une bonne celle-là qui en vaut plusieurs!

— Ensuite, continua Albéric, pour le faire réparer.

— Et de deux! pas mauvaise non plus, celle-là! Et après, mon commandant?

— Après, puisque j'ai momentanément cette faveur de passer pour le frère de mademoiselle Renée, on me permettra bien de lui faire un cadeau de noces.

Sulpice sauta, en quelque sorte, sur les mains du

jeune homme, que, bon gré mal gré, il baisa pieusement.

— C'est bien, monsieur le comte, dit-il, c'est grand, c'est digne de vous... Mais je vous préviens qu'ils sont fiers, dans la famille; mademoiselle Penhoël n'accepterait peut-être pas... à moins que vous ne le lui offriez autrement.

— Autrement? je ne vois pas trop...

— *Motus*, mon commandant! Je sais tout ce que je dis, mais je ne dis pas tout ce que je sais... D'ailleurs, vous me gronderiez, et ce n'est pas la peine.

Albéric n'insista pas, il ne voulait pas faire semblant d'avoir deviné.

— Eh bien, reprit-il, si mademoiselle Penhoël refuse, je le louerai à mon ami Pierre. Une fois mariés, ils iront l'habiter avec madame Penhoël, pour qui ce sera une consolation de s'éteindre doucement là où elle a laissé tant de souvenirs.

Sulpice se mit à siffler son air vendéen. C'était sa manière de protester contre ce qu'il jugeait improbable; cela sous-entendait une foule de choses dans le genre de celles-ci :

— Ah! bien oui! votre ami Pierre! Je lui en souhaite! Croyez cela et buvez de l'eau! S'il n'y a jamais que lui pour épouser not'demoiselle, elle pourrait bien mourir vieille fille. Mais, heureusement qu'il y en a un autre... et pas loin d'ici.

— Ainsi, voilà qui est convenu? demanda Albéric; tu me prêtes ton nom, et je te prête vingt-cinq mille francs.

— Oui, mon commandant, à vos ordres... tant que

je ne ferai que de pareils échanges, il n'est pas probable que je me ruine.

Et voilà comment Sulpice était devenu l'âme damnée
du comte Albéric, qu'il déclarait digne d'être un
Penhoël.

VII

Pierre et Albéric continuaient à s'écrire, mais de plus en plus rarement; leur correspondance commençait à se guinder; il leur échappait parfois de dire *vous* au lieu de *toi*; le capitaine en était à ne plus savoir quel prétexte trouver; le dernier était « qu'il faisait des démarches au ministère de la guerre où, disait-il, Albéric devait bien savoir que les autorisations de se marier ne s'accordent pas facilement aux officiers d'un grade inférieur. « Bon pour les épaulettes à graine d'épinards, » ajoutait-il avec une pointe d'ironie; aussi serais-tu bien plus vite exaucé que moi, si tu t'avisais de faire une pareille demande. »

Renée aussi écrivait encore quelquefois. Mais si, d'un côté, Albéric ne parlait que d'elle dans ses lettres, de l'autre, la jeune fille ne parlait plus du comte dans les siennes.

Elle a peur de se trahir, pensait Pierre Lambert.

En sorte que les réticences de mademoiselle Pen-

hoël ne confirmaient pas moins ses premiers soupçons que les dithyrambes du jeune commandant.

La situation commençait à s'accentuer, à l'aide de
riens, sans qu'on sût comment. L'attrait irrésistible
qui attirait les deux jeunes gens l'un vers l'autre se
révélait par mille petits soins dont madame Penhoël
se trouvait être tout naturellement le centre.

Lorsqu'ils faisaient asseoir la docile aveugle dans
le grand fauteuil, roulé par Albéric, il était impossible que leurs mains ne s'effleurassent pas. Si, en
donnant un bouquet à sa mère, Renée laissait, par
mégarde, tomber quelques fleurs, elle ne pouvait empêcher Albéric de les recueillir, de les garder, de s'en
faire de précieuses reliques. Lisait-il quelque touchante scène d'amour, le jeune homme ponctuait certaines phrases par de doux regards, que ne voyait
pas la jeune fille occupée à broder... et qui la troublaient pourtant à ce point qu'elle ne voyait plus son
travail.

Admettons un instant que, par peur de l'électricité,
ils se fussent bien promis de ne pas se toucher; est-
ce que les mains de la vieille mère ne leur eussent
pas forcément servi de trait d'union, de fil conduc-
teur?

L'occasion et le danger se représentaient à chaque
pas; cependant, ils ne se faisaient aucun aveu dans
le sens absolu du mot : l'un entendait battre le cœur
de l'autre; ils se répondaient sans avoir besoin de
parler, aussi sûrs de leur affection réciproque que
s'ils s'étaient juré de s'aimer toujours, mais se jugeant engagés vers Pierre, incapables d'un parjure,
résignés au devoir, attendant que Dieu, qui lie et qui

délie toute chose ici bas, se manifestât plus ouvertement et leur indiquât la voie à suivre.

Depuis quelque temps, ils amenaient rarement la
conversation sur le capitaine; mais madame Penhoël
s'en chargeait pour eux, et cela ne laissait pas que
de faire naître des situations embarrassantes pour
les deux jeunes gens.

— Pierre ne se décide donc pas à revenir? de-
mandait-elle.

— Tu vois bien que non, bonne mère.

— De quel ton dégagé elle me répond cela! Tu n'es
donc plus impatiente? tu ne l'aimes donc plus?

— D'abord, chère maman, tu t'es toujours montrée, à ce sujet, plus impatiente que moi-même.

— En es-tu bien sûre?

— Oh! très sûre! Et, quant à l'aimer, j'ai toujours
pour lui la même affection calme et vraie que par le
passé.

— Calme! calme! j'espère pourtant bien que, en
l'épousant, ce n'est pas un sacrifice que tu fais.

— Comment ne serais-je pas profondément attachée
au sauveur de Jacques? répondit la jeune fille en
éludant la question.

— Eh bien! moi, à ta place, je commencerais à
m'inquiéter; n'est-ce pas, mon Jacques?

— J'ai déjà offert à ma sœur d'aller le chercher,
dit Albéric, mais elle ne veut pas...

— Il ne manquerait plus que cela! Un mari qu'on
amène par force! comme ce serait flatteur!

— Il ne s'agit pas de « par force, » mon enfant. Ce
qui serait inconvenant et même ridicule dans telle
situation, ne l'est plus dans l'autre... Une douce vio-

lence n'est pas défendue, lorsqu'il s'agit de combler des vœux que le bénéficiaire n'ose pas exprimer... A moins que ce ne soit lui qui eût changé... Mais ton frère le saurait. Qu'en penses-tu, Jacques?

— Pierre n'a pas changé, répondit loyalement Albéric.

Puis il ajouta avec une profonde conviction qui ne s'appliquait pas seulement au capitaine :

— Quand on aime mad... Renée, c'est pour toute la vie.

Rougir et baisser les yeux, c'était la seule réponse possible à cette assertion qui pouvait, à bon droit, passer pour un engagement personnel.

— A la bonne heure! dit gaiement madame Penhoël, voilà un frère qui est aimable... Tu ne la remercies pas?

— C'est déjà fait! riposta vivement Albéric; un sourire suffit.

— Hélas! oui, c'est là un genre de réponse dont le sens m'échappe. Allons! ajouta la douce résignée, me voilà rassurée sur le compte de Pierre, car c'est aussi mon enfant; il a été élevé avec vous, et c'est une garantie; on sait au moins qui l'on prend; on ne s'expose pas à des mécomptes... Supposez un mari qui m'enlève Renée, comme ce serait son droit, à la rigueur. Ah! tenez, quand cette pensée me vient.

— Cette pensée a tort de vous venir, ma mère, interrompit Albéric; Renée ne se marierait pas sans y mettre la condition de ne jamais vous quitter; et, si elle l'oubliait, ce dont je la sais incapable, l'époux qui ne prendrait pas cet engagement de lui-même serait indigne d'elle.

Cette fois, le sourire *supposé* de tout à l'heure arriva au jeune homme en ligne directe, envoyé très réellement par deux jolies lèvres et le plus gracieusement du monde.

Depuis quelques jours, il n'était bruit, dans le pays, que de l'achat du vieux château par un anonyme; on avait douté d'abord, mais de nombreux ouvriers commençaient à le réparer. Certainement, c'était moins douloureux que de le voir disparaître. Toutefois, peut-être que, bien au fond de son cœur, madame Penhoël l'eût-elle mieux aimé effondré et désert qu'habité par des étrangers.

On avait déjà passé en revue tous les acquéreurs possibles, et même impossibles, sans rencontrer juste, lorsque Yvonne revint, un beau matin du marché de Clisson sans y avoir fait aucune des acquisitions qu'elle préméditait : tant s'en fallait pourtant qu'Yvonne fût une écervelée; elle avait la cinquantaine et savait habituellement ce qu'elle faisait. Mais il y a des nouvelles en apparence si absurdes, des événements si inattendus que les têtes les plus solides se troublent un peu. Le panier de la vieille Bretonne était vide, mais sa tête était pleine, et il y bourdonnait une ruche de pensées toutes plus saugrenues les unes que les autres.

— Béni bon Dieu! dit-elle en entrant dans le salon; not'dame, not'demoiselle, not'monsieur, je vous le baille en cent de deviner ce qui arrive! J'en ai été quasiment renversée!

— Qu'arrive-t-il donc, Yvonne? demanda la douairière.

— J'avais donc rencontré la servante à M. le notaire de Nort et que nous bavardions un brin, lorsque tout à coup, elle me dit comme ça : — A propos, le château de vos maîtres, vous savez qui l'a acheté ? — Non, que je réponds. — Eh bien, qu'elle me dit, c'est Sulpice Kerveyn. — Not'garde ? que je demande. — Lui-même, qu'elle me dit... Vous pouvez bien croire que mes bras en sont tombés, et que j'en suis revenue dare dare sans faire mon marché.

— Vous aurez mal compris, Yvonne, dit Renée.

— Avec ça, not'demoiselle, que je ne me le suis pas fait répéter à deux fois !

— En ce cas, c'est la servante du notaire qui est mal informée.

— Elle nettoyait dans le bureau, elle a vu Sulpice apporter et compter l'argent... Ah ! le gueux ! Où a-t-il pu voler tout ça ? Le château à ses maîtres ! Un homme qui n'a jamais mangé que vot'pain ! Tenez voulez-vous que je vous dise ? Je me suis toujours doutée qu'il avait une cachette... Il fait peut-être partie d'une bande... Il faut toujours se méfier de ces gens qui vivent dans les bois... Et dire qu'il venait là, tranquillement, se reposer dans ma cuisine, qu'on lui aurait donné le bon Dieu sans confession !... Ah ! bien ! il cachait joliment son jeu ! Mais je suis plus fine que je n'en ai l'air, voyez-vous... Depuis quelque temps, il avait des airs mystérieux, et je me disais : « Il y a du louche. »

— Il doit y avoir là-dessous quelque malentendu, reprit madame Penhoël. Jusqu'à preuve du contraire je tiens Sulpice pour un brave et digne homme.

— Si notre ami Sulpice avait fait un mauvais coup, dit Albéric en haussant les épaules, ce ne serait pas

19

ici, où on le connaît, qu'il viendrait étaler son changement de fortune!

— Tenez, le voilà là-bas, ce brigand, appelez-le e
vous verrez vous-mêmes.

Le vieux garde accourut à l'appel de Renée.

— Sulpice, lui dit la jeune fille, apprêtez-vous
rire, car je vais vous adresser une question absurde
Est-il vrai que vous soyez devenu propriétaire?

— Propriétaire de quoi, not'demoiselle? demanda
le vieillard en clignant de l'œil à M. d'Hauterive.

— Du château de Mazerolles.

— Qui est-ce qui dit cela?

— C'est Yvonne.

— Il faut la laisser dire puisqu'elle a besoin de
parler; le silence, ça la rend malade.

— Malade ou non, je suis une honnête femme; et
si j'ai queuques sous de côté, ils sont bravement ga-
gnés... J'en connais qui se donnent des airs de garder
les bois, pour avoir le prétexte de rôder la nuit, et
qui ne pourraient pas en dire autant de leur saint-
frusquin.

— Hein! qu'est-ce que c'est? s'écria le vieillard, en
lançant à Yvonne un regard de colère.

— Allons, Sulpice, du calme! ordonna le comte
avec un demi-sourire, il n'y a ici qu'Yvonne qui vous
accuse... et encore l'accusation ne me paraît-elle pas
des plus offensantes... Diable! n'achète pas un château qui veut!

— J'aurai sans doute gagné un lot à la loterie,
reprit le garde, de cet air narquois qui semble avouer
pour mieux donner le change; mais non, je me
trompe : j'ai trouvé un million en écus de six livres

dans la garenne, au pied d'un arbre; il y aura de quoi fricoter, et si Yvonne veut entrer à mon service, je ne regarderai pas à quelques pistoles de plus ou de moins.

— Plus souvent que j'voudrais d'un argent comme ça.

— Vous, Sulpice, demanda madame Penhoël, parlons sérieusement : qu'est-ce qu'il y a de vrai dans tout cela?

— Il y a de vrai, not'dame, qu'Yvonne serait à sa place aux petites maisons; elle n'est plus dans son bon sens, c'te femme, faut avoir pitié d'elle!

Et, comme la Bretonne allait répliquer :

— C'est bon, ma fille, en voilà assez, dit madame Penhoël en la congédiant; si vous ne voulez pas que nous dînions par cœur, il est temps que vous retourniez au marché.

Yvonne s'en alla en bougonnant. Sulpice s'esquiva, du même coup, pour éviter des questions, qu'on ne songeait pas d'ailleurs à lui adresser, tant il était naturel que l'on prît tout cela pour un quiproquo?

— Sapristi! cornait-il plaisamment aux oreilles de la servante en l'accompagnant malgré elle, faut-il que j'aie de la chance! Un million en écus de six livres!... Tous des Louis XVI!... C'est quelque gros bonnet qui aura enterré là sa fortune, pendant les guerres... et que c'était lourd! il m'a fallu la voiture du meunier pour les enlever; j'vas demander un titre et des armoiries au gouvernement.

— Oui, ça t'ira bien, comme un chapeau à plumes sur la tête d'un âne.

— Kerveyn tout seul, ça ne peut plus aller, poursuivit Sulpice ; même que, quand j'aurai acheté les anciens bois du domaine, je pourrai les garder à cheval... Dis donc, vieille jeunesse, si tu trouvais un épouseux, je te baillerais une dot qui te rajeunirait de vingt-cinq ans.

— Va toujours, mécréant ! fulmina Yvonne en reprenant la route de Clisson ; garde tes écus pour racheter ton âme qui sent le roussi.

— C'est comme ta gibelotte de ce matin, riposta de loin le caustique vieillard.

VIII

Après de longs déchirements, après s'être bien mis en face de lui-même, comme un brave et honnête homme qui ne veut pas s'en faire accroire, Pierre Lambert décida qu'il se déroberait à la reconnaissance de mademoiselle Penhoël.

Son raisonnement le plus concluant était celui-ci :

— A supposer même que Renée ne fasse pas un sacrifice, et qu'elle m'épouse autant par inclination que par gratitude, on ne m'empêchera jamais de redouter le contraire. Je sens que mon mal est incurable, je douterai toujours. Ce serait comme un ver intérieur qui rongerait incessamment mon bonheur; soupçonneux et maussade malgré moi, nous souffririons l'un par l'autre avec tous les éléments d'une félicité parfaite. Que serait-ce si, aimant Albéric, elle ne m'acceptait que par devoir et par probité ?

Mais il ne suffisait pas de se meurtrir le cœur et de refuser la main de mademoiselle Penhoël; il fallait encore que ce refus fût appuyé de motifs tels qu'il ne serait plus possible de le combattre.

— Allons, se dit Pierre, ayons du courage; coupons dans le vif, accusons-nous d'ingratitude, de trahison; déshéritons-nous de toute sympathie.

Et, après avoir longtemps cherché de quelle tache il pourrait, en apparence, souiller son âme si loyale, il écrivit à son ami la lettre suivante, qu'il s'efforça de rendre aussi gaie, aussi dégagée, d'ailleurs, que possible :

« Cette, 10 juillet 1856.

» Mon cher Albéric, apprête-toi à tomber des nues; je te préviens dans la charitable pensée d'amortir ta chute... L'homme est un rien qui vaille : les caméléons et les girouettes ne sont rien auprès; je parle surtout pour moi, dont le cœur n'avait été jusqu'ici rempli que par une seule image, que je croyais éternelle et qui le sera certainement au point de vue de l'amitié la plus dévouée, mais à côté de laquelle il vient d'en surgir une autre, impérieuse, despotique, absorbante, que j'ai vainement essayé de chasser.

» Comment s'est produit cet envahissement? mon pauvre ami, il me serait bien impossible de l'expliquer. Il te suffira de savoir que, il y a quelques dimanches, étant allé à la messe militaire dans mon état normal, j'en suis sorti, un quart d'heure après, avec tous les symptômes d'un grave dérangement dans mes affections. La faute en était à une robe bleue, à mille raies, qui s'est mise depuis à faire, dans mes rêves, le froufrou le plus obstiné.

» L'habitude est, ici à l'issue de la messe, de se planter devant le portail pour voir défiler les dames. La petite robe bleue boitait un peu, comme on dit que boitait mademoiselle de La Vallière, presque de façon à n'en être que plus gracieuse.

— » Bon ! me suis-je dit, voilà une jeune personne que je n'aurais pas trop de peine à suivre.

» La sympathie mène à la curiosité : cinq minutes après, je savais que c'était la fille d'un capitaine de vaisseau en retraite, pour lequel j'avais précisément des lettres de recommandation oubliées dans mon portefeuille.

» Le reste s'explique tout seul ; cela se trouve admirablement, car j'éprouverais quelque honte à l'expliquer moi-même. O fragilité humaine ! Je me marie... et voilà le grand mot lâché !

» J'allais écrire à mademoiselle Penhoël, moins pour la prier d'excuser une détermination dont elle sera heureuse, j'en suis sûr, que pour lui rendre officiellement une liberté dont elle avait eu la générosité de me faire l'arbitre ; mais j'ai pensé que, la Providence t'ayant amené au *Clos-Béni*, ma cause ne pouvait que gagner à être plaidée par toi.

» Méprise-moi, moque-toi de moi, jette-moi la pierre, dis que mon cœur est à fond de sable et que la moindre brise emporte mes serments. Je suis résigné à tout, sauf pourtant à ce que tu ne me croies plus, comme par le passé,

» Ton dévoué camarade,

» P. LAMBERT.

» *P. S.* — J'apprends un peu tard que ce qui m'avait le plus subjugué dans ma future, n'est qu'accidentel. Elle s'était démis le pied en tombant; d'ici à quelques semaines il n'y paraîtra plus. Hélas! voilà une illusion de perdue, mais il faut bien se résigner! »

D'Albéric à Pierre.

« Le Clos-Béni, 12 juillet 1856.

» Mon cher ami, tu me contes là des histoires à dormir debout. Je te connais trop pour m'y laisser prendre. Il doit y avoir, là-dessous, quelque nouvelle et généreuse abnégation dont je crains de deviner le mobile... Tes doutes, si tu en conserves, tourneront presque à l'offense; ils n'ont aucune raison d'être. Tu ferais, du même coup, le malheur de madame Penhoël, celui de mademoiselle Rénée et le tien; je crois pouvoir prendre sur moi de te l'affirmer.

» Bien entendu que ta lettre est comme non avenue, et je me garde bien d'en souffler mot à qui que ce soit.

» A toi de cœur,

» ALBÉRIC. »

Quelques jours après l'échange de cette correspondance, pendant que le jeune commandant était allé visiter en *simple amateur* les travaux que l'on fai-

sait au manoir, il arriva à son adresse, au *Clos-Béni*,
un journal sous bande.

C'était le *Messager du Midi*, qui se publie à Montpellier.

Rénée crut qu'il n'y avait aucune indiscrétion à le
parcourir, et lut, à la chronique de Cette, l'entrefilet
que voici :

« On annonce le prochain mariage de M. Pierre
Lambert, capitaine de notre port, officier de la Légion d'honneur, avec mademoiselle..., la fille d'un de
nos anciens commandants de vaisseau les plus respectés. »

Mademoiselle Penhoël eut comme un éblouissement ;
elle lut et relut, ne pouvant en croire ses yeux. Cependant il n'y avait pas moyen de douter ; rien ne manquait, ni le nom, ni le grade, ni la résidence.

La première impression fut à l'étonnement ; la seconde, à une sorte de joie pudique, mêlée de terreur,
car, promise à Pierre et n'ayant jamais eu à envisager
de face la possibilité d'épouser Albéric, les obstacles
à cette dernière union ne s'étaient pas présentés à
son esprit.

Car, selon elle, ces obstacles étaient la fortune du
comte, ses qualités brillantes, ses habitudes du grand
monde, et, par-dessus tout, sa carrière militaire, qu'il
ne sacrifierait très probablement pas au devoir obscur et paisible de tenir compagnie à une aveugle.

Il est vrai qu'il s'était déjà prononcé à cet égard ;
mais ce pouvait être, en théorie, l'élan d'un cœur généreux qui se savait désintéressé dans la question.

Quoi qu'il en soit, mademoiselle Penhoël se prenait

à respirer comme une captive dont les chaînes tombent tout à coup.

Elle remit le journal sous bande, voulant laisser à M. d'Hauterive la libre initiative du parti qu'il aurait à prendre.

Pendant ce temps, Albéric expliquait à Sulpice les embellissements que, le gros œuvre réparé, il projetait de faire au château.

— Ah çà! monsieur le comte, demanda le garde, en tortillant les touffes de sa barbe aussi grise qu'indisciplinée, est-ce que vous n'allez pas bientôt me tirer cette épine du pied?

— Quelle épine, Sulpice?

— Dame, de passer pour ce que je ne suis pas... Ça me donne de mauvais rêves, je m'endors paysan, et je me réveille grand seigneur.

Et puis, je ne sais si c'est une idée, mais il me semble qu'on commence à me regarder dans le pays, d'un air qui ne me plaît pas... Les uns me saluent de bonne amitié et même avec un tantinet de respect ; les autres détournent la tête et font semblant de ne pas me voir, c'est trop ou pas assez... Si c'était un effet de votre bonté, j'aimerais assez redevenir Gros-Jean comme devant.

— Bah! reprit Albéric, laisse les dire et faire. Dès que le capitaine Lambert sera ici, tout s'éclaircira à ton honneur.

— Comme ça, vous l'attendez?

— Mais certainement, il devrait même déjà être ici.

— Oui; mais quand on tarde tant, voyez-vous... Enfin, je n'ai pas confiance, quoi! Si je devais être propriétaire jusque-là, ce serait trop long.

— Tu crois!

— J'en mettrais ma main au feu... et notre bonne dame, quand est-ce donc que vous allez la préparer à savoir que notre pauvre monsieur Jacques n'est plus de ce monde?

— Quand son remplaçant sera là.

— Avec ça qu'il y en aura jamais un meilleur que vous!...

— Mon brave Sulpice, tu oublies...

— Oui, j'oublie peut-être le respect que je vous dois; mais...

— Ce n'est pas cela... d'ailleurs je suis à la veille de partir...

— Vous, monsieur le comte? Jamais de la vie!

Il y avait tant de conviction brusque et naïve dans ces paroles que le jeune homme ne put s'empêcher de sourire.

— Ecoutez, monsieur le comte, poursuivit Sulpice, je ne suis qu'un pauvre vieux bonhomme sans éducation; mais il y a cinquante ans que je fais la guerre aux renards, et ça m'a appris à être plus malin qu'on ne pense... Vous jouez tous à colin-maillard, et vous n'attrapez personne que vous-mêmes... Si vous ne veillez pas au grain, c'est un jeu qui finira mal... Je vois bien, moi, que mademoiselle Renée n'est plus la même; elle attend quasiment son fiancé comme on attend la mort de ses espérances.

— Que veux-tu dire?

— Je sais que la position est scabreuse, continua le garde, et qu'il y a des promesses sous roche! mais quand on veut que Dieu vous aide, il faut commencer par s'aider soi-même... Si j'étais à la place de monsieur le comte, je sais bien ce que je ferais.

— Eh bien, que ferais-tu ?

— J'irais trouver le curé de Nort, qui est un digne prêtre et qui a connu not' dame dans son heureux temps.

— Et puis ?

— Il serait venu la voir après l'événement; mais
ça l'aurait embarrassé, vu que la soutane et le mensonge ne vont pas bien ensemble.

— Et ensuite ?

— Ensuite, je lui dirais tout.

— Quoi, tout ?

— Ah ! dame, vous devez le savoir mieux que
moi... M'est avis que vous n'auriez qu'à laisser aller
votre cœur la bride sur le cou. M. le curé y verrait
bien vite clair comme en plein soleil; il n'a pas
chassé le renard, mais il a dû en voir et en entendre
de bien des couleurs, depuis qu'il porte la soutane...
Et de l'expérience, et de bons conseils, en veux-tu?
en voilà !

— Je ne sais pas trop en quoi cela pourrait empêcher le capitaine d'avoir sauvé la vie à Jacques, au
péril de la sienne, et à mademoiselle Renée de s'en
faire sa légitime récompense, répondit Albéric.

— Ça n'empêcherait pas le sauvetage, monsieur
le comte, vous avez raison; mais ça empêcherait
peut-être le reste; on ne peut pas savoir... Une sup-
position que M. le curé écrive au capitaine et qu'il
le raisonne...

— Ce n'est pas possible, dit Albéric, d'ailleurs
Pierre ne demande qu'à se sacrifier, et voilà précisément pourquoi nous ne pouvons pas permettre que

sa générosité soit victorieuse de la nôtre. Ah! s'il ne s'agissait que d'une lutte ouverte !

— Enfin, qu'est-ce que vous risquez, monsieur le comte ? Le pasteur verrait toujours not' bonne dame; il lui parlerait de la sainte Vierge, qui a aussi perdu son fils; puis du bon Dieu; il lui dégoiserait de ces bonnes paroles qui font tout doucement leur chemin dans le cœur des gens sans en avoir l'air... Un beau jour venu, quand il la jugerait bien préparée, il lui coulerait la chose avec beaucoup de consolations autour... Vous diriez qui vous êtes, moi je serais débarrassé d'une propriété qui me gêne.

— Il faudra que je t'en achète une petite pour te dédommager de celle-là.

— Dame ! si c'est votre idée, je ne vais pas à l'encontre... mais vous savez, monsieur le comte, Sulpice n'a pas besoin qu'on le mette dans un velours pour aimer les gens qui lui vont... Croyez-moi, le curé vous sera un fier soutien; d'abord, il a toujours le bon Dieu de son côté, et ça compte au piquet.

— Tu as peut-être raison, dit Albéric en congédiant le vieux garde; j'y réfléchirai.

Comme il rentrait au *Clos-Béni*, Yvonne lui remit le journal, parfaitement immaculé sous sa bande intacte.

En lisant l'entrefilet qui annonçait le mariage de Pierre, il eut les mêmes sensations de joie et de crainte que Renée. Ainsi, tout à l'heure, à de certains symptômes groupés dans sa mémoire, il se croyait très sincèrement l'objet des préférences de mademoiselle Penhoël. Or maintenant, il cherchait à se persuader qu'il avait mal vu; que, dans la cir-

constance donnée, Renée eût été la même pour tout
le monde.

Au dîner, on causa moins que de coutume, ce qui
attristait madame Penhoël, chez qui l'ouïe compen-
sait la vue.

— Qu'as-tu donc, ma fille ?

— Rien, maman.

— Et toi, mon garçon ?

— Rien non plus, je t'assure.

Mais leur agitation et leurs regards témoignaient le
contraire. La jeune fille s'attendait évidemment à
quelque chose ; il y avait une nouvelle dans l'air, une
nouvelle qui l'étouffait, qui la rendait heureuse, qui
changeait l'avenir, mais qu'elle devait avoir l'air
d'ignorer, et que celui-là seul à qui il appartenait
de la divulguer gardait bien longtemps pour lui.

Ah ! oui, décidément elle s'était trompée ; Albéric
ne l'aimait pas ; il avait voulu se distraire, passer le
temps, égayer un peu la monotonie de sa tâche
filiale... Sans cela, est-ce qu'il eût attendu seulement
une seconde pour lui crier bien haut :

« Voilà votre liberté ! »

A cette pensée, une larme involontaire coula rapidement sur la joue de Renée comme sur un fer
chaud.

Albéric vit cette larme, à laquelle la présence de
madame Penhoël l'empêcha de faire allusion.

Toutefois, par un élan de sympathie muette, il
appuya fortement sa main sur le bras de la jeune
fille.

Ce geste pouvait s'interpréter ainsi :

— Pourquoi ces pleurs ? Me suis-je rendu coupa-

ble de quelque faute? Vous savez bien que vos larmes me tombent sur le cœur.

Renée répondit en secouant gracieusement la tête,
et par un sourire qui signifiait : Ne faites pas attention, c'est un enfantillage.

Puis, d'un mouvement prompt comme l'éclair, elle
se leva et embrassa madame Penhoël, visiblement
attristée par le silence qui régnait autour d'elle.

— Pauvre bonne mère ! dit-elle, nous ne sommes
guère amusants, ce soir, n'est-ce pas ?

Et, par un revirement subit, elle devint d'une
gaieté nerveuse, dorlotant la vieille dame, lutinant
sa perruche, agaçant Phanor, se faisant folâtre et
gamine, comme lorsqu'elle avait dix ans.

Mais la métamorphose était trop prompte, trop
exagérée pour qu'il fût possible à une mère attentive
de s'y tromper ; madame Penhoël ne s'en assombrit
que davantage.

— Ah ! dit-elle, avec un soupir, il est temps que
Pierre nous arrive.

Les deux jeunes gens tressaillirent ; leurs regards
se rencontrèrent ; mais le choc était si chargé de
fluide qu'ils se détournèrent aussitôt.

C'était le moment ou jamais de déclarer le mariage
de Pierre. Cependant Albéric ne le fit pas, il se réser-
vait la nuit pour réfléchir, tant cette annonce lui
paraissait incroyable, à ce point qu'il doutait encore,
qu'il se figurait rêver, et que, par instants, il n'était
plus très sûr de la retrouver dans les colonnes du journal.

Personne ne répondit à l'observation de madame
Penhoël ; la langue est muette quand le cœur est plein.

Ce que voyant, la douairière se mit à causer avec Phanor.

— Toi aussi, n'est-ce pas, mon brave chien, disait-elle, tu seras charmé de revoir l'ami de ton maître ? Tu sauteras après lui, tu lui feras bon accueil, il te rappellera la Crimée et l'Afrique... Il n'y a encore que les bêtes comme toi pour se souvenir... car, je ne sais, mais il me semble que l'on ne s'occupe plus guère, ici, de ce brave garçon de Lambert... C'est à peine si on prononce son nom. A moins que ta jeune maîtresse n'y songe secrètement, toute seule, ce qui est bien possible.

C'était comme une petite pierre malicieusement jetée dans le jardin de Renée, et à laquelle celle-ci cherchait une réponse, lorsque l'entrée inattendue de Sulpice détourna fort à propos le cours des idées.

Moitié morose, moitié riant, il venait se plaindre d'Yvonne, qui, à dater du moment où elle l'avait déclaré traître à la famille Penhoël, avait cherché toutes les occasions de lui rendre la vie la plus dure possible. Voilà qu'elle ne voulait plus l'admettre dans la cuisine, et qu'elle lui mettait son couvert à part, dans l'office, où il était réduit à manger tout seul.

— Si vous croyez que c'est amusant, ajouta le vieux garde; nous qui avions l'habitude de tailler de si bonnes bavettes !

Cet incident égaya un peu la soirée, qui en avait besoin.

On se retira de bonne heure. Renée ne dormit guère cette nuit-là et Albéric non plus.

IX

Le lendemain matin, au moment où il arrivait de la ferme au *Clos-Béni*, Albéric vit de loin, par une fenêtre ouverte, la jeune fille en train de ranger dans le salon.

L'article était bel et bien dans le *Messager du Midi;* il l'avait épelé, scandé, lu et relu; il était également sûr d'avoir toute sa raison, et quant à l'abnégation, il venait de la pousser pendant deux mois jusqu'aux dernières limites du possible.

Tout cela pesé, sa résolution était prise.

— Mademoiselle Renée, dit-il, en abordant la jeune fille, j'ai une grande nouvelle à vous apprendre.

— Bonne ou mauvaise? demanda Renée, feignant d'ignorer de quoi il s'agissait.

— Il ne m'appartient pas de décider. Je constate qu'elle est *grande*, voilà tout... Pierre se marie...

— Je le savais, répondit simplement la jeune fille.

— Il vous l'a écrit !

— Non, mais hier, pendant votre absence, un journal est arrivé à votre adresse, et j'ai eu l'indiscrétion de l'ouvrir.

20

— Quoi ! vous saviez depuis hier... et vous ne disiez rien !

— J'imitais en cela une réserve dont vous me donniez l'exemple.

— Je craignais de vous affliger.

— Alors, vous considériez la nouvelle comme mauvaise, et aujourd'hui vous ne le craignez plus ?

— Aujourd'hui, mademoiselle, reprit le comte en tremblant un peu, je suis en face d'un devoir, et je l'accomplis, quoi qu'il en arrive.

— Mon Dieu, dit Renée avec embarras, que voulez-vous qu'il en arrive ? Il faut bien se résigner.

— Se résigner ! répéta Albéric.

A l'interpréter strictement, le mot était un peu dur, la jeune fille l'atténua en ajoutant :

— Le pire sera pour maman. Il va bien falloir finir par lui avouer...

— Que je ne suis pas son fils, acheva Albéric.

— Et qu'elle ne doit plus compter sur Pierre pour le remplacer, continua Renée.

Le comte ne répondit rien ; il roulait machinalement entre ses doigts le *Messager du Midi*.

Renée était allée vers une jardinière, à l'autre bout du salon ; elle en arrachait les petites feuilles mortes.

Soudain, sans qu'elle s'y attendît, ou peut-être s'y attendait-elle, une main s'empara de la sienne.

— Ah ! vous m'avez fait peur ! dit-elle en se retournant avec précipitation.

Peur était-il bien le mot vrai ?

Pourtant, mademoiselle Penhoël était loin d'être fausse ; mais l'éducation, la pudeur, le respect de soi... il est bien difficile aux jeunes fille de se montrer absolument sincères.

Albéric porta à ses lèvres la main qu'on ne songeait pas à lui retirer.

— Vous étiez déjà ma sœur, dit-il d'une voix tendrement suppliante, voulez-vous être ma femme?...

Madame Penhoël arrivait lentement, toute seule, en tâtonnant le long des boiseries.

Renée courut à elle et l'entoura d'un de ses bras pour lui venir en aide.

Albéric en fit autant de l'autre côté.

Leurs mains se touchaient presque dans cette douce besogne... Elles en profitèrent pour se réunir de nouveau et pour ne plus se quitter pendant une longue promenade qu'ils firent dans le jardin, en servant de guides à leur mère.

Ce fut, pour le moment, toute la réponse de Renée.

Albéric eut le bon esprit de s'en contenter.

Toute cette journée s'écoula dans un éblouissement de bonheur et d'extases muettes.

La grande affaire était maintenant de faire accepter à madame Penhoël, sans secousse trop forte, Albéric en échange de Jacques. Le comte se rappela le conseil que lui avait donné Sulpice, et proposa à Renée de recourir à l'intervention du curé de Nort.

La jeune fille accepta; ils décidèrent qu'ils iraient ensemble et profiteraient de la circonstance pour renouveler les couronnes de la tombe de Jacques.

Quelques heures avant de partir, mademoiselle Penhoël avait envoyé Yvonne demander des immortelles chez un jardinier du village.

Yonne était revenue, en disant qu'il n'y en avait pas.

— C'est bien, avait dit Renée, nous en achèterons à Nort.

Et, en attendant le déjeuner, les deux jeunes gens étaient allés cueillir le bouquet dont ils avaient l'habitude de fleurir, chaque semaine, la tombe de leur cher défunt.

La porte de la maison s'ouvrait au simple loquet : Yvonne était occupée à la cuisine; madame Penhoël se trouvait seule dans la salle à manger, tricotant ses éternels bas.

Tout à coup une petite fille entra, essoufflée d'avoir couru, en disant :

— Voici les couronnes...

— Quelles couronnes, mon enfant ? demanda madame Penhoël.

— Pour le cimetière, madame.

— Tu te trompes, ma fille, ce n'est pas ici.

— Ah! si bien, madame; c'est pour M. Jacques, le frère de mademoiselle Renée.

La vérité était si loin de l'esprit de la pauvre mère que, d'abord, elle ne comprit pas.

— Pour M. Jacques? Si tu voulais t'expliquer. Qu'est-ce que cela signifie ?

— Je ne sais pas, moi, madame; c'est pour le monsieur qui est revenu mort.

— Qui est revenu mort... Jacques !... mon fils !... s'écria madame Penhoël effrayée, mais encore bien loin de soupçonner le malheur qu'elle allait apprendre.

Personne ne répondit.

— Renée! Renée! Jacques!... mais où sont-ils donc?

L'aveugle se leva, voulant sortir tout de suite de cette horrible anxiété. Comme elle tendait ses bras dans le vide pour réclamer un aide, l'enfant crut qu'elle demandait les couronnes, et les lui mit dans ses vieilles mains tremblantes.

Madame Penhoël, se sentant défaillir, avait regagné son fauteuil.

— Y a-t-il quelque chose d'écrit sur ces couronnes? demanda-t-elle.

— Oui, madame; il y a sur l'une : *A mon frère*, et sur l'autre . *A mon ami.*

— Comment suis-je habillée?

— En noir, madame.

Et Renée?

— En noir aussi.

— Ah! mon fils est mort! s'écria la pauvre femme.

Et elle perdit connaissance.

Le bruit d'une porte qui s'ouvrait effraya la petite fille, déjà fort en peine du triste résultat de son bavardage. Elle s'échappa sans être vue, juste au moment où entrait Sulpice, lequel venait prendre les ordres des deux jeunes gens, qu'il devait accompagner à Nort.

Il trouva madame Penhoël évanouie. Les couronnes avaient glissé du bras jusqu'au poignet, où elles formaient de tristes bracelets qui expliquaient tout.

Un peu d'eau et de vinaigre rappelèrent à la vie la vieille douairière.

Alors Sulpice s'assit à ses pieds, sur un tabouret et lui raconta tout, évitant cependant de lui dire que son fils était mort là, sur la route, à quelques pas du *Clos-Béni*, en appelant sa mère : image trop poignante qui l'aurait poursuivie sans cesse.

D'après lui, Jacques s'était éteint tout doucement à Bordeaux, dans un bon lit, sans souffrir et presque en dormant.

Le coup était affreux ; mais cela paraîtra peut-être étrange, l'habitude est un tel despote, un envahisseur si puissant, qu'il lui sembla bien moins avoir perdu son fils que si elle l'avait appris au moment même, et avant qu'un autre n'eût en quelque sorte pris sa place.

Quand la pauvre femme comprit tout le courage qu'il avait fallu à Renée pour se contraindre et cacher ses larmes, toute la patiente abnégation qu'il avait fallu à M. d'Hauterive pour l'entretenir dans son erreur, elle remercia Dieu de lui avoir envoyé, dans sa douleur, une si grande consolation.

Au moment où le bonhomme achevait son récit, Renée et Albéric parurent au seuil de la porte.

Le vieux Breton leur montra le ciel, voulant signifier par là que Dieu avait parlé.

— Sulpice, dit alors madame Penhoël, va me chercher mes enfants... j'ai besoin d'entendre la voix de mon autre Jacques et de l'embrasser.

— Le voici, ma mère, dit le jeune homme, en s'agenouillant à la place que venait de quitter le garde, toujours Jacques pour vous... et Albéric pour Renée, ajouta-t-il.

Et il attirait vers sa mère la jeune fille tremblante.

Phanor, lui aussi, s'élançait comme une trombe, jaloux de ces caresses dont il voulait à toute force sa part.

— Pauvre bonne bête! dit madame Penhoël, je n'oublierai amais le hurlement lugubre qu'il a poussé, le jour où je me suis figuré que mon fils revenait.

— Et où il revenait, en effet, dit le comte.

— Il savait bien, lui, que son maître était mort, reprit madame Penhoël, et cela ne l'a pas empêché de guider mes pas vers celui qui allait le remplacer.

— Quand la Providence s'en mêle, dit gravement Sulpice, elle fait bien les choses.

Il y a déjà bien longtemps qu'Albéric et Renée sont mariés; ils s'aiment comme le premier jour.

Le comte d'Hauterive a successivement racheté toutes les anciennes dépendances du château de Mazerolles.

Madame Penhoël a eu beaucoup de peine à se persuader qu'elle était rentrée dans sa chère maison, si longtemps regrettée. Dans les premiers mois, elle se faisait conduire de chambre en chambre, tâtant les murs, comptant les pas, étudiant les dégagements pour se rendre un compte bien exact. Comme elle serait heureuse, la pauvre femme, si Jacques était vivant; elle ne parle jamais de lui pourtant, mais son souvenir ne la quitte pas : le cœur de la mère sert de tombeau à l'enfant mort.

Sulpice a été promu aux fonctions de garde général dont il touche les émoluments, mais qu'il n'exerce plus en raison de son âge et de sa sciatique. Yvonne lui a, depuis longtemps, rendu son estime et sa place à table.

Pierre Lambert n'a jamais voulu revenir en Bretagne. Il se prétend toujours à la veille d'épouser mademoiselle Trois-Etoiles, laquelle doit être aujourd'hui guérie de son entorse en même temps que de sa jeunesse. A en croire le capitaine, tantôt c'est un obstacle qui l'en empêche et tantôt un autre.

Un de ses plus intimes amis prétendait, l'autre soir, au cercle naval, que mademoiselle Trois-Etoiles n'a jamais existé, et que l'article inséré dans le *Messager du Midi* n'avait été qu'un acte de pure obligeance de la part de son rédacteur.

Il y a, comme cela, des héros obscurs, dont « l'action d'éclat » se renouvelle chaque jour, pendant les tristes heures de leur existence, et à qui l'indifférence humaine n'érige aucun monument.

Le vieux garde a résumé l'histoire du capitaine en cette courte phrase :

— Une jambe de moins, quoi ! et du cœur de trop !

TABLE

IMPRIMERIE GÉNÉRALE DE CHATILLON-SUR-SEINE. — J. ROBERT.

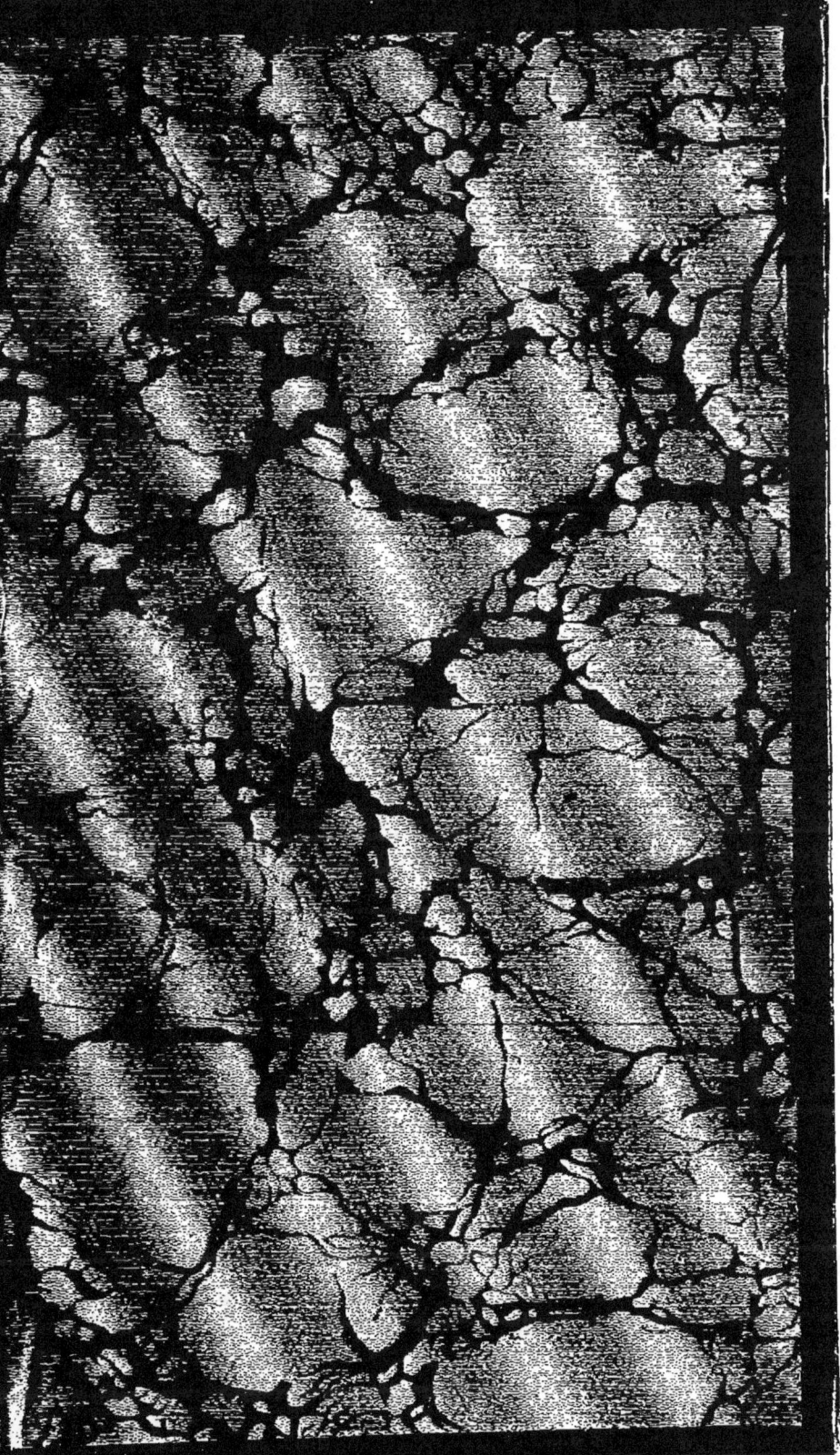